MARA FERR

41 Rue Loubert

PARIS KRIMI

emons:

Bibliografische Information der Deutschen Nationalbibliothek
Die Deutsche Nationalbibliothek verzeichnet diese Publikation in der Deutschen Nationalbibliografie; detaillierte bibliografische Daten sind im Internet über http://dnb.d-nb.de abrufbar.

FSC
www.fsc.org
MIX
Papier aus verantwortungsvollen Quellen
FSC® C083411

Umschlagmotiv: iStockphoto.com/mladn61
Umschlaggestaltung: Tobias Doetsch
Gestaltung Innenteil: César Satz & Grafik GmbH, Köln
Lektorat: Irène Kost, Biel/Bienne (CH)
Druck und Bindung: CPI – Clausen & Bosse, Leck
Printed in Germany 2015
ISBN 978-3-95451-652-0
Paris Krimi
Überarbeitete Neuausgabe

Für Julia

Das Tor

In den letzten vierzig Jahren erschien es manch einem als himmlische Pforte zur vollkommenen Glückseligkeit. Manch einem aber erschien dahinter der Tod.

Das schwerfällige Eingangstor des Wohnhauses Nummer 41 in der Rue Loubert war im achtzehnten Jahrhundert gefertigt worden. Das sah man ihm auch an. Den schmiedeeisernen Beschlägen hatten weder Regen noch Hitze erstaunlicherweise viel anhaben können, nur das massive Eichenholz hatte sich dem Zahn der Zeit gebeugt und war rissig geworden. Entsprechend asymmetrisch hingen beide Türflügel in ihren verbogenen Angeln. Es schien, als würden sie nur von ihrem Schloss zusammengehalten, das den vorbeiflanierenden Passanten unwillkürlich ins Auge stach: ein hochmodernes Zahlencode-Schnappschloss, verbunden mit einer dezent in den Mauerstoß integrierten Videosprechanlage. Diese Hightechanlage bildete einen beinahe obszönen Gegensatz zu dem in seinem gesamten Erscheinungsbild altehrwürdigen Gebäude.

Nicht ein einziger Hauseingang der Rue Loubert war auf diese elektronische Weise gesichert, fühlte man sich doch inmitten der umtriebigen Seitenstraße im 9. Arrondissement von Paris relativ sicher und stets umgeben von geschäftigem Treiben. Einige der Boutiquen verfügten zwar über Alarmanlagen, Bistros und Bars jedoch verließen sich wie seit Anbeginn ihres Bestehens auf rostige, ratternde Rollläden. Und die dazwischen erhaltenen Wohnhäuser waren im Laufe der Jahrzehnte unzählige Male restauriert, weniger aber modernisiert worden. Dafür ließen sich in regelmäßigen Abständen Polizeistreifen blicken, Flics, die verlässlich ihre Runden drehten und gerne auf das eine oder andere Gläschen zwischendurch einkehrten.

Das Haus Nummer 41 lag beinahe verborgen zwischen einem Bistro und einer Pâtisserie, die beide den schmalen Bürgersteig nutzten, um ihren Gästen an winzigen runden Tischchen und unbequemen Stühlen zumindest ein Gläschen zu servieren. Touristen genossen diese Atmosphäre; sie fühlten sich wohl in dieser lebhaften Straße, fernab vom eigentlichen Großstadtrummel. Außerdem bildete die Rue Loubert eine unfehlbare Nord-Süd-Achse durch Paris und wurde gerne als Orientierungshilfe oder Abkürzungsroute genutzt.

Das ganze Jahr über herrschte in der Rue Loubert rege Betriebsamkeit. Hunderte von Menschen gingen täglich an dem knorrigen, wuchtigen Eingangstor vorbei; die meisten beachteten es kaum, einige wunderten sich über das moderne Sicherheitsschloss, nur wenigen aber wurde Einlass gewährt.

Donnerstag

Ein Türflügel wurde forsch von innen aufgerissen und ein groß gewachsener Junge stolperte unbeholfen aus dem Haus. Ihm folgte, die perfekt dunkelrot lackierten Fingernägel fest in seine schmächtige Schulter gekrallt, eine elegante ältere Frau. Ihre hohen Absätze klackten auf dem Kopfsteinpflaster, als sie mühsam und ungehalten versuchte, gleichzeitig die Balance, den Jungen und ihre Schlüssel zu halten. Ihr Gesichtsausdruck war verzerrt vor Abscheu, während der des Jungen ein dümmliches Grinsen zeigte.

»Du widerst mich an«, fauchte sie ihm zu, so leise, dass nur er es hören konnte. Sie stieß ihn beinahe grob von hinten an, in Richtung des Gehsteigs, weg von sich.

Der Junge drehte sich zu ihr um und lächelte freudig, er brabbelte laut und versuchte dabei, seine zittrige Hand in die Nähe ihres Gesichtes zu führen.

»Graaa, braaaab, maaaah!«, gurrte er selig und Speichelfäden zogen sich dabei über sein Kinn.

»Verschwinde!«, stieß sie durch die zusammengebissenen Zähne hervor und blickte sich unauffällig dabei um.

Sie wollte verhindern, dass Gäste, die an den Tischchen des Bistros und der Pâtisserie ihre Getränke oder Süßigkeiten genossen, auf sie und den Jungen aufmerksam wurden. Sie drängte ihn mit einem letzten festen Stoß gegen seinen schmalen Rücken weiter von sich, drehte sich schnell um und flüchtete ins Haus zurück. Das Tor fiel hinter ihr ins Schloss, bot ihr einen uneinnehmbaren Schutzschild gegen die Welt draußen.

Mit dem letzten Stoß hatte der Junge sein Gleichgewicht verloren, und er strauchelte, seine Arme ruderten verzweifelt in der Luft, aber er lachte dabei und schien durchaus glücklich. Etliche Gäste waren auf ihn aufmerksam geworden und beobachteten ihn mehr oder weniger unverhohlen.

Ihnen wurde schnell klar, dass der Junge kein Junge mehr war, sondern ein Mann von ungefähr vierzig Jahren. Er wirkte auf den ersten Blick kindlich, weil sein Gesicht faltenfrei, seine Züge glücklich und entspannt waren. Seine graugrünen Augen strahlten, wenngleich mit leerem, dumpfem Blick. Sein Lächeln war das eines geistig zurückgebliebenen Menschen.

Er wäre zweifellos gefallen, wäre ihm nicht ein alter Mann zu Hilfe geeilt und hätte ihn am Oberarm gepackt, zurückgerissen und festgehalten. Dabei lachte auch der Alte und redete auf den Jungen ein, beide freuten sich ganz offensichtlich gemeinsam. Vereinzelte Wortfetzen drangen zu den Gästen.

»Luc, mein Junge … gut gemacht … Luc … wir gehen …«

»Braaaab, graaaam, baaaaab!«, rief der Sohn begeistert und umarmte den Vater.

Sie klopften sich gegenseitig auf die Schultern, lachten, der Vater strich seinem Sohn übers Haar, fasste nach seiner Hand und spazierte mit ihm entlang der Bistros, Bars und Geschäfte die Rue Loubert Richtung Norden, ohne Passanten, Gäste oder Touristen eines Blickes zu würdigen.

Beim Gehen erst sah man, dass der Junge große Probleme mit seinen Armen und Beinen hatte. Er hinkte stark, zog ein Bein nach sich, fuchtelte unkontrolliert mit den Armen und riss hin und wieder den Kopf ruckartig nach hinten. Dennoch vermittelte er den Eindruck eines seligen Menschen. Mehr noch, seine Wangen waren gerötet, erregt stieß er seine gebrabbelten Laute zwischen verkrampften Lippen hervor, quietschte vor Vergnügen und wiegte seinen Oberkörper dabei schnell vor und zurück.

Dass er gestoßen worden war, dass er sich selbst kaum auf den Beinen halten konnte, dass er in aller Öffentlichkeit beschimpft worden war – all das hatte seinem Frohsinn keinen Abbruch getan. Er hatte es bereits vergessen oder gar nicht wahrgenommen. Vielleicht war es ihm sogar egal. Vielleicht war er abgestumpft gegen Beleidigungen, Beschimpfungen, Demütigungen und körperliche Attacken. Vielleicht aber war er einfach nur glücklich.

Vater und Sohn verschwanden langsam aus dem Blick der Passanten. Immer wieder nickte der Vater dem Sohn zu, flüsterte ihm etwas ins Ohr, lachte zwischendurch laut auf und führte den Jungen an der Hand sicher durch den Menschenstrom, der sich an diesem späten, heißen Sommernachmittag die Straße entlangwälzte.

***

Louise lehnte sich erschöpft mit dem Rücken an das Tor, den Schlüssel in ihrer Hand fest umklammert. Im Inneren des Hauses war es dunkel und angenehm kühl, und sie atmete einige Male tief ein und aus, um sich zu beruhigen. Sie war wütend. Wütend auf den Jungen, aber auch wütend auf sich selbst. Wie hatte sie sich nur dazu hinreißen lassen können, Luc zu schlagen?

Auf dem kleinen Bildschirm neben dem Türstock konnte sie sehen, wie auf der Straße der Alte den Jungen umarmte, ihm mit einem Taschentuch aus feinstem Leinen mit handgesticktem Monogramm den Sabber vom schokoladenverschmierten Mund wischte. Dann machten sich die beiden auf ihren Weg nach Hause, gut gelaunt und in liebevoller Zweisamkeit.

Ihr blieb keine Zeit mehr, sich umzuziehen und zu erfrischen. Auf ihrem teuren, goldgelben Sommerkleid prangte über dem linken Knie ein hässlicher Schokoladenfleck. Sie hätte kreischen können vor Zorn und Ekel. Es war ausgesprochen dumm, ein solches Kleid bei dem Jungen zu tragen. Er würde es nicht einmal bemerken, wenn sie ihn in ihrem abgetragenen rosa Bademantel empfangen würde. Und würde er es tatsächlich bemerken, könnte er es niemandem erzählen. Aber heute musste sie sich gleich nach dem Jungen einem weiteren Gast widmen und wollte sich die Mühe sparen, sich zwischen beiden Terminen um neue Kleidung kümmern zu müssen. Außerdem kam sie mit dem Jungen kaum in engen körperlichen Kontakt. Höchstens berührten hin und wieder seine Hände ihre rotblonden langen Haare, während sie über seinen Schoß gebeugt ihrer Arbeit nachging, und er dabei auf einem bequemen Stuhl lümmelnd mit den Armen Löcher in die Luft stieß und sein entzücktes Gebrabbel von sich gab.

Um ihn ruhigzustellen, und damit er ihre Frisur nicht ruinierte, hatte sie ihm heute ein Schokoladenbonbon in die Hand gedrückt. Verpackt in silberglänzende Zellophanfolie waren diese

Bonbons seit vierundzwanzig Jahren Lucs heißbegehrte Belohnung. Noch nie hatte er ein einziges Bonbon mit seinen fahrigen Fingern aus seiner Hülle befreien und ohne Hilfe in den Mund stecken können.

Bis jetzt.

Ausgerechnet heute war ihm dieses für ihn bisher unlösbare Kunststück zum ersten Mal in seinem Leben gelungen. Louise war gerade damit beschäftigt, ihm schnell und ohne viel Federlesens zu seinem wöchentlichen Höhepunkt zu verhelfen, als ihm, von ihr unbemerkt, das Bonbon direkt aus der Folie in seine Hand rutschte. Wäre die Folie nicht ein wenig lockerer als gewöhnlich um das Bonbon gewickelt gewesen, wäre es Luc nicht wie von selbst in die gekrümmte Hand gefallen, und hätte er nicht in einem angeborenen Reflex diese Hand vor den Mund geschlagen – niemals wäre das Bonbon auf seiner Zunge zerschmolzen und mit seinem unstillbaren Speichelfluss wieder aus seiner Mundhöhle und von da direkt auf Louises Kleid gelangt. Zeitgleich mit dem Auftreffen des braunen Spucketropfens auf dem goldgelben Stoff kam er in seinem Kondom zum Höhepunkt und gurrte zufrieden. Louise richtete sich sofort auf, sah mit einem entsetzten Blick seinen braunen Mund, registrierte seine braun verschmierte Handfläche, an der noch die silberne Zellophanhülle klebte, blickte nach unten auf ihr Kleid und schlug zu. Sie traf ihn mit der flachen Hand an seiner linken Wange, klebrige Speicheltropfen sprühten durch die Luft, als sein Kopf der Wucht ihres Schlages nicht entkommen konnte.

Louise starrte ihn an. Sie war über ihre eigene Reaktion schockiert, doch noch mehr erschrak sie über den wimmernden Laut, den er nach einigen tödlich stillen Sekunden ausstieß.

Ein unendlich trauriges, leises »Wuuuuuuaa…« kroch lang gezogen zwischen seinen Lippen hervor und blieb in der mittlerweile abgestandenen, heißen Luft ihres Gästezimmers hängen. Seine wunderschönen Augen mit den langen dunklen Wimpern waren weit aufgerissen.

Louise verspürte plötzlich – und zum ersten Mal, seit sein Vater ihn pünktlich jeden Donnerstag um siebzehn Uhr an ihrem Tor ablieferte – tiefe Zuneigung für ihn, vermischt mit Mitgefühl, und Tränen stiegen ihr heiß in die Augen.

Das konnte sie sich keinesfalls leisten.

Die Zeit drängte, in ein paar Minuten übergab sie ihn wieder seinem Vater, und bis dahin gab es genug zu tun. Also lief sie ins Bad, befeuchtete ein Handtuch, riss noch zusätzlich ein trockenes vom Haken und begann, ihm Hände und Mund zu säubern. Er hielt still, rührte sich nicht, hatte auch mit seinem furchtbaren Klagelaut aufgehört. Sie befreite ihn von seinem Kondom, wischte ihn trocken und verpackte ihn behutsam in seiner etwas altmodischen, blütenweißen Unterwäsche. Während der ganzen Zeit sprach sie munter und laut mit ihm, stimmte zwischendurch ein Kinderlied an und vergaß dabei keine Sekunde, wie spät es bereits war. Als Luc wieder sauber und fertig angezogen war, nahm sie ein weiteres Bonbon aus der kunstvoll geschwungenen Keramikschale auf dem Tisch, wickelte es aus und steckte es ihm in den Mund.

»So, mein kleiner Luc, fertig für heute. Papa wartet unten. Jetzt aber schnell, wir sind schon spät! Nächsten Donnerstag kommst du ja wieder, du musst nicht traurig sein. Und wenn du jetzt schön brav bist, gibt's dann wieder Schokoladenbonbons. Wär das fein? Möchtest du Schokolade?«

Bei dem Wort Schokolade verzog Luc seinen Mund zu einem Grinsen, und er begann endlich wieder, seine Arme zu bewegen; die unheimliche Starre hatte sich gelöst. Er schaukelte seinen Oberkörper, drehte seinen Kopf hin und her, rollte mit den Augen und lallte in einem undefinierbaren Singsang vor sich hin. Sie schob ihn zur Wohnungstür, er humpelte darauf zu, drehte sich um und sah sie freundlich an.

»Was ist? Was willst du noch? Soll ich mich bei dir entschuldigen? In Ordnung, kein Problem. Ich entschuldige mich. So, jetzt aber weiter mit dir. Bist ja nicht mein Einziger. Ich hab heut noch genug zu tun. Geh schon!« Etwas nachdrücklicher schob sie ihn vorwärts, sein Kopf war immer noch ihr zugewandt, und sein Blick hatte Ähnlichkeit mit dem eines getretenen Hundes, der schuldbewusst und demütig bei seinem Frauchen um Zuneigung heischte.

»Soll ich dir den Kopf streicheln, oder was? Du hast mir mein Kleid beschmutzt, *crétin*!«, schrie sie ihn unvermittelt an. Dieser wehleidige Blick, diese hirnlose Hilflosigkeit, dazu seine spastischen Zuckungen, das alles war ihr zu widerwärtig, und sie konnte nur mit Zorn sich selbst retten. Für seine Rettung war sie nicht verantwortlich.

Luc stutzte kurz, runzelte die Stirn und begann zu lachen. Schokoladenfäden klebten an seinem Kinn.

Louise wurde übel und schlagartig erkannte sie, dass sie ein Problem hatte, das in bewährter Weise gelöst werden musste. Entnervt riss sie das Tor auf und schubste Luc seinem Vater entgegen.

***

Hendrik van de Poort hatte wie jeden Donnerstag, seit sein Sohn das zwanzigste Lebensjahr vollendet hatte, Louise um Punkt siebzehn Uhr am Tor angetroffen. Diesmal war sie besonders elegant zurechtgemacht und einen kurzen Augenblick lang freute er sich darüber, dass sie sich für seinen Sohn solche Mühe gegeben hatte. Doch sogleich erkannte er seinen Irrtum. Ein Blick in ihr freundliches, distanziertes Gesicht gab ihm zu verstehen, dass ihre Eleganz keineswegs seinem Sohn, sondern vielmehr einem späteren Gast galt. Schmerzlich musste er sich eingestehen, dass ihre Schönheit an seinem Jungen wohl verschwendet war und sie dies auch wusste. Dennoch liebte er sie dafür, dass sie ihre Dienste – wenn auch mehr als fürstlich entlohnt – Luc zuteilwerden ließ. Bis vor einigen Jahren hatte er noch selbst ihre Künste genießen dürfen; seit seinen Unterleib schwarze sternförmige Gebilde in Besitz genommen hatten, verbrachte nur noch Luc die kostbaren Momente in ihrer Gesellschaft. Ihn verband mit Louise eine jahrzehntelange Freundschaft, die, seit sie sich Lucs angenommen hatte, seinerseits geprägt war von tiefster Dankbarkeit. Louise hingegen wusste seine gepflegte Erscheinung, seine Diskretion, seine Verlässlichkeit und nicht zuletzt seine finanzielle Großzügigkeit zu schätzen.

So hatte sich aus der gegenseitigen Befriedigung der elementarsten Bedürfnisse heraus im Laufe der Zeit eine für beide Seiten angenehme und unkomplizierte Geschäftsbeziehung entwickelt.

Hätte Louise sich damals nicht bereit erklärt, Lucs Triebe regelmäßig zu befriedigen und ihn so vor unbedachten sexuellen, möglicherweise sogar gefährlichen Handlungen bewahrt, hätte er eine andere der zahlreichen Damen engagieren müssen. Bei Louise hingegen wusste er aus eigener Erfahrung, auf welche Qualitäten er zählen konnte, und darum war er erleichtert gewesen, als sie zustimmte, Luc in ihren Kundenkreis aufzunehmen und ihn mit besonderer Sorgfalt zu behandeln. Er hatte sie im Gegenzug in seinem Testament bedacht und als Pflegemutter für seinen Sohn eingesetzt. Mit seinen neunundsiebzig Jahren war damit zu rechnen, dass er vor den beiden starb, und er wollte beide gut versorgt wissen.

Wie immer hatte er sich während der halben Stunde, in der er seinen Sohn in ihren erfahrenen Händen wusste, in der kleinen Bar gegenüber einen erlesenen Cognac gegönnt, ein paar Worte mit dem mit ihm gemeinsam alt gewordenen Kellner gewechselt und mit sehnsüchtigen Gedanken das Fenster im ersten Stock des Hauses Nummer 41 im Auge behalten, von dem er wusste, dass sich dahinter sein Sohn befand. Als es an der Zeit war, erhob er sich langsam und mühevoll von seinem Tisch, um Luc wieder am Tor von Louise in Empfang zu nehmen.

Luc war wie immer: rotgesichtig, vom Schokoladenbonbon verschmiert, fröhlich und mitteilsam. Louise allerdings hatte ihn entsetzt. Ihr unverhohlener Ekel, ihre Wut und ihre Unbeherrschtheit, mit der sie Luc in seine Richtung gestoßen hatte, offenbarten ihm Züge an ihr, die er noch nie gesehen hatte. Die ihm noch nie aufgefallen waren. Die schockierend waren. Nein, die beängstigend waren und sie hässlich machten.

Auf dem Heimweg versuchte er, in Lucs Mimik zu lesen. Aus seinem unverständlichen Kauderwelsch Hinweise darauf herauszuhören, was geschehen war. Aber er konnte nichts ausmachen. Sein Sohn sprach seit vierzig Jahren dieselbe Sprache, bewegte sich mit denselben verkrüppelten Beinen, sah mit denselben leeren Augen und lachte mit denselben Grimassen.

Zu Hause angekommen, kochte er eine leichte Mahlzeit für

sie beide. Donnerstags hatten sämtliche Hausangestellten ihren freien Tag, und er wollte diesen Tag für Luc stets so intim wie möglich gestalten. Danach setzte er seinen noch immer entrückt lächelnden Sohn vor den Fernseher, wählte einen Sender mit aktueller Popmusik, füllte Lucs bruchsichere Trinkflasche mit Bier, drückte ihm einen Sack Popcorn in die verkrampften Finger und zog sich mit einer Flasche Portwein in sein Büro zurück. Dort saß er lange im Finsteren und grübelte über Louises Verhalten nach. Wieder und wieder zerbrach er sich darüber den Kopf, was genau es war, das ihn so an ihrem Ausdruck erschreckt hatte. Erst als er in seinem Bett lag und, vom Alkohol sanft geschaukelt, in die Grauzone der ersten Schlafphase driftete, fiel es ihm ein. Es war der Hass in ihren Augen gewesen. Was er nur eine Sekunde lang, aber deutlich gesehen hatte, war blanker Hass.

***

Louise beobachtete, wie Hendrik und Luc langsam an den Rand des Bildschirms gelangten und verschwanden. Sie atmete inzwischen wieder ruhiger, hatte sich mit ihrem verschmutzten Kleid abgefunden und versprach sich selbst am Ende dieses Tages einige entspannende Stunden in ihrer Töpferkammer, um einen klaren Kopf zu bekommen. Aber bis es so weit war, musste sie noch ihren nächsten Gefährten empfangen. Sie blickte auf die linke obere Ecke des Bildschirms und sah ihn bereits, wie er sich von seinem Platz im Bistro erhob, ein paar Münzen für seinen Espresso auf den Tisch legte, sich umsah, ein paar Schritte den Gehsteig entlangging und kurz vor dem Tor in ihre Richtung schwenkte. Sie öffnete von innen, er schlüpfte durch das Tor, es gab keinen Augenblick der Verzögerung, sie waren ein eingespieltes Team.

Wortlos hakte sie sich bei ihm unter, sah zu ihm auf, lächelte. Er lächelte ebenfalls, strich ihr kurz über die Wange und sah sie fragend an. »Was war das soeben mit Luc?«

»Mach dir darüber keine Gedanken, er war nur etwas überdreht heute.« Sie bemühte sich um einen ungezwungenen und leichten Tonfall.

»Es sah aber eher so aus, als wärst du wütend gewesen.«

»Manchmal ist er nervös, das macht auch mich ganz kribbelig. Aber jetzt bist nur du wichtig. Und wir sollten nicht unsere Zeit mit Luc verschwenden.«

Während sie die Steintreppe zu ihrer Wohnung emporstiegen, streichelte sie abwesend seinen Unterarm. Sie schloss die Tür auf, nahm seine Hand und führte ihn in das weitläufige Zimmer, das als Erstes am Anfang des langen Flurs lag.

Er setzte sich auf das bequeme Ledersofa und nahm sich aus der Schale auf dem Glastisch ein Bonbon. Sie ging zu dem zierlichen Beistelltisch am Fenster, öffnete eine Karaffe und schenkte ihm daraus irischen Single Malt in ein Whiskeyglas. Sie reichte ihm das Glas, setzte sich neben ihn auf das Sofa und wartete. Er lockerte die Krawatte, öffnete die ersten beiden Knöpfe seines Hemdes und streifte seine Schuhe ab. Im linken Socken klaffte ein zerschlissenes Loch, durch das die große Zehe hervorlugte. Er sah es, blickte zu ihr, zuckte die Schultern und sagte lakonisch: »Nun ja, ich hab eben Wichtigeres zu tun, als Socken zu stopfen.«

»Vielleicht solltest du dir endlich eine Ehefrau besorgen. Oder zumindest ein neues Paar Socken.« Sie grinste und wollte damit beginnen, seine Knöpfe weiter zu öffnen. Er griff nach ihrer Hand, hielt sie fest und sagte ruhig: »Ich muss mit dir reden.«

Louise war nicht überrascht. So etwas kam häufig vor. Manchmal war es für ihre Freunde wichtiger zu reden, zu erzählen, zu jammern, oft auch zu weinen, als ihre sexuellen Gelüste befriedigen zu lassen. Für diese Sprechstunden bezahlten sie denselben Preis. Das wiederum zählte für Louise.

Sie hatte gelernt zuzuhören. Sie gab keine guten Ratschläge und versuchte nicht, die Probleme ihrer Männer zu lösen. Das war die Aufgabe von Ehefrauen, Vorgesetzten oder guten Freunden. Louise genoss diese Stunden. Sie wurde dafür bezahlt, nichts zu tun, musste danach keine Bettwäsche wechseln, nicht aufräumen, kein Badezimmer oder sich selbst reinigen, sich nicht die Haare richten und nicht für den nächsten Besucher frisch machen.

Also nickte sie verständnisvoll und zustimmend, stand auf, ging zu der in einen Mauervorsprung eingebauten schmalen Kochnische und bereitete sich einen kleinen koffeinfreien Kaffee zu. Dabei dachte sie, dass sie nun unerwartet zu einer Erholungsphase nach Luc gekommen war, und dieser Gedanke stimmte sie heiter und zufrieden. Mit der Tasse in der Hand kehrte sie zu ihm auf das Sofa zurück, richtete noch Aschenbecher, Feuerzeug und seine Lieblingszigarillos und sah ihn erwartungsvoll, aber innerlich gelassen und desinteressiert, an.

»Ich brauche deine Hilfe.« Er zündete sich einen Zigarillo an, lehnte sich zurück, legte die Füße auf den Tisch – eine Angewohnheit, die sie hasste – und begutachtete seine Freiluftzehe.

»Der Minister macht Druck. Letzte Woche ist wieder ein Mann verschwunden, leider ein persönlicher Freund von ihm. Somit ist die Zahl auf insgesamt achtzehn gestiegen, und wir haben nicht die geringste Spur, nicht einmal den Hauch einer Ahnung. Ich bin aber überzeugt, dass sie tot sind. Niemand löst sich in Luft auf. Bei achtzehn Männern ist auch nicht davon auszugehen, dass sie sich in die Karibik abgesetzt oder mit einer jungen Geliebten ein neues Leben angefangen haben. Nicht bei so vielen.«

»Wie kann ich dir helfen?« Sie kommentierte seine Zusammenfassung der Vorfälle aus den letzten Jahren nicht. Was sollte sie dazu auch sagen?

»Sieben sind hier in diesem Viertel zum letzten Mal gesehen worden. Einer sogar im Bistro. Ich möchte, dass du in die Préfecture de Police kommst und dir die Fotos von ihnen ansiehst. Vielleicht erkennst du einen.«

»Wirst du mir die Fotos zeigen?«, fragte sie mit einem schelmischen Augenzwinkern. Es war unwahrscheinlich, dass der Préfet de Police höchstpersönlich eine zwar feine Dame, aber dennoch ältliche Hure in seinem holzgetäfelten Büro empfangen würde, um ihr Porträts von vermissten Männern vorzulegen.

»Wenn du möchtest. Allerdings müsste ich dich dann offiziell vorführen lassen.«

»In Handschellen? Mit einer Kette um den Bauch? Fußfesseln vielleicht?«

»Dann könnte ich aber nicht für deine Sicherheit garantieren.« Jetzt musste er schmunzeln, vor allem, wenn er daran dachte, wie oft sie ihm schon Handschellen und Fußfesseln angelegt hatte. Aber nicht auf der Préfecture. »Ich dachte, ich schicke dir meinen

Ermittlungsleiter. Er wird dich hier abholen und später wieder nach Hause begleiten. Morgen früh?«

»Ja. Ich muss aber spätestens um zehn Uhr wieder hier sein. Habt ihr Marta und Alette die Fotos schon gezeigt?«

»Nein. Ich habe euch bis jetzt so gut es ging herausgehalten. Aber nun bin ich an einem toten Punkt angelangt. Mir war wichtig, dass du die Erste bist. Du könntest die Mädchen auf die Befragung vorbereiten, dann sind sie vielleicht nicht so eingeschüchtert und etwas gesprächiger. Sie werden natürlich auch abgeholt und wieder zurückgebracht. Ich weiß eure Hilfe durchaus zu schätzen.«

»Kein Problem. Aber ich bezweifle, dass wir großartig helfen können. Wir leben sehr zurückgezogen, unsere Männer kommen zu uns und nicht umgekehrt.«

»Das weiß ich. Und keiner genießt diese Diskretion mehr als ich. Aber einen Versuch muss es uns wert sein.«

»Natürlich. Ich bin um acht am Tor, schick mir ruhig deinen Inspecteur.«

»Ich danke dir. Wenn es mir möglich ist, werde ich wie zufällig im Befragungsraum vorbeikommen, um dich zu sehen.«

»Das wäre schön. Aber du hast im Moment bestimmt Wichtigeres zu tun.«

»Wir werden sehen. Jetzt muss ich mich wieder auf den Weg machen, heute Abend steht mir noch eine Pressekonferenz bevor. Du kannst mich in den Nachrichten bewundern, wenn du noch nicht genug von mir hast.«

Sie rollte in einer Grimasse mit den Augen, half ihm in seine Schuhe, band seine Krawatte und strich ihm die Haare glatt. Er umarmte sie, streichelte ihr wieder über die Wange und ging.

Louise leerte den Aschenbecher, wusch ihn zusammen mit Whiskeyglas und Kaffeetasse aus, öffnete die Fenster, verließ das Gästezimmer und begab sich in ihren privaten Wohnbereich am Ende des Flurs. In ihrem Schlafzimmer zog sie ihr Kleid aus, schälte sich aus dem darunter liegenden engen schwarzen Lederkorsett und verfluchte die eingenähten Nieten, Häkchen und Ösen, an denen sie stets mit ihren modellierten Fingernägeln hängenblieb. Heute war das Korsett zwar nicht zum Einsatz gekommen, aber unter der Bonbonschale im Gästezimmer steckte wie immer nach dem Besuch des Préfet de Police ein großer, zusammengefalteter Geldschein.

Sie verließ ihr Schlafzimmer barfuß und in einem weiten, ausgewaschenen T-Shirt, ohne Unterwäsche und mit zusammengebundenen Haaren. Angrenzend an das Gästezimmer lag ihr Töpferraum mit dem klobigen Brennofen, ihrem ganzen Stolz. Sie betrat den kühlen Raum, roch den feuchten, erdigen Ton, setzte sich an ihre Töpferscheibe und arbeitete mit jeder Drehung ihre Gedanken in den Klumpen Ton ein, aus dem am Ende ein kleines Kunstwerk entstehen würde.

Sie hörte weder ihr altmodisches Telefon in der Diele klingeln, noch reagierte sie auf das metallische Schellen ihrer Türglocke. Wahrscheinlich war es sowieso nur Marta, die sich wieder über ihre Gäste beschweren wollte, oder Alette, die ihr zum hundertsten Mal künstliche Fingernägel oder eine andere Haarfarbe aufschwatzen wollte.

Freitag

Um zwei Minuten vor acht am nächsten Morgen sah Louise auf ihrem Bildschirm über der Sprechanlage im Flur den Polizeiwagen vorfahren und verließ die Wohnung. Für ihren Besuch in der Préfecture hatte sie ein unauffälliges graues Kostüm mit weißer Bluse gewählt; geschlossener Kragen, dazu flache Pumps, keinen Schmuck, dafür einen Spritzer Chanel No. 5 – der süßliche Duft alter, vornehmer Damen. Mit den hockgesteckten Haaren und ihrer randlosen Lesebrille sah sie eher aus wie eine Gouvernante eines katholischen Mädcheninternats als eine altgediente Domina.

Der Ermittlungsleiter wartete bereits am Tor und stellte sich als Marcel vor. Sie begrüßte ihn freundlich, er öffnete die Tür des Wagenfonds und war ihr beim Einsteigen behilflich. Im Vorbeifahren sah sie Martas entsetztes Gesicht an der Bar des Bistros und winkte ihr beruhigend lächelnd zu. Marta sollte nicht denken, sie wäre von der Polizei abgeführt worden. Das hätte ihr gerade noch gefehlt.

Im Befragungszimmer bot ihr Marcel Kaffee an, den sie dankend annahm. Er drückte auf den grünen Knopf einer Sprechanlage, orderte ihren Kaffee, für sich selbst stilles Wasser und erkundigte sich, während sie auf seine Sekretärin mit den Getränken warteten, nach ihrem Befinden und ihren Sorgen mit der Heizungsanlage. Ein Neffe von ihm, Techniker bei einer Heizungsfirma und vielleicht Kunde von Louise, hatte ihm von einer defekten Leitung erzählt. Sie antwortete ausführlich und heiter, dankbar für die Ablenkung. Wenig später brachte die Sekretärin nicht nur das Tablett mit Kaffee und Wasser, sondern auch eine abgegriffene rote Ledermappe, die sie auf den Tisch legte. Marcel schlug die Mappe auf und schob sie Louise über den Tisch hinweg zu.

»Madame, dies wären die Fotos. Bitte lassen Sie sich Zeit. Wenn Sie jemanden erkennen, geben Sie mir bitte Bescheid. Sie müssen sich aber ganz sicher sein.«

Louise hatte verstanden, sie nickte nur und begann langsam und bedächtig, die Mappe durchzublättern.

Bei jedem Foto schüttelte sie beinahe bedauernd den Kopf, und als sie ungefähr die Hälfte aller Bilder hinter sich hatte, wurde die Tür aufgestoßen und Monsieur le Préfet platzte in den Raum.

»Oh, Verzeihung, ich wusste nicht, dass hier eine Befragung stattfindet. Madame, darf ich mich vorstellen: Préfet de Police, Pricard.«

»Sehr angenehm. Madame Prousseau. Louise Prousseau.«

»Ich wollte nicht stören, bitte machen Sie weiter.«

»Leider konnte ich Ihnen bis jetzt noch nicht helfen. Ich bin keinem dieser Männer jemals in meinem Leben begegnet.«

Marcel zog beinahe unmerklich eine Augenbraue in die Höhe, Louise war es nicht entgangen.

»Schade, Madame. Würden Sie bitte die Mappe dennoch bis zum Ende durchsehen?«

»Selbstverständlich.« Louise blätterte weiter und bei Nummer 11 stockte sie.

»Madame?«

»Diesen Mann kenne ich. Ich bin mit ihm sozusagen befreundet. Aber ich habe ihn schon seit längerer Zeit nicht mehr gesehen.«

»Wann haben Sie ihn zum letzten Mal gesehen, Madame?«

Louise dachte angestrengt nach.

»Das war letztes Jahr im Winter. Anfang Dezember, vielleicht Ende November. Vor einem halben Jahr ungefähr. Seit wann wird er vermisst?«

Die Spannung im Raum verflog so schnell, wie sie gekommen war.

»Seit vier Wochen.« Pricard musterte sie kurz.

Somit war Louises Aussage gegenstandslos. Die Zeitspanne von ihrem letzten Treffen bis zu seinem Verschwinden war einfach zu lange, um interessante Informationen zu beinhalten.

»Würden Sie sich bitte noch die anderen Herren ansehen?« In Marcels Tonfall schwangen Ungeduld und Desinteresse mit.

»Ja, natürlich.« Louise blätterte weiter, schloss die Mappe und stellte sachlich fest: »Es tut mir leid, Messieurs. Ich erkenne außer

Jean niemanden. Aber vielleicht haben Sie bei Marta oder Alette mehr Glück.«

»Ja, vielleicht«, murmelte Pricard. »Ich danke Ihnen für Ihr Kommen. Sie werden selbstverständlich umgehend nach Hause zurückgebracht. Könnten Sie es arrangieren, dass Madame Marta und Madame Alette noch heute hierherkommen? Ich wäre Ihnen sehr verbunden.«

»Selbstverständlich, Monsieur Pricard. Ich werde mich darum kümmern, sobald ich zurück in der Rue Loubert bin. Diese ganze Sache ist fürchterlich. Wir sind ja geradezu verpflichtet zu helfen, sofern wir es können.«

»Vielen Dank, Madame. Ich stehe in Ihrer Schuld.« Pricard nahm ihre Hand, beugte sich darüber und deutete eine steife Verbeugung an. Sie war belustigt, aber auch ein wenig gerührt.

Das Gesicht des Ermittlungsleiters blieb verschlossen, fast gelangweilt sehnte er das Ende dieser schmeichlerischen Konversation herbei.

Zurück im Polizeiwagen schwieg er auf der ganzen Fahrt bis zum Haus 41 in der Rue Loubert. Auch Louise war nicht nach höflichem Small Talk zumute. Sie war mit ihren eigenen Gedanken beschäftigt.

Nun also war es so weit. Sie war zu einem Teil der Ermittlungen geworden.

Das wunderte sie nicht, denn sie hatte jeden Einzelnen der achtzehn Männer auf den Fotos gut gekannt.

***

Hendrik hatte eine unruhige Nacht verbracht. Der Gedanke an den Hass in Louises Augen hatte ihn nicht mehr losgelassen. Er zerbrach sich den Kopf, was Luc getan haben könnte, um sie so zu erzürnen. Es fiel ihm nichts Gravierendes ein. Luc konnte manchmal sehr überschwänglich sein in seinem Bedürfnis nach körperlicher Nähe, und Hendrik wusste, dass Louise dies nicht mochte und auch nicht duldete. Aber konnte es ein Grund dafür sein, sie dermaßen aus der Fassung zu bringen? Zu allem Überfluss war auch Luc unruhig und wimmerte einige Male laut und durchdringend im Schlaf. Das hatte er seit Jahren nicht mehr getan, und Hendrik war besorgt an sein Bett geeilt, hatte ihn in seinen Armen gewiegt und ihm beruhigende Worte zugeflüstert, bis er wieder eingeschlafen war. Als der Morgen bereits anbrach und die ersten Vögel ihre munteren Gesänge anstimmten, war Hendrik endlich eingeschlafen. Gegen acht Uhr stand er auf, stellte die Kaffeemaschine an und ging in Lucs Zimmer, um ihn zu wecken und für den Tag bereit zu machen. Als er die mit bunten Postkarten aus aller Welt verzierte Tür öffnete, schlug ihm beißender Uringestank entgegen. Dazu mengte sich der saure Geruch von Erbrochenem. Erschrocken hielt Hendrik die Luft an und näherte sich vorsichtig dem überdimensionalen Kinderbett. Er entriegelte die Halterungen der Gitterstäbe, die rund um das Bett angebracht waren, um seinen Sohn zu betrachten. Dieser lag friedlich schlafend und regelmäßig atmend mit seinem Kopf in einem halbverdauten, biergeschwängerten Popcornbrei. Die Decke hatte er sich um die Füße gewickelt, seine Pyjamahose war bis zu den Knien dunkel verfärbt. Hendrik seufzte erleichtert auf. Er fühlte, wie sein Herz wieder ruhiger schlug, wie das Zittern in seinen Händen nachließ, das Dröhnen in seinem Kopf leiser wurde, und diese kalte Angst vor dem Unaussprechlichen langsam von ihm wich. Er lief in das Badezimmer und ließ warmes Wasser in die Wanne laufen. Dazu gab er ein Pfirsichschaumbad aus der Babypflegeserie, das nicht in den Augen brannte und auch nicht gefährlich war, falls man davon trank. Luc kostete liebend gerne von seinem Badewasser. Zurück in Lucs Zimmer bemerkte er, wie er außer Atem und völlig erschöpft war.

Ich bin zu alt für ihn, dachte er resigniert und müde.

Luc war durch Hendriks Hantieren aufgewacht und hatte sich aufgesetzt. Er tapste begeistert mit seinen Händen in dem Popcornbrei und versuchte, sich die Finger in den Mund zu stecken. Als er Hendrik sah, lächelte er.

»Lass das, Luc! Mein Gott, bin ich froh, dass es dir gut geht. Wir müssen dich umziehen und ordentlich baden. Deine Haare sind ja ganz verklebt. Ich hab dir gestern wohl zu viel Bier gegeben. Wie leid mir das tut. Komm jetzt, ab ins Bad!«

Während Hendrik ununterbrochen auf Luc einredete, krabbelte dieser umständlich aus dem Bett und machte sich auf den Weg ins Bad. Beim Anblick der Schaumberge auf dem Wasser jauchzte er vergnügt. Hendrik prüfte die Wassertemperatur, half Luc in die Wanne und begann, Lucs Bett zu säubern, nicht ohne dabei immer wieder einen prüfenden Blick durch die geöffnete Badezimmertür auf seinen Sohn zu werfen.

Es war nicht das Bier gewesen. Auch nicht das Popcorn. Luc war auch nicht krank. Da war Hendrik sich ganz sicher. Luc war erregt gewesen, hatte im Schlaf gejammert, erbrochen und eingenässt. Hendrik nahm sich vor, Louise aufzusuchen und um Rat zu fragen.

Gegen neun Uhr kam Rosa, eine Logopädin des Sozialdienstes für Behinderte. Als sie sah, in welchem Dilemma Hendrik steckte, half sie ihm mit dem Frühstück und der Wäsche, kleidete Luc an und erklärte sich bereit, länger zu bleiben, damit sich Hendrik unbesorgt auf den Weg zu Louise machen konnte.

Möglich, dass Louise gestern ebenfalls eine Veränderung an Luc aufgefallen war, und sie deshalb so erbost war. Möglich aber auch, dass sie erbost und Luc deshalb so verändert war.

***

Marcel ließ den Wagen langsam vor dem Haus Nummer 41 ausrollen.

Louise sah ihn fragend an. »Wenn Sie möchten, kann ich versuchen, Marta und Alette zu überreden, gleich mit Ihnen mitzukommen. Sie würden sich eine Fahrt und einen neuerlichen Termin ersparen.«

»Vielen Dank, Madame, das ist sehr entgegenkommend von Ihnen. Ich nehme das Angebot gerne an.«

»Gut. Lassen Sie den Wagen hier stehen und erfrischen Sie sich in der Bar dort drüben. Es kann ein paar Minuten dauern, bis beide fertig sind.«

Er nickte zustimmend und dachte, dass er sich noch nie von einer Nutte hatte sagen lassen, was er zu tun hatte. Aber Louise war keine gewöhnliche Nutte, sie strahlte kühlen Stolz und noch kühlere Autorität aus. Man kam niemals auf die Idee, abfällig über sie zu reden. Nicht einmal unter Kollegen auf der Préfecture. Außerdem hatten weder ihre Erscheinung noch ihr Verhalten etwas Vulgäres an sich. Sie hatte sich für ihre annähernd sechzig Jahre gut gehalten, sprach gewählt, war nie betrunken und hatte, seit er sie kannte, kein einziges Mal Probleme mit einem Freier gemeldet. Daher fand er es auch ganz in Ordnung, in der Bar gegenüber dem Bistro einen Espresso zu nehmen und dabei das Geschehen im Auge zu behalten.

Louise betrat das Bistro, in dem Marta nervös auf sie wartete. Sie hatte eine schmutzige Küchenschürze über ihr geblümtes Kleid gezogen, das wieder einmal mindestens um zwei Nummern zu klein war und daher äußerst unvorteilhaft wirkte. Ihre blonden kurzen Haare kräuselten sich über ihrer verschwitzten Stirn, das traurige Ergebnis einer billigen Heim-Dauerwelle. Unter himmelblau verschmierten Lidern starrte sie Louise aufgebracht an. »Louise! Was ist los? Wo haben sie dich hingebracht? Wo warst du? Was wollen sie?«

»Marta, reg dich nicht so auf. Es ist alles in bester Ordnung. Sie haben mir nur Fotos von den vermissten Männern gezeigt. Sie wollten wissen, ob ich jemanden erkenne, da einige von ihnen in dieser Gegend gesehen wurden. Ich habe nur einen erkannt. Jean, er hat die Nummer 11 in der roten Mappe. 11, hörst du? Ich möchte, dass du zusammen mit Alette jetzt mit dem Ermittlungsleiter mitfährst und dir auch die Fotos ansiehst.«

Martas Augen begannen zu glänzen, und sie kaute an ihrem Daumen herum. Der rosafarbene Nagellack war bereits unansehnlich abgeblättert.

»Bist du verrückt? Ich fahre nicht mit zur Polizei! Was soll ich dort? Ich kenne bestimmt auch keinen außer Jean. Und warum ist überhaupt Jean auf den Fotos? Das ist doch völlig sinnlos! Was ist, wenn die mir Fragen stellen? Was ist, wenn das mein Mann erfährt?« Sie steigerte sich in hektische Panik, ihr Gesicht war gerötet, kleine Schweißperlen standen auf ihrer faltigen Oberlippe. Der Lippenstift war vor Stunden zerronnen.

»Wenn du dir die Fotos jetzt gleich ansiehst, bist du in einer Stunde wieder hier. Wenn nicht, werden sie dich morgen abholen. Notfalls auch von zu Hause, mit deinem Mann. Und sie werden sich natürlich fragen, warum du dich heute geweigert hast.«

»Ich hab nichts verbrochen! Ich möchte nicht zur Polizei! Bitte, Louise, ich …«

»Hör jetzt endlich auf mit dem hysterischen Gejammer! Geh nach hinten, kämm dir die Haare und benutze deinen Lippenstift. Aber sorgfältig. In fünf Minuten stehst du draußen bereit. Ist das klar?«

Marta weinte nun, war aber wegen des schroffen Tonfalls, den Louise anschlug, auch ziemlich verängstigt. So erlebte man Louise selten und nur, wenn sie wirklich sehr verärgert war.

»In Ordnung. Wenn du meinst …«

»Ja, das meine ich. Beeil dich, ich hole inzwischen Alette.«

Louise verließ das Bistro, ging die fünf Schritte bis zu ihrem Tor, gab den Code ein und verschwand im Inneren.

Alettes großes Drei-Zimmer-Appartement lag ebenerdig gleich neben dem von Marta. Die geräumige Wohnung des Hausmeisterehepaars sowie der kleinere Heizungsraum mit der Steuerung für die Videoüberwachung lagen ebenfalls auf dieser Ebene, gingen jedoch in Richtung des Hinterhofs.

Louise klingelte an Alettes Tür. Alette öffnete, wie immer in bauchfreiem Bustier mit Shorts, alles in Schwarz und barfuß. Die streichholzkurzen, ebenfalls schwarzen Haare standen nach allen Windrichtungen ab, an den Handgelenken klirrten unzählige bunte Reifen, ebenso an den Knöcheln. Sie war ausnehmend hübsch, beinahe vierzig, und Louise beneidete sie nicht nur um Alter und Figur, sondern noch viel mehr um ihr fröhliches, doch keineswegs naives Wesen. Alette war eine intelligente Frau, in ihrem richtigen Leben als Managerin einer Fluglinie tätig und lebte mit ihren Gästen, Freunden, Männern und Gefährten zügellos ihre Phantasien aus. Darüber hinaus durfte sie sich auch noch über ein respektables Nebeneinkommen freuen.

Louise erklärte ihr in kurzen Worten, worum es ging.

Alette nahm ohne ein Wort ihren Schlüssel, schlüpfte in schwarze Stilettos, warf die Tür hinter sich ins Schloss und fragte beim Verlassen des Hauseingangs ruhig: »Nummer 11?«

Louise nickte.

Sie gingen zu Marta, die wie angewurzelt vor dem Bistro stand und auf ihrem linken Daumen kaute.

Zu dritt sahen sie dem Ermittlungsbeamten entgegen, der sie bereits erblickt hatte und die Straße überquerte, um Marta und Alette in Empfang zu nehmen.

»Mesdames, im Namen von Monsieur le Préfet, Monsieur Pricard, bedanke ich mich bei Ihnen für Ihre Hilfe. Ich werde Sie nach Durchsicht der Fotos höchstpersönlich wieder sicher hierherbringen.«

Marta kicherte aufgeregt, Alette nickte hoheitsvoll. Louise lächelte und half Marta, die ihre Fülle ungeschickt in den Wagen hineinzuzwängen versuchte.

Bereits nach einer Stunde wurden beide wohlbehalten wieder zurückgebracht und holten sich bei Louise zur Belohnung Schokobonbons, einen kleinen Sherry, lobende Worte und flüchtige Umarmungen. Wie Louise vermutet hatte, hatten beide leider auch nur Jean, Nummer 11, auf dem Foto erkannt. Sie hatten ihn zuletzt im Winter gesehen. Wann genau, wusste keine mehr von ihnen.

***

Hendrik machte sich zu Fuß auf den Weg zu Louise. Er versuchte, so gut es eben seine alten Beine zuließen, sich regelmäßig zu bewegen. Luc brauchte ihn, war vollkommen hilflos ohne ihn, und es war seine Vaterpflicht, für ihn gesund zu bleiben. Er ernährte sich dank seiner Haushälterin ausgewogen, besuchte regelmäßig seinen Hausarzt und ließ für teures Geld aufwendige Untersuchungen über sich ergehen, nur um sicherzustellen, dass sein Körper vollkommen in Ordnung war und es auch so lange wie möglich blieb. Ab und an gönnte er sich eine Zigarre, ein Gläschen Rotwein, einen Cognac oder einen Portwein. Doch das Alter schlug trotz aller Bemühungen grausam zu. Von Tag zu Tag wurde jede Bewegung mühsamer, von Tag zu Tag schmerzten seine Knochen mehr, wurden seine einst gestählten Muskeln schlaffer und müder. Von großem Vorteil erwies sich, dass er als

Besitzer einer erfolgreichen Handelsflotte über genügend Barschaft verfügte, um sich Annehmlichkeiten, die ihm und Luc das Leben erleichterten, problemlos leisten zu können. Dazu gehörten ein verlasslicher Chauffeur und eine treue Haushälterin für ihn selbst sowie Therapeuten, Pflegerinnen und Louise für seinen Sohn. Mit jedem Atemzug war ihm bewusst, dass Luc bis an sein Lebensende von ihm abhängig sein würde. Daher hatte er auch entsprechend vorgesorgt und für den Fall seines Todes Louise die Verantwortung für Lucs Wohlergehen anvertraut. Natürlich waren alle finanziellen Belange bis ins kleinste Detail geregelt, Luc würde es weiterhin an nichts fehlen, und Louise würde mit Zuwendungen bedacht, die es ihr erlaubten, in ihrem Leben keinen einzigen Mann mehr außer Luc zufriedenstellen zu müssen.

Als er in der Rue Loubert angekommen war, sah er Marta und Alette gemeinsam das Haus Nummer 41 verlassen. Beide schienen vergnügt und zufrieden, ja sogar ein wenig albern. Sie kicherten, steckten ihre Köpfe zusammen und winkten sich fröhlich zu, als sie sich trennten. Marta verschwand im Bistro, Alette schlenderte langsam die Straße Richtung Süden weiter und genoss sichtlich jeden einzelnen Blick, der ihr von Männern jeglichen Alters folgte.

Hendrik klingelte am Tor und wandte sein Gesicht dem Bildschirm zu, damit Louise ihn sofort erkennen konnte.

Doch anstatt ihm umgehend die Tür zu öffnen, erklang ihre Stimme scheppernd und leicht ungeduldig durch die Sprechanlage.

»Hendrik! Was machst du hier? Ist etwas passiert?«

»Louise, ich würde mich gerne mit dir unterhalten. Über Luc. Ich halte dich nicht lange auf, nur ganz kurz. Ich verspreche es.«

Nach kurzem Schweigen ertönte der Türsummer, und Hendrik betrat das gepflegte Vorhaus, stieg langsam die polierte Steintreppe zu Louises Stockwerk empor und war außer Atem und erschöpft, als er an ihrer Tür ankam. Schweißperlen standen ihm auf Stirn und Oberlippe. Louise erwartete ihn bereits an der Tür und musterte ihn besorgt und leicht ungehalten.

»Komm herein, du bist ja völlig außer dir. Setz dich ins Gästezimmer, ich bringe dir ein Glas Wasser.«

Hendrik nickte dankbar und nahm auf dem weißen Ledersofa Platz. Er musterte das Zimmer, in dem ihm jeder Blumentopf, jedes Möbelstück, jedes Bild und jede der von Louise selbst entworfenen und hergestellten Keramikschalen und -vasen so vertraut waren. In der kunstvollen Schale am Glastisch funkelten verlockend Schokobonbons in ihren silbernen Hüllen.

Louise kam mit einem beschlagenen Glas Wasser, ging zu ihrem zierlichen Beistelltischchen und schenkte aus einer ihrer geschliffenen Karaffen Armagnac für Hendrik ein. Sie selbst fand, es wurde Zeit für ihre erste Zigarette des Tages.

Sie setzte sich Hendrik gegenüber in einen bequemen Stuhl, passend zum Sofa, und er registrierte mit ein klein wenig Melancholie im Herzen, dass sie wohl nie mehr neben ihm sitzen würde.

Louise sah ihn auffordernd an.

»Louise, Luc war heute Nacht außer sich. Er schrie einige Male vor Angst, nässte sein Bett ein und lag in Erbrochenem, als ich ihn am Morgen wecken wollte. Ich bin gekommen, um dich zu fragen, ob dir gestern an ihm etwas Ungewöhnliches aufgefallen ist.«

Louise hatte aufmerksam zugehört und verstand Hendriks Besorgnis. Luc war sein einziger Sohn, so schwer beeinträchtigt, dass er seinem Vater nicht mitteilen konnte, wenn es ihm nicht gut ging. Es war naheliegend, dass Hendrik sich an sie wandte, vor allem, weil er wahrscheinlich ihre Grobheit bemerkt hatte, als sie Luc entlassen hatte. Sie entschied sich, so nahe wie möglich bei der Wahrheit zu bleiben.

»Er war tatsächlich etwas unruhiger als sonst. Aber er kam mir nicht krank vor, ich war keinesfalls in Sorge. Manchmal versucht er, engen Körperkontakt herzustellen und das ganz schön vehement. Du weißt, darauf lege ich keinen großen Wert. Ich mag es einfach nicht und weise ihn dann zurecht. Vielleicht war es das, was ihn noch weiter bis zum Schlafengehen beschäftigt oder verängstigt hat. Außerdem hat er mir mein neues Kleid mit Schokospucke verschmutzt, und ich hatte keine Zeit mehr, mich umzuziehen. Du weißt, wie sehr ich es verabscheue, in solch ungepflegtem Zustand meine Freunde zu empfangen.«

Hendrik erschien Louises Sicht der Dinge augenblicklich beruhigend. Ihre sachliche Darstellung und Ausgeglichenheit machten ihn dankbar, und er entspannte sich ein wenig. Vielleicht hatte sich Luc ja tatsächlich einen Virus eingefangen, und er sollte den Arzt konsultieren.

Es gab tausend verschiedene Erklärungen für Lucs Verhalten und jede war ihm lieber als der Hass, den er in Louises Augen am Tag zuvor gesehen hatte.

Und so ließ Hendrik zu seinem eigenen Schutz die barmherzigen Lügen im Raum stehen.

***

Louise war perplex gewesen, als sie Hendrik am Bildschirm erkannte. In den letzten vierzig Jahren hatte er es noch nie gewagt, unangemeldet bei ihr zu erscheinen, und sie hatte augenblicklich den Grund dafür erkannt. Daher hatte sie ihm keine Vorwürfe wegen seines plötzlichen Kommens gemacht, hatte sich auch nicht damit aufgehalten, ihm zu erklären, wie beschäftigt sie freitags immer war. Das alles wusste er ohnehin, und er hatte es sich über die langen Jahre hinweg verdient, dass sie ihn anhörte. Er war ihre Konstante, hatte ihr geholfen, ihr Geschäft aufzubauen, war mit ihr gealtert und ein ehrlicher Freund. Er vertraute ihr vollkommen, so sehr, dass er ihr sogar Luc vererbte.

Was sie mit diesem Erbe anzustellen gedachte, würde er zeit seines Lebens nicht erfahren. Louise hatte bereits unter falschem Namen einen Platz in einem vornehmen Pflegeheim für Luc reservieren lassen. Gegen eine jährliche, großzügige Unterstützung hatte sich der Leiter des Heimes davon überzeugen lassen, wie überaus dankbar und wohlgesonnen sie der Anstalt und einem jederzeit verfügbaren Zimmer gegenüberstand. Sie hatte nicht vor, sich ihren Lebensabend mit einem spuckenden, krampfenden, in Windeln gepackten Erwachsenen zu verderben, dessen einziger Lebenssinn sich in Essen und Verdauen erschöpfte. In absehbarer Zeit plante sie, Paris zu verlassen, und in ihren Plänen kam ein sabbernder, furzender Luc mit Sicherheit nicht vor. Sollte Hendrik vor ihrer Abreise sterben, hatte sie mit dem Heimplatz für Luc vorgesorgt. Sollte er danach sterben, musste er eine neue Pflegemutter suchen. Bei seinen Reichtümern dürfte das wirklich kein Problem sein.

Als Hendrik beruhigt und wieder einigermaßen bei Kräften ihre Wohnung verlassen hatte, räumte sie zum zweiten Mal an diesem Tag das Gästezimmer auf und zog sich um. Sie würde den restlichen Freitag damit verbringen, eine Serie Vasen mit fein geschwungenen Blumenmotiven zu bemalen, an Schalen Glasuren anzubringen und alles für den morgigen Markttag einzupacken, was sie mitnehmen wollte.

Louise liebte die Samstage, an denen sie aufs Land zu der alten Markthalle in dem pittoresken Dorf Anchieu fuhr, die umfunktioniert wurde und jetzt kleine Galerien und Stände beherbergte, an denen Handwerker-, Kunsthandwerkerware oder *brocantes* feilgeboten wurden. Dort verkaufte sie ihre Kostbarkeiten an fremde Menschen, die sich daran erfreuten.

Schon kurz nachdem sie mit sechzehn Jahren von Marseille nach Paris gekommen war, hatte sie ihre Liebe für Flohmärkte entdeckt. Anfangs, weil sie sich nirgends sonst Kleidung kaufen konnte, die sie sich leisten konnte, später besuchte sie samstags Märkte, um das ungezwungene Flair zu genießen und Kontakte zu den Marketendern zu knüpfen. Bei ihren Besuchen hatten sie immer die rudimentären Gefäße aus Ton fasziniert, und sie hatte davon geträumt, einmal selbst mit ihren eigenen Händen runde Becher, Vasen und Schalen zu formen. Ausgerechnet in Anchieu hatte sie damals eine alte, verrostete Drehscheibe erstanden, und es war Jahre später wieder in Anchieu gewesen, wo sie ihren ersten klapprigen Brennofen erfeilscht hatte. Er hatte gerußt und war sein Geld nicht wert, doch nie war sie so stolz gewesen, als sie ihm ihre erste zersprungene Obstschale nach einem schier endlosen Brennvorgang entnommen hatte.

Mit wachsendem Kundenkreis waren auch ihr Selbstvertrauen und Vermögen gewachsen. Sie hatte sich in vielerlei Hinsicht weiterentwickelt, und was die Töpferei betraf, verfügte sie mittlerweile über einen eigenen Töpferraum, eine moderne, elektrische Drehscheibe, einen preisgünstigen Ton- und Glasurenlieferanten sowie einen perfekten, umweltfreundlichen Brennofen mit hoher Heizkapazität, der so groß war, dass sie darin in mehreren Lagen gleichzeitig brennen und glasieren konnte.

Ihren Standplatz in der Markthalle in Anchieu hatte sie dauergemietet, und während der Woche wurde er von einer alten Witwe liebevoll gehegt und gepflegt. Jeden Samstag packte Louise die Schachteln mit ihren frisch gebrannten, neuesten Kreationen im Flur zusammen und wartete auf den Lieferwagen, der von einer Mietwagenfirma frühmorgens gebracht und spätabends wieder geholt wurde. Der junge Mann, der für diesen Service zuständig war, hatte sich mit der Aussicht auf regelmäßiges Trinkgeld als sehr hilfsbereit und freundlich erwiesen und half ihr stets, den Lieferwagen zu beladen. In Anchieu verliefen die Samstage nach festen, lieb gewonnenen Ritualen: ankommen, von der alten Witwe umarmt werden, alle Kostbarkeiten auspacken und am Markttisch dekorativ aufstellen, mit den Standnachbarn ein Schwätzchen halten, zwischendurch immer wieder kurz ins Café auf einen Sherry, Espresso oder ein Croissant, mit den Kunden scherzen und Rabatte gewähren, lachen, abends alles dingfest machen, den Stand schließen, die alte Witwe bezahlen, sich von allen verabschieden und winkend mit dem Lieferwagen wieder zurück nach Paris aufbrechen.

Louise hatte erst zwei Mal in den letzten zwanzig Jahren einen Samstag versäumt: Einmal hatte sie eine schwere Lungenentzündung ans Bett gefesselt, das andere Mal war ihr alter Brennofen explodiert und hatte nicht nur die Töpferkammer, sondern auch ihre wertvollen Kunsthandwerke ruiniert. Glücklicherweise war er zu schwach gewesen, um das ganze Haus in die Luft zu jagen.

Die Samstage waren ihr heilig, die ganze Woche arbeitete sie hart dafür, einen Tag in der Woche unbeschwert unter einfachen, ehrlichen Menschen zu verbringen, sorglose Freude und Ruhe zu empfinden und von niemandem als alte Hure behandelt zu werden.

Auch heute gab es noch genug zu tun. Der Besuch auf der Préfecture, Marta, Alette und Hendrik hatten sie wertvolle Zeit gekostet, der Brennofen musste schnell angeworfen werden, damit alles rechtzeitig für morgen fertig wurde.

Als Allerersten aber mussten die Brennrückstände sorgfältig mit Hilfe eines alten Staubsaugers aus dem Ofen entfernt und durch einen Schlauch in einen neuen, vorbereiteten Tonkrug abgefüllt werden.

***

Marcel war frustriert. Die Befragungen des weiblichen Freudentrios hatten nichts Verwertbares ergeben. Irgendwie hatte er das Gefühl, dass sie nicht ganz die Wahrheit gesagt hatten, es erschien ihm unglaublich, dass alle drei keinen der verschwundenen Männer gekannt haben wollten. Jean, Nummer 11, war auch kein Treffer. Sieben Männer hatten sich nachweislich im Viertel rund um die Rue Loubert herumgetrieben, waren von Verkäuferinnen, Passanten und Taxifahrern gesehen worden – nur nicht von den werten Damen. Marta hielt er für zu dumm, Alette für zu schlau, um zu lügen, aber Louise spielte in einer anderen Liga. Sie war die Grande Dame, unantastbar geschützt unter dem aufgeplusterten Gefieder Pricards. Marcel hatte Erkundigungen über sie eingezogen: Mit sechzehn hatte sie im Bistro als Putzhilfe angefangen, in einer Besenkammer im Haus Nummer 41 gewohnt und dort zwischen Ratten und verschimmelten Essensresten auf einer stinkenden Matratze ihre ersten geheimen Freier bedient. In kurzer Zeit hatte sie es in ein Zimmer im ersten Stock und im Bistro hinter die Bar geschafft. Ihr attraktives Äußeres, ihre Diskretion sowie ihre Bereitschaft, dem jeweiligen Kunden keinen Wunsch abzuschlagen, machten sie unter all den anderen billigen Straßennutten zu etwas Besonderem. Zusätzlich wusste sie ihren Wert dadurch zu steigern, dass sie sich strikt nur einer bestimmten Anzahl von Männern annahm. Zwanzig war die magische Zahl. Erst wenn einer von ihnen sich in einen anderen Ort verzog, sich einer anderen Dirne zuwandte oder verstarb, nahm Louise wieder einen neuen Mann auf. Sie war begehrt, hatte die Wahl und niemals einen Zuhälter. Sie wusste sich mit Peitsche und Messer zu schützen, suchte ihre Gäste sorgfältig unter dem Aspekt finanzieller Voraussetzungen und gesellschaftlicher Stellung aus und bildete sich selbst in namhaften Bordellen weiter. Jetzt, mit nahezu sechzig Jahren, war sie die Eigentümerin des Hauses Nummer 41, hielt es wie sich selbst gepflegt und modern, vermietete an Marta und Alette gegen ein Butterbrot und hatte trotz ihres Alters noch immer die Wahl unter zahlreichen, mittlerweile ebenfalls in die Jahre gekommenen Managern, Bankdirektoren, Industriellen oder Polizeipräfekten – wie der Ermittlungsleiter zwar nicht mit Sicherheit wusste, aber davon überzeugt war. Sie war attraktiv älter geworden, machte alle drei Monate zwei Wochen Urlaub in Frankfurt bei Verwandten, leistete sich keine Skandale und verwickelte auch ihre Kunden in keine. Ihre Lieblingsbeschäftigung war Töpfern; Lieferanten, Mietwagenservice und die alte Witwe in Anchieu waren hinreichend überprüft worden. Einige ihrer Stammfreunde waren unter der Zusicherung höchster Geheimhaltung über sie befragt worden, von allen kamen übereinstimmend nahezu euphorisch die Aussagen: eine feine Dame, attraktiv, humorvoll und großzügig, gewählte Ausdrucksweise, Gesicht, Hände und Füße ständig unter strenger Aufsicht eines kostspieligen Kosmetiksalons, keine Eskapaden, keine Familie, nur Verwandte in Deutschland. Ihre Finanzen wurden von einem über jeden Zweifel erhabenen Bankdirektor aus St. Etienne höchstpersönlich verwaltet. Ihr offizielles Einkommen bezog sie aus den Erträgen ihrer Töpferei.

Es war das erste Mal in seiner Karriere bei der Polizei in Paris, dass Marcel bei einer verdächtigen Person auf eine dermaßen weiße Weste, einen derart guten Ruf und tadellosen Lebenswandel stieß. Da all ihre Gäste sich als Freunde bezeichneten und bis jetzt nichts Gegenteiliges hatte bewiesen werden können, machte sie sich nicht einmal der illegalen Prostitution schuldig, obwohl jeder wusste, dass sie ihre Gäste nicht nur mit intellektuell anspruchsvollen Diskussionen erfreute. Nur erwischen lassen hatte sie sich noch nie.

Das wollte auch er nicht. Er wollte einfach nur mit ihr reden. Sie nicht befragen, sondern sich von ihr erzählen lassen mit ihrer ruhigen, wohltuenden Stimme. Dabei in ihre wissenden Katzenaugen blicken, vielleicht von ihrer erfahrenen Hand an seiner Wange kurz berührt werden.

Es war bereits Abend, aber er musste sie sehen. Jetzt gleich.

***

Bei dem Besucher, der hartnäckig ihre Türklingel malträtierte, handelte es sich ganz bestimmt nicht um Marta, Alette oder Hendrik. Jeder von ihnen hätte es spätestens nach zehn Minuten aufgegeben, darauf zu hoffen, dass sie öffnete. Es war bereits nach acht Uhr, und sie war neugierig geworden. Am Bildschirm im Flur war im kaltblauen Neonlicht das gräuliche Gesicht des Ermittlungsleiters erschienen. Louise schmunzelte. Clever, der Bursche, dachte sie, und nicht einmal der hässlichste.

Sie drückte wortlos auf den Türsummer, lehnte sich mit vor der Brust verschränkten Armen an den Türrahmen und erwartete ihren ungebetenen Gast barfuß, in ausgeleiertem, mit Ton und Staub beflecktem Shirt – darunter trug sie wie gewohnt nichts –, eierschalenfarbenen Chirurgenhandschuhen über ihren eingecremten Händen und unordentlich zusammengebundenen Haaren.

Sie beobachtete den schwarzen dichten Haarschopf, der, durch das Geländer betrachtet, nach oben zu schweben schien. Auf den letzten Stufen hob er den Kopf, sah sie in der offenen Tür stehen, erstarrte kurz und lachte.

»Ich störe. Und wie ich störe!«

»Es freut mich, dass mein Anblick Sie amüsiert. Ich selbst finde es aber weniger komisch, dass Sie mich ohne Vorwarnung aufsuchen. Ist das der Stil der jungen Generation? Unverschämt und rücksichtslos?« Louise war weniger erbost, als sie vorgab. Er musste es an ihrem Tonfall erkannt haben, denn er wirkte keineswegs zerknirscht.

»Madame, ich musste einer Eingebung folgen. Ich musste einfach.«

»Und diese göttliche Eingebung führte Sie ausgerechnet zu mir?«

»Genau. Wohin sonst könnte eine göttliche Eingebung führen?«, gab er lächelnd zurück.

Louise fühlte sich keineswegs geschmeichelt, dennoch hatten Worte wie diese eine durchaus wohltuende Wirkung auf ihre weibliche Seele.

»Kommen Sie herein. Es bleibt mir ja nichts anderes übrig, als Sie zu erhören, oder?«

»Ich wäre Ihnen zumindest sehr dankbar, wenn Sie ein paar Minuten erübrigen könnten.«

Sie nickte und ging ihm voran ins Gästezimmer.

»Machen Sie es sich bequem. Kaffee oder Cognac? Ich nehme an, ein kleiner Drink wird sich in den paar Minuten einnehmen lassen?«

»Cognac, vielen Dank.«

Sie begann mit routinierten Handgriffen ihr tausendfach erprobtes Spiel mit Gläsern, Karaffen und Eiswürfeln.

Als alles am Tisch bereitstand, schob sie ihm noch einladend die Bonbonschale hin, lehnte sich in ihrem Sessel zurück, überschlug die Beine und war darauf bedacht, das Shirt, so weit es reichte, darüber zu ziehen. Des Anstands wegen. Dies war schließlich ein offizieller Dienstbesuch und kein Treffen unter Freunden.

»Nun, welchen Geistesblitz hat Gott Ihnen eingegeben, der Sie zu solch unchristlicher Zeit vor meiner Tür entlädt?«

Die Ironie hinter dieser geschwollenen Ausdrucksweise war unüberhörbar.

»Madame Prousseau, Sie verfügen über eine hochmoderne Videoanlage, auf der Sie alle Besucher und auch einen Teil der Rue Loubert erkennen können?«

»So ist es. Sündhaft teuer in der Anschaffung und auch in der regelmäßigen Wartung. Absolut zuverlässig. Aber ich muss Sie leider enttäuschen: Die digitalen Aufnahmen werden nicht aufgezeichnet. Ich habe also keine Bilder anzubieten, auf denen Sie Ihre Vermissten sehen könnten. Wenn dem so wäre, hätte ich sie heute Morgen zur Befragung mitgebracht.« In ihrer Stimme schwang ein Hauch von Belustigung mit.

Marcel erkannte seine Niederlage sofort, auch wenn sie ihm beinahe charmant und überaus sanft beigebracht wurde.

»Natürlich.« Um seine Verlegenheit zu überspielen, nahm er ein Bonbon, wickelte es gedankenverloren aus, streifte die silberne Hülle sorgfältig glatt und legte sie in den tönernen, mit indianischen Zeichen verzierten Aschenbecher. »Natürlich hätten Sie daran gedacht, Madame. War wohl doch kein so großartiger Geistesblitz. Es tut mir leid, Sie gestört zu haben, aber es war zumindest ein Hoffnungsschimmer.«

»Sie haben Courage bewiesen und Arbeitseifer, also schütten Sie sich nicht Asche über Ihr Haupt. Apropos Asche – wenn Sie nun schon einmal hier sind, helfen Sie mir wenigstens bei meiner Arbeit. Als Entschädigung für die ungebührliche Störung sozusagen.«

»Was immer Sie wünschen, Madame.« Übertrieben demütig verbeugte er sich vor ihr.

»Das sind eigentlich meine Worte.« Louise lächelte ungezwungen und erhob sich.

»Ich muss noch den Ofen säubern, das geht zu zweit viel schneller.«

Er stand auf und folgte ihr durch eine breite Tür in den angrenzenden Töpferraum. Sie zeigte auf den runden Brennofen, dessen Deckel nach oben gekippt war. Der Durchmesser des Ofens war ungefähr so groß wie der eines voluminösen Ölfasses, die Höhe entsprach ziemlich genau der eines kleineren Müllcontainers. Wenn man sich darüber beugte, konnte man den Boden mit einer ausgestreckten Hand nicht berühren, auch wenn man sich noch so sehr anstrengte.

Louise hatte einen Staubsauger mit langem Saugrohr bereitgestellt. Daneben stand ein bauchiger Tonkrug, aus dessen geschwungenem Hals ein biegsamer schwarzer Plastikschlauch ragte. Eine seltsame Konstruktion. Sie sah seine Verwirrung.

»In diesem Krug fange ich die Asche auf, die ich aus dem Ofen sauge. Beim Brennvorgang bleiben immer winzige Scherben, Aschereste und Lehmstaub zurück, die man vor dem nächsten Durchgang entfernen muss, sonst mischen sie sich mit den Tonstücken und das sieht grässlich aus.«

»Und wozu sammeln Sie die Asche?«

Sie wirkte plötzlich peinlich berührt und verschämt.

»Die Indianer düngen mit Asche ihre Felder. Ich dünge damit die Pflanzentröge bei meinem Marktstand. Man mag es nicht glauben, aber meine Blumen sind die prächtigsten in Anchieu, und ich werde von den Hausfrauen dort glühend darum beneidet. Ich weiß, wie schrullig das jetzt klingt, aber es ist ja jedermann egal, ob ich die Asche zum Müll oder nach Anchieu zu meinen Blumen bringe, nicht wahr?«

Sie hatte ihm damit ein kleines Geheimnis von sich anvertraut, das ihr unangenehm war, weil es, wie sie selbst sagte, schrullig klang. Mehr noch, für ihn klang es bestimmt verrückt. Nach alter, einsamer Frau.

Genau diesen Eindruck wollte sie erwecken.

Ernsthaft erklärte er: »Ich verstehe«, und ergriff den Tonkrug mit dem Schlauch. »Sie säubern den Ofen, ich fülle die Asche um, damit nichts verloren geht.«

»Ich danke Ihnen.«

Schlicht und beinahe tonlos kamen ihre Worte, aber sie drückten ihre Dankbarkeit und auch Anerkennung dafür aus, dass er sich nicht über sie lustig machte.

Sie drehte an verschiedenen Knöpfen an der Wand, die eine in Decke und Seitenwänden eingebaute Kombination aus Klimaanlage und Lüftung regelten, betätigte den Schalter des Staubsaugers, führte das lange Saugrohr bis zum Boden des Ofens und begann, sorgsam alle Reste zu entfernen. Als sie damit fertig war, entfernte sie den Fangbeutel aus dem Inneren des Saugers und steckte in dessen offene Mündung – durch die gewöhnlich verzweifelte Hausfrauen versuchten, inmitten von Staubflusen und Biskuitkrümeln mit gespreizten Fingern nach ihren verloren geglaubten Ohr- oder, schlimmer noch, Eheringen zu fischen – ein Ende des Plastikschlauches. Das andere Ende führte in den Krug. Er hatte Mühe, den Krug ruhig zu halten, so fest schüttelte sie den Staubbeutel, damit die darin eingefangene Asche durch den Schlauch sicher im Bauch des Kruges landete. Er fragte sich, wie sie diese Prozedur allein bewerkstelligen konnte.

Hin und wieder war ein leises Klacken im Krug zu hören, vermutlich von kleineren Bruchstücken oder Tonresten.

Nach weniger als fünf Minuten waren sie fertig, und sie räumte auf Gitterrosten vorbereitete Tonstücke in den Ofen, schloss den Deckel, regulierte an verschiedenen Schaltern die Hitze und entfernte den Schlauch vom Krug, den sie mit einem passenden Korken fest zustöpselte.

»Lust auf einen kleinen Imbiss und noch einen Cognac?« Sie wischte sich mit dem Handrücken eine Haarsträhne aus der Stirn.

Sie sah ihm an, dass ihm bewusst war, dass ihm mit dieser Einladung eine Ehre zuteilwurde, für die andere Männer teuer bezahlen mussten.

»Gerne. Danke.«

Louise hatte ihn die ganze Zeit über keinen Augenblick aus den Augen gelassen. Was sie sah, erfreute sie und machte sie sicher, keinen Fehler begangen zu haben, als sie ihm ihre Tür geöffnet hatte.

***

Luc konnte nicht einschlafen. Immer wieder durchfuhren unkontrollierte Zuckungen seinen verkrampften Körper und ließen ihn nicht zur Ruhe kommen. Hinter seinen fest zugekniffenen Augen jagte sein verkümmertes Gehirn ohne Unterlass unzählige grelle Bilder durch seinen Kopf. Wie ein Funkenregen ergossen sie sich in seinem Bewusstsein, und er konnte diesen schmerzhaften Blitzen nicht entrinnen.

Dazwischen überlagerte immer wieder die Andeutung eines Gefühls die verstörenden Erinnerungsfetzen. Er liebte dieses Gefühl. Es war das bestimmte Gefühl, das von der einen rothaarigen Frau ausging. Es war das heimelige Aroma von Louise. Keine andere Frau fühlte sich so an wie sie. Nicht die Frau, die ihm täglich zu essen gab und ihn manchmal sogar mit gurrenden Worten fütterte, auch nicht die Frau, die regelmäßig ins Haus kam, um ihm mit gefletschten Lippen quälend langsam Worte vorzusprechen, die er nachformen sollte. Was zwar nie gelang, ihm aber solches Vergnügen bereitete, dass ihm dabei der Speichel von seinen Mundwinkeln tropfte. Auch nicht die Frauen im Supermarkt an der Kasse oder die Frauen in den weißen Mänteln, die ihm mit silbernen Spitzen Schmerzen in den Armen zufügten, fühlten sich so an wie Louise.

Er fühlte, nein, er wusste, dass dieses einzigartige Gefühl von den beiden weichen Bällen, die allen Frauen vorne aus dem Körper wuchsen, ausging. Es war ein süßer Duft, wie der von der gelben dicken Milchcreme, die er an besonderen Tagen selbst mit einem gebogenen, klobigen Löffel essen durfte.

Wenn er nur diese flauschigen Bälle einmal mit den Händen fassen könnte! Er würde sie mit seinem Mund spüren und über sein ganzes Gesicht verteilen und auch dort unten, wo ihn sein Vater so oft sorgsam und vorsichtig mit dem Lappen wusch und Louise ihn weniger vorsichtig rubbelte.

Er musste es schaffen. Es war ganz einfach. Er musste nur seine Hände ruhig halten und mit den Fingern nach dem Duft greifen. Ihn schnell zu sich heranziehen.

Die Blitze vor seinen Augen verflüchtigten sich, die Funken erloschen. Jetzt endlich wusste er, was er zu tun hatte.

Als seine Muskeln, von ihm unbemerkt, erschlafften, sein Atem ruhiger wurde und seine Augenlider sich wieder glätteten, war er sich sicher: Er würde sich Louises Gefühl holen.

***

Louise machte sich in der kleinen Kochnische im Gästezimmer zu schaffen. Sie schnitt ein Baguette in dicke Scheiben, legte sie in das Backrohr – ihr Toaster hatte den Geist aufgegeben und diente momentan als Utensilienkammer – und holte Martas sensationelles *tartare de bœuf* aus dem Kühlschrank. Marta versorgte sie täglich mit kleinen Leckereien, die sie frisch und mit ausgesuchten Lebensmitteln für das Bistro zubereitete. Sie achtete stets darauf, mehr als benötigt vorzubereiten, um Louise damit eine Freude zu machen. Louise wusste diese liebenswürdige Geste sehr zu schätzen, konnte sie doch zu jeder Tageszeit ihren treuen Freunden außergewöhnliche Häppchen zur Stärkung zwischendurch anbieten.

Marcel hatte mit einem zweiten Cognac wieder auf dem Sofa Platz genommen und schwieg.

Während sie Servietten faltete, Tomaten in dünne Scheiben schnitt und auf zwei Tellern verteilte, beglückwünschte sie sich selbst zu ihrer Intuition und ihrem schnellen Reaktionsvermögen.

Sie hatte keine Ahnung, ob die Indianer ihre Felder mit Asche düngten oder nicht, und es war ihr auch vollkommen egal. Sie glaubte auch nicht, dass ihre Pflanzen in Anchieu wegen der von ihr ausgestreuten Asche so prachtvoll gediehen; vielmehr führte sie diese Tatsache auf den perfekt funktionierenden grünen Daumen ihrer alten Witwe zurück.

Sie war auch nicht schrullig oder einsam. Alt vielleicht, aber keineswegs verrückt. Schon gar nicht verschämt oder peinlich berührt. Ob Marcel sich über sie lustig machte oder nicht, interessierte sie nicht im Mindesten.

Tatsächlich aber hatte sie ihm ein Geheimnis verraten. Er glaubte bestimmt, er hätte es gehört; sie jedoch wusste, er hatte es gesehen.

***

Louise sah keinen Grund, sich umzuziehen oder die Hände zu waschen. Sie würde, wenn er weg war, weiter bis spät in die Nacht arbeiten. Außerdem hatte sie ihn nicht gebeten zu kommen, also würde er sich wohl oder übel ihrem Plan anpassen müssen. Es schien ihn nicht zu stören.

Sie trug eine Platte mit den Tartarebrötchen zum Tisch, holte noch Salz, die Teller mit den Tomaten sowie Servietten. Keine Messer, keine Gabeln – Fingerfood nannte man dies heutzutage, und er war jung genug, um sich damit auszukennen.

Sie setzte sich wieder ihm gegenüber, nahm sich ein Häppchen, lehnte sich mit einem kleinen Seufzer zurück und musterte ihn.

»Nun, mein Lieber, zweifellos haben Sie mich überprüft. Meine Daten in den allwissenden Computer eingegeben und gehofft, in dem, was er ausspuckt, die Lösung Ihres spektakulären Falls zu finden. Aber außer, dass Sie zwar von meiner seit 1946 strafbaren Tätigkeit wissen, sie aber leider nicht hieb- und stichfest belegen können, haben Sie keine nennenswerten Ergebnisse vorzuweisen. Sie kennen nicht einmal einen Bruchteil meiner Freunde mit Namen und konnten auch sonst nichts Anrüchiges über mich in Erfahrung bringen. Also haben Sie sich eine göttliche Eingebung einfallen lassen, um mir einen Überraschungsbesuch abzustatten. Selbstverständlich in der Hoffnung, mich bei einem schändlichen Vergehen auf frischer Tat zu ertappen. Stattdessen wurden Sie zur Arbeit eingeteilt und kommen mit leeren Händen morgen früh zu Ihrer Lagebesprechung in die Préfecture. Zu allem Überfluss finden Sie mich auch noch auf absurde Weise anziehend, obwohl Ihr Verstand Ihnen dringend davon abrät, in mir eine Frau statt eine Mutter zu sehen. Sie sind in einer Zwickmühle, würde ich sagen.«

Marcel getraute sich kaum, seinen ersten Bissen im Mund fertig zu kauen und zu schlucken.

Diese unverblümte Direktheit grenzte an Gemeinheit. Sie traf mit jedem ihrer Worte den Nagel auf den Kopf, was seinem Ruf als Ermittlungsleiter durchaus ernsthaften Schaden zufügen konnte. Dass sie ihn von Anfang an durchschaut hatte, machte seine Lage auch nicht besser. Andererseits war sie ehrlich, ließ sich auf kein Katz-und-Maus-Spiel ein und nahm kein Blatt vor den Mund. Momentan hatte er eindeutig die schlechteren Karten, er musste die Richtung ändern und das schnell, bevor sie ihn hinauswarf.

»Werden Sie mir helfen, Madame?«

»Wenn Sie offen zu mir sind und wenn es mir möglich ist.« Ihr Gesichtsausdruck war völlig entspannt, sie war nicht verärgert, aber auch nicht sonderlich interessiert.

Marcel entschied sich, die unvermeidlichen Fragen sofort zu stellen.

»Besitzen Sie ein Handy, einen Computer, einen Kalender oder sonst etwas, um Namen oder Termine zu notieren? Dürfte ich sie sehen? Auch ohne richterlichen Beschluss? Ich versichere Ihnen, dass ich nichts ohne Ihr Einverständnis verwenden werde und alles höchst vertraulich behandle.«

»Das glaube ich Ihnen sogar. Aber ich führe weder Tagebuch noch Kalender, verwende zur Kontaktpflege ausschließlich mein altes Telefon im Flur und speichere sämtliche Daten auf meiner internen Festplatte. Das hält geistig rege und hinterlässt keine verräterischen Spuren.« Dabei tippte sie sich mit ihrem Zeigefinger an die Stirn. Seine Ungläubigkeit war nicht zu übersehen, Louise tat er jetzt beinahe leid.

»Wie organisieren Sie dann Ihr Leben?«, versuchte er es noch einmal.

»Wie ich es die letzten vierundvierzig Jahre auch organisiert habe: Mit meinen grauen Zellen. Glauben Sie mir, so viel ist es gar nicht, was ich mir zu merken habe. Ich wäre in meinem Geschäft nicht so erfolgreich, hätte ich Aufzeichnungen von Telefonnummern oder Namen. Ich neige weder zu Erpressung noch zu infamen Anrufen bei Ehefrauen. Meine Verabredungen finden nach persönlicher Absprache statt, es gibt vereinbarte Zeiten, nur in Notfällen werde ich von meinen Gefährten über das Telefon kontaktiert. Das vermittelt ihnen ein Gefühl der Sicherheit. Sie müssen keine Angst haben vor Schlammschlachten oder skandalösen Enthüllungen in den Medien, sie wissen seit Jahrzehnten, dass sie mir zu hundert Prozent vertrauen können. Dieses Wissen und Vertrauen geben sie über Mund-zu-Mund-Propaganda weiter, da sie es heute im horizontalen Gewerbe nirgendwo sonst finden. Sie besuchen mich verlässlich und gerne, sie sind entspannt, und das macht sie spendabel und großzügig. Davon profitiere ich enorm und lebe in persönlicher Freiheit. Zeigen Sie mir eine Nutte in Paris, die es sich leisten kann, alle drei Monate für zwei Wochen Urlaub zu machen. Zeigen Sie mir eine Nutte in Paris, die in meinem Alter noch gefragt ist. Zeigen Sie mir eine Nutte in Paris mit meiner Eleganz und meinem Stil. Zeigen Sie mir eine Nutte in Paris, die sich mit mir messen kann.«

Marcel hatte nicht nur zugehört, er hatte jeden Satz ihres Vortrages förmlich in sich aufgesogen. Seine Arbeit bedingte, dass er schon vieles gesehen und erlebt hatte. Louise in ihrer Souveränität und Gelassenheit war eine verwirrende Premiere, nicht zuletzt deshalb, weil sie nicht unbedingt in einem Alter war, das ihn ernsthaft interessierte.

»Nehmen Sie sich noch ein Brötchen. Ich bringe Ihnen ein Glas Wasser, ein dritter Cognac würde Ihrem Dienstwagen nicht bekommen.« Louise läutete damit das Ende ihrer Konversation ein.

In Gedanken war sie bereits bei Farbmischungen und Glasurvorbereitungen, an ihren Ausführungen hatte er fürs Erste ein Weilchen zu knabbern, und sie hoffte, dass er seinen Besuch nach dem Beweis ihrer schonungslosen Ehrlichkeit nicht unnötig hinauszögern würde. Wäre sie nicht mit ihrer Arbeit in Verzug gewesen, hätte sie seine Gesellschaft sogar als angenehm empfunden. Vielleicht ein andermal, dachte sie, als sie ihm das Wasserglas reichte.

Er nickte zum Dank.

»Madame, ich bin beeindruckt und auch ein bisschen irritiert. Darf ich Sie wieder besuchen? Auch wenn es nicht mit dem Fall zu tun hat?« Er klang nicht bittend, eher anerkennend, mit einem Schuss Erstaunen, vielleicht eine Spur zu fordernd.

»Nennen Sie mich Louise. Rufen Sie aber vorher an. In einer Woche reise ich nach Frankfurt. Kommen Sie gut nach Hause.«

Marcel hatte sein Glas nicht ausgetrunken und sein Brötchen würde er im Gehen zu Ende essen müssen. Die Unterhaltung war unwiderruflich beendet. Es hatte keinen Sinn, sie weiter zu bedrängen, sie würde nichts mehr preisgeben. Sie würde sich auch nicht unter Druck setzen oder überreden lassen. Er würde wiederkommen. Bald. Von seinem Wunsch, ihre Hand an seiner Wange zu spüren, war er weiter entfernt denn je. Verspürte ihn aber mehr denn je.

Louise konnte ihn beinahe denken hören. Seine Aufmerksamkeit und sein Interesse taten ihr gut, aber zu viel davon wäre fatal. Sie würde vorsichtig sein müssen.

***

Alettes letzter Kunde schlief wie ein Baby, trotz der Hitze zusammengerollt in eine himmelblaue Plüschdecke, an sie gekuschelt mit leicht geöffneten Lippen und schnarchte leise. Er war ein honigblonder Adonis, noch keine zwanzig Jahre alt. Seine Haut war im Sonnenstudio gebräunt, sein Körper im Fitnessraum geformt und seine Seele bereits im Mutterleib misshandelt worden. Seine Mutter war fünf Jahre jünger als Alette und hatte verzweifelt versucht, die Schwangerschaft mit ihm zu beenden. Dazu hatte sie einen Damenrasierer benutzt, um sich die Gebärmutter eigenhändig auszuschaben. In einer Jugendzeitschrift hatte sie davon gelesen und es sich einfach und preiswert vorgestellt. Letztlich wurde sie von ihren Eltern im Bad gefunden, beinahe verblutet und immer noch schwanger. Ihre Eltern waren wohlhabende Industrielle, wenig erfreut über den Familienzuwachs, aber doch bereit, ihre Tochter zu unterstützen. Der Junge hatte sich für alle zufriedenstellend entwickelt, war intelligent, ein problemloses Kind und würdiger Erbe. Erst mit dem Erwachen seiner Sexualität gab es erste Probleme. Er gestand zunächst sich selbst, später seiner Mutter und seinen Großeltern ein, dass er besondere Gelüste hegte, die auf herkömmlichem Weg mit Freundinnen, Verlobten oder Ehefrauen nicht befriedigt werden konnten. Sein Großvater war es, der mit ihm einen Handel einging: Nach außen hin würde die Familienehre aufrechterhalten werden, er verlangte von seinem Enkel in naher Zukunft ein geordnetes Familienleben mit Gattin und gut erzogenen Kindern, dafür würde für sein außergewöhnliches Intimleben eine passende Lösung gefunden werden. Sein Großvater war es auch, der Louise ins Spiel brachte. Er selbst kannte sie natürlich nicht, hatte aber von einem seiner Geschäftsfreunde von ihr gehört und Kontakt zu ihr aufgenommen. Louise hatte mit der Begründung abgelehnt, sie habe bereits ein Windelkind, ein zweites wäre in ihrem Alter nicht mehr zumutbar. Aber sie hatte ihn an Alette vermittelt, die sich seiner munter und bereitwillig angenommen hatte. Der hübsche, sonnengebräunte Jüngling hatte sich für Alette als Goldkind erwiesen. Er wollte ausgezogen und gewickelt werden, verlangte nach einer Saugflasche mit Babybrei, krabbelte einige Zeit am Boden umher und heulte irgendwann jämmerlich, er habe sich nass gemacht. Natürlich wollte er umgehend dafür bestraft werden: Alette riss ihm die Windel weg, schlug ihm mit der flachen Hand einige Male auf Po, Oberschenkel und Rücken, schrie ihn an, beschimpfte ihn und spätestens nach dem fünften Mal »Du böser Junge!« und einem letzten festen Schlag auf sein Hinterteil kam er zu seinem Orgasmus. Lautstark, im ausgelassenen Singsang eines Kleinkindes. Die gesamte Vorstellung dauerte höchstens eine halbe Stunde, danach schlief er mindestens drei. Sie erhielt für ihr Entgegenkommen, ihn bei ihr noch ausschlafen zu lassen, dasselbe Honorar, als wenn sie sich aktiv mit ihm hätte beschäftigen müssen. Bezahlt wurde vom Großvater, immer anstandslos, meistens sogar mit Extrabonus um die Weihnachtszeit oder zu ihrem Geburtstag. In diesem Jahr erstmals auch am Muttertag. So lag der Junge, unter seiner Kuscheldecke fest eingepackt in frische Windeln, die Alette regelmäßig in einem Fachhandel für Altenpflege erstand, dicht bei ihr und schlief tief und fest.

Sie konnte deutlich hören, dass jemand eindringlich versuchte, bei Louise Einlass zu finden. Die Türglocke schellte grell, Alette befürchtete, der Junge würde erwachen und sie eine Stunde Bezahlung verlieren, wenn er früher ging. Zornig löste sie sich von ihm, stand auf und ging zu ihrem Videobildschirm im Flur. Louise hatte nach dem unschönen Vorfall vor einigen Jahren alle Wohnungen mit Gegensprechanlage und Videosystem ausstatten lassen, um Sicherheit für sie zu schaffen. Nur die Wohnung des Hausmeisterehepaares hatte keine Video-, dafür aber eine Sprechanlage sowie einen Notfallalarm. Gleichzeitig war am alten Haustor das moderne Schloss angebracht worden und seither hatte es keine Probleme mehr gegeben.

Sie lächelte, als sie den vermeintlichen Gast erkannte. Sollte er doch sein Glück versuchen, der Monsieur Ermittlungsleiter. Er würde sich an Louise die Zähne ausbeißen. Hoffentlich kam er nicht auf die irrwitzige Idee, nach seinem Misserfolg bei Louise bei ihr, Alette, zu klingeln.

Sicherheitshalber entfernte sie im Sicherungskasten den elektronischen Chip für Türglocke und Überwachungskamera, damit ihr Junge weiterhin unbehelligt schlummern und sie den Abend zur Gänze berechnen konnte.

***

Nach dem Besuch bei Louise war Hendrik zwar etwas beruhigt, dieses Gefühl hielt aber nicht sehr lange an. Er fühlte sich unwohl, leicht nervös und angespannt. Louise hatte auf den ersten Blick durchaus aufrichtig gewirkt, ruhig und besonnen, dennoch hatte in ihren Ausführungen ein für ihn eigenartiger Unterton mitgeschwungen. Er befürchtete, dass sie Lucs langsam überdrüssig wurde, sich vielleicht sogar vor ihm ekelte. Sich um Luc zu kümmern, war eine Gefälligkeit, die sie ihm aus langjähriger Freundschaft erwies und nicht, weil sie auf das Geld noch angewiesen war oder weil es ihr gar Spaß machte. Hendrik konnte es durchaus verstehen, dass Frauen Luc widerlich fanden, vor allem feinsinnige wie Louise. Es wäre keine große Sache, eine andere Prostituierte für Luc zu finden, mit Geld ließ sich so ziemlich alles kaufen außer geistiger und körperlicher Gesundheit. Aber keine hätte das Niveau von Louise, Luc müsste sich wieder umgewöhnen, und wer weiß, ob ihm ein Wechsel guttun würde. Mehr noch aber machte ihm der Gedanke Sorge, was mit Luc geschehen würde, wenn er nach Hendriks Tod mit Louise leben müsste.

Konnte er ihr nach dem, was er gesehen und erlebt hatte, noch vertrauen, dass sie Luc sorgsam pflegen würde? Waren der gestrige Unmut, die Abscheu, der Zorn ein einmaliger Zwischenfall, der nie mehr passieren würde? Oder war es der Anfang eines langsamen Endes ihrer Beziehung zu ihm und Luc?

Er verbrachte den Tag mit Luc im Pool und auf dem Spielplatz im weitläufigen Garten des Hauses. Seine Haushälterin Marie war gekommen, um Rosa abzulösen, die ihre Sprachtherapie seit Jahren mit demselben ungebrochenen Eifer an Luc anwandte. Es gab keinerlei Aussicht auf Erfolg, doch sie ließ sich nicht beirren, und Luc machten die Sprechübungen Spaß. Bettlaken, Lucs Nachtwäsche, Polster und Decken waren gewaschen und in der Sonne getrocknet worden, sein Zimmer gründlich gelüftet und aufgeräumt, alles war dank Marie wieder in Ordnung gebracht worden. Luc hatte den Tag über mit gesundem Appetit gegessen und getrunken, nicht mehr erbrochen oder sich in die Hosen gemacht. Sie hatten heute auf die Windel verzichtet, und alles war gut gegangen. Luc war nicht krank. Das hatte auch der herbeigerufene Hausarzt nach einer gründlichen Untersuchung bestätigt. Luc wurde sicherheitshalber Blut abgenommen, eine Prozedur, die er nur unter lautem Geschrei und mit dem Versprechen auf sahnigen, gelben Vanillepudding über sich ergehen ließ.

Es war Abend geworden, Luc lag in seinem Bett und Hendrik saß mit einem Glas Portwein im stillen Garten. Marie hatte ihm noch Schinken, Brot und Oliven gebracht und war nach Hause gegangen, nicht ohne ihm das Versprechen abzuringen, sie sofort zu verständigen, sollte es Luc wieder schlechter gehen.

Er war einige Male sorgenvoll zu Luc gegangen, um zu sehen, ob er unruhig war. Aber jedes Mal hatte sein Sohn entspannt ohne zu zucken in seinem Bett gelegen, und sein jung gebliebenes Gesicht zeigte einen Ausdruck von Zufriedenheit und Glück. Auch seine Hose war nicht feucht, Luc hatte sich mit Händen und Füßen beim Zubettgehen gegen eine Windel gewehrt und Hendrik hatte ihm nachgegeben. Seit Ewigkeiten hatte Luc nicht mehr seine Hose beschmutzt, und sie waren beide so stolz darauf gewesen, als es endlich gelungen war, Lucs Notdurft zu kontrollieren und ihn wieder ein bedeutendes Stückchen der Normalität und Selbstständigkeit näherzubringen. Man wird es morgen sehen, dachte Hendrik mit der Zuversicht eines Mannes, der sich in seinem Leben viele Male dem Unabänderlichen hatte stellen müssen und dennoch ein milder Mensch geblieben war.

Sollte er sich in Louise getäuscht haben? War sie seines Vertrauens am Ende nicht würdig? Hatte sie nur einen schlechten Tag gehabt? Warum nicht? Auch Huren durften schlechte Tage haben, selbst wenn sie für gute Laune und bedingungslose Hingabe bezahlt wurden.

Er erinnerte sich noch gut daran, als er sie kennengelernt hatte. Ein stolzes junges Mädchen, ohne erlernten Beruf, in einem schäbigen Zimmer im Haus Nummer 41 im ersten Stock. Er war auf Empfehlung seines Arztes zu ihr gegangen; seine Frau war verstorben, er hatte sich gesellschaftlich völlig mit seinem kleinen behinderten Sohn in sein Haus zurückgezogen, fand keine Gefährtin, weil er keine suchte. Er magerte ab, verlor an Haaren, wurde schwermütig und konzentrierte seine ganze Aufmerksamkeit auf seine Handelsflotte sowie Therapeuten, Haushälterinnen und Pflegepersonal für Luc. Sein Arzt hatte ihm empfohlen, zur Linderung seiner Enthaltsamkeit eine Hure aufzusuchen, solange dies körperlich noch möglich war.

Louise war es gelungen, ihn aus seiner Starre zu reißen. Er war angetan von ihrer Sanftmut, ihrer Schönheit und Intelligenz. Er wollte ihr Beistand leisten, ihr helfen, sie zu seiner Frau und zu Lucs neuer Mutter machen. Dafür bot er ihr ein Leben ohne finanzielle Einschränkungen, ein Heer an Bediensteten und seiner Meinung nach unendlicher Zufriedenheit. Zu seinem maßlosen Erstaunen hatte Louise abgelehnt, ihn zu heiraten.

»Nein, danke. Aber vielen Dank«, hatte sie schlicht gesagt. Keine Begründung, kein Bedauern, kein Lächeln.

»Wenn Sie mich nicht mehr besuchen möchten, verstehe ich das.« Ihre Augen hatten ihn freundlich und ruhig betrachtet, abwartend, wie seine Entscheidung ausfallen würde. Natürlich war er geblieben. So lange, bis er trotz aller Anstrengungen nicht mehr bleiben konnte und an Luc seinen Platz abtreten musste. Er hatte Louise Kunden vermittelt, ihre Töpferei zu einem rechtlich abgesicherten Gewerbezweig gemacht, ihre Finanzen zu einem persönlichen Freund nach St. Etienne ausgelagert, sie mit Geld, Rat und aufrichtiger Liebe unterstützt. Im Gegenzug machte sie Luc einmal in der Woche glücklich und befreite ihn von seinem inneren Druck.

Er hatte weiterhin nicht nach einer Frau gesucht, was er bis heute nicht bedauert hatte.

Louise war ihm genug, war es immer gewesen.

***

Das war ja besser gelaufen, als sie gehofft hatte. Er war ohne Murren gegangen, und sie konnte sich endlich ihren Kreationen widmen, sich auf den Ausflug nach Anchieu vorbereiten, die Haare waschen und die Wohnung aufräumen. Als alles zu ihrer Zufriedenheit erledigt war, die Kartons verpackt, der Ofen zum Kühlen ausgeschaltet und geöffnet und die Waschmaschine angestellt waren, zog sie sich mit einem Glas Rotwein in ihr Badezimmer zurück, füllte die Wanne, fügte Rosenöl dem Badewasser bei und ließ sich von der duftenden Wärme umhüllen.

Marcel war ein attraktiver Mann mit genügend Ausstrahlung, der sie möglicherweise dazu bringen konnte, ihm gegenüber Empfindungen zu verspüren. Das war in ihrer langen Dienstzeit einige Male vorgekommen, war eine willkommene Abwechslung im alltäglichen Geschäftsleben. Sie konnte sich verlieben, genießen, leiden wie jede andere Frau auch, Gefühle machten vor Huren nicht deshalb einen großen Bogen, weil sie mit einem Geldschein unter der Bonbonschale in Schach gehalten werden konnten. Stets hatte sie Romanzen mit offenen Armen empfangen, sie geliebt und wieder losgelassen, wenn sie nicht mehr zu halten waren. In jungen Jahren hatte sie intensiver unter Trennungen gelitten, mit zunehmendem Alter jedoch hatte sie gelernt, intensiver zu genießen, anstatt sich zu grämen. Nie hatte sie das dringende Bedürfnis verspürt, mit einem einzigen Mann eine Familie zu gründen und dafür ihren Beruf aufzugeben. Als Hendrik ihr freudig seinen Antrag gemacht hatte, hatte sie nicht eine Sekunde lang gezögert, ihn abzulehnen. Die Vorstellung, mit seinem behinderten Sohn in einem furchtbaren Herrenhaus, umgeben von beflissenen, neugierigen und besserwisserischen Bediensteten langweilige Tage verbringen zu müssen, war ihr wie ein Alptraum erschienen. Lieber wollte sie auf Hendrik verzichten, als sein Angebot anzunehmen, von ihm abhängig zu werden und dabei zu verkümmern. Obwohl sie Luc nur einmal in der Woche sah, bemerkte sie erste Anzeichen von Überdruss an sich, und er war bereits zu einer unangenehmen Pflicht für sie geworden. Je älter Luc wurde, desto kräftiger und fordernder wurde er, es gab Momente, in denen sie sich vor ihm ängstigte und ihren Ekel kaum mehr verbergen konnte. Manchmal machte sie seine Bedürftigkeit wütend, manchmal war sie voller Mitleid mit ihm. Diese Mischung aus Zuneigung, Mitgefühl und Zorn war ihr zu anstrengend, und sie hatte lange genug Hendriks Hilfsbereitschaft und Loyalität an Luc abgedient. Einmal musste Schluss damit sein, aber die Entwicklung im Fall der vermissten Männer und die Neugier des Ermittlungsleiters engten momentan ihre Handlungsmöglichkeiten ziemlich ein. Sie würde geduldig sein und den richtigen Zeitpunkt abwarten müssen. In der Zwischenzeit konnte sie aber die Vorbereitungen für ihr neues Leben weiter vorantreiben, vielleicht sogar abschließen. Es war gut möglich, dass ihre Abreise nicht wie geplant am Tag nach ihrem sechzigsten Geburtstag im Dezember stattfinden konnte, sondern dass sie früher und vor allem unverzüglich aufbrechen musste. Sie wollte kein Risiko eingehen, alles musste wie am

Schnürchen klappen und würde es auch. Seit Jahren feilte sie an ihrem Plan, hatte Vorkehrungen und Maßnahmen getroffen, die es ihr ermöglichen würden, sich vor aller Augen in Luft aufzulösen, um an einem anderen Ort dieser Welt wieder zu erscheinen. Ein Zauberkunststück, das für die meisten Illusion war und auch kaum gelang, für sie aber Realität werden würde.

Als das Wasser langsam auskühlte, wickelte sie sich in ihren Bademantel, schlüpfte in Wollsocken, stellte den Wäschetrockner an, schenkte sich Rotwein nach und begab sich in das Gästezimmer. Von dort führte eine breite Tür nicht nur in die Töpferkammer – für die Aufstellung und den Transport des Brennofens sowie Klimaanlage und Lüftungsventilatoren hatte der Türrahmen extra verbreitert werden müssen –, hinter einer zweiten, weniger breiten Tür lag die von ihren Freunden heiß begehrte Folterkammer mit Peitschensortiment, Hand- und Fußfesseln, Schlagketten, Streckbank und – dem absoluten Lieblingsstück ihrer Gäste und gegen Aufpreis jederzeit gerne buchbar – einer funktionstüchtigen Guillotine, deren poliertes Fallbeil im trüben Licht der geschwärzten Glühbirnen funkelte und glänzte.

Louise betrat ihren, wie sie es gerne nannte, Vorhof zur Hölle, würdigte die Ausstattung keines Blickes, sondern öffnete eine imposante Vitrine, in der ihre schwarzen Lederkorsagen, Strangulationswerkzeuge und Instrumente aller Art ausgestellt waren, unter denen ihre Freunde auswählen konnten, bevor sie sich damit von ihr quälen ließen.

Sie nahm ein spezielles Lederkorsett von einem der Fleischerhaken, das mit Schnüren und Karabinern so eng gezurrt werden konnte, dass sie darin problemlos ihren kleinen Laptop aufbewahren konnte, ohne dass er verrutschte. Wenn Kunden nach diesem Korsett verlangten, schlug sie schamhaft die Augen nieder und beteuerte kleinlaut: »Dieses stammt noch aus der Zeit, als ich jung und gertenschlank war. Ich bewahre es nur aus Sentimentalität auf. Aber ich hätte ein anderes, grausameres anzubieten.« Allein die Aussicht auf noch mehr Grausamkeiten ließ ihre Männer das zierliche Korsett auf der Stelle vergessen, der Laptop war nirgends so sicher wie in seinem Inneren.

Sie trug die außergewöhnliche Laptoptasche ins Schlafzimmer, richtete sich auf ihrem Bett behaglich ein und startete den Computer.

Sie hatte noch E-Mails zu lesen, ihre Flugzeiten zu überprüfen und den Stand ihres Sparkontos auf St. Martin, einer bedeutungslosen Insel der niederländischen Antillen, zu aktualisieren. Außerdem gingen die silbernen Schokobonbons zur Neige, und es mussten zusätzlich dringend wieder welche mit goldener Zellophanhülle bestellt werden. Choco4bons.com lieferte ihre Onlinebestellungen, auf ausdrücklichen Wunsch und gegen Aufzahlung in romantischer Geschenkverpackung, innerhalb von vierundzwanzig Stunden an die Adresse von Hendrik van de Poort aus. Dort empfing sie Hendriks und Louises treuer Chauffeur, bezahlte per Nachnahme und überbrachte sie persönlich Louise, die sich herzlich mit einer auf fünfzehn Minuten gekürzten Variante der von ihm leidenschaftlich begehrten Bondage-Attraktion für seine Bemühungen bedankte.

***

Marcel kaute noch immer an seinem Tartarebrötchen, als er längst wieder auf der Straße stand. So schnell und eindeutig war er noch nie vor die Tür gesetzt worden. Um seinen Gedanken ein wenig in Ruhe nachhängen zu können und um das Eingangstor von Louises Haus noch ein wenig im Auge zu behalten, beschloss er, sich in das Bistro auf der gegenüberliegenden Straßenseite zu setzen und zu betrinken.

Er begann mit Bier, später verfeinerte er den malzigen Geschmack mit Feigenschnaps.

Sein Besuch bei Louise hatte keinerlei Erfolg gebracht. Weder dienstlich noch persönlich.

Er fand sie zugleich anziehend und abstoßend. Sie war sehr intelligent, das musste er widerwillig zugeben, und deshalb würde es äußerst schwierig werden, ihr die Bekanntschaft mit den abgängigen achtzehn Männern nachzuweisen. Dass sie alle gekannt haben musste, stand für ihn fest. Alles andere war schier unmöglich. Was den Fall noch zusätzlich erschwerte, war die Tatsache, dass sämtliche ihre Freunde, Gäste, oder wie auch immer sie die Männer zu bezeichnen beliebte, aus hochrangigen Gesellschaftsschichten stammten, wohlhabend, wenn nicht sogar reich und zumeist verheiratet, politisch oder wirtschaftlich einflussreich und deshalb verschwiegen wie ein – wahrscheinlich bald ihr eigenes – Grab waren.

Seitens des Préfet gab es nicht nur den Hinweis, sondern sogar den Befehl zu höchster Vorsicht und Diskretion bei den Ermittlungen, mit Rücksicht auf die angesehenen Familienangehörigen. Er muss wohl am meisten auf seinen eigenen Ruf achten, der alte Sack, dachte Marcel und sah, dass in Louises Wohnung in beinahe allen Räumen die Lichter brannten und trotz der geschlossenen Vorhänge durch die Fenster schimmerten. Sie würde gerade ihre Gefäße brennen und bemalen, alles für den Markttag fertigstellen, sich selbst wieder auf Vordermann bringen und, wenn er Glück hatte, vielleicht hin und wieder an ihn denken.

Er hatte noch nicht die leiseste Idee, wo er ansetzen sollte. Wie er ihr auf den Zahn fühlen konnte, ohne dass sie es erfahren oder sofort selbst bemerken würde. Eine Möglichkeit wäre, mit seinem Neffen zu sprechen. Vielleicht war ihm ja etwas aufgefallen, als er die defekte Heizung in ihrem Haus repariert hatte. Unwahrscheinlich, aber möglich.

Langsam tat der Alkohol seine Wirkung. Marcel würde den Wagen stehen lassen müssen, ein Taxi nach Hause nehmen und morgen früh von einem Streifenpolizisten das Dienstauto abholen lassen. Er wollte auch nicht mehr über Louise nachdenken, heute kam er sowieso nicht mehr weiter.

Fest stand für ihn lediglich, dass er sie in Zukunft beobachten wollte. Mehr über ihr Leben und ihre Liebhaber erfahren wollte.

Auch über sich selbst und seine beunruhigenden Gefühle zu ihr.

Samstag

Als am Samstagmorgen in aller Herrgottsfrühe der Lieferwagen der Mietwagenfirma vorfuhr, war Louise bereit für ihren heiß geliebten Markttag. Sie trug bequeme Jeans und Turnschuhe, ein enges weißes T-Shirt, darüber ein bunt kariertes Männerhemd mit vielen Taschen, das ihr zwar ein wenig zu groß war, ihr aber genau deshalb einen Hauch von Jugendlichkeit verlieh. Ihre Haare hatte sie zu einem lockeren Zopf geflochten, der ihr über den Rücken fiel und im Sonnenlicht in verschiedenen Schattierungen glänzte. Für den bevorstehenden sommerlichen Tag hatte sie ein leichtes Make-up gewählt, keinesfalls sollten sich in der Hitze unappetitliche Schlieren in ihren Gesichtsfalten auf Stirn und entlang der nicht mehr ganz so straffen Wangen festsetzen.

Während der junge Angestellte der Mietwagenfirma ihre Kisten in den Wagen einlud, machte Louise noch einen kleinen Kontrollrundgang durch ihre geräumige Wohnung, um zu prüfen, ob alle Haushaltsgeräte ausgeschaltet, die Fenster für den Fall eines Sommergewitters geschlossen, sämtliche Schalter am Brennofen auf »Aus« zum Abkühlen gestellt und auch sonst alle Dinge an ihrem rechten Platz waren. Nachdem sie ihre Wohnungstür doppelt versperrt hatte, entließ sie den Jungen mit reichlich Trinkgeld, kletterte über die Einstiegshilfe in den hohen Wagen und machte sich auf die Reise.

Während sie durch die noch schlafende und daher kaum befahrene Innenstadt von Paris fuhr, stellte sie verwundert fest, dass sich ihr gewohntes Hochgefühl noch nicht wie erwartet eingestellt hatte. Ihr waren derartige Stimmungstiefs nicht unbekannt, und meist ließen sie sich einem besonderen Ereignis oder hormonellen Schwankungen zuschreiben. Diesmal jedoch konnte sie sich die Ursache nicht erklären.

Sie verfiel in zusammenhanglose Grübeleien, und als sie die Stadtgrenze der Metropole hinter sich gelassen hatte und sich vor ihr die Landschaft mit zunehmend ländlichem Charakter auszubreiten begann, überfielen sie unvermittelt die qualvollen

Erinnerungen mit unbarmherziger Wucht und grausamer Deutlichkeit.

Louise war eines von ungefähr vierzehn Kindern eines zwar armen, doch ständig schwer betrunkenen Bauern, der einen abgelegenen, verkommenen Bauernhof in den Außenbezirken von Marseille stolz seine Hazienda nannte. Von ihrer Mutter war ihr hauptsächlich der unablässig prall geschwängerte Bauch im Gedächtnis eingebrannt geblieben; eine harte, schweigsame Frau, die von früh bis spät in der Küche, am Waschzuber, auf den Feldern oder in den Ställen ihrer mühevollen Arbeit nachging und nachts unter der noch mühevolleren Last ihres gewalttätigen Ehemannes litt.

Louise war die drittälteste Tochter und durfte zwei Jahre lang die Schule besuchen, bevor sie mit zehn Jahren zur Arbeit am Hof eingeteilt wurde. Ihr machte die beschwerliche Arbeit nicht viel aus. Sie behandelte die Tiere liebevoll, genoss den Geruch frisch gemähten Heus, durchstreifte die Wälder auf der Suche nach Beeren und Pilzen und ging der Mutter bei der nie enden wollenden Hausarbeit zur Hand. Für sie war ein Leben in der Stadt, und damit fern von den Eltern, Geschwistern und dem tristen Bauerndasein, unvorstellbar.

Als sie mit zwölf Jahren ihre erste Periode bekam, beschloss der Vater, dass endlich sie an der Reihe war, geschwängert zu werden, und er machte sich unverzüglich und voll Eifer ans Werk. Bei ihren zwei älteren Schwestern war er bereits erfolgreich gewesen, allerdings waren beide seiner Kindeskinder ohne Gliedmaßen und mit viel zu großem Kopf zur Welt gekommen. Er hatte sie wie die neugeborenen Stallkätzchen im Waschzuber ertränkt und anschließend mit Hilfe der jüngeren Söhne auf den Feldern verscharrt. Er war von der hervorragenden Qualität seines einzigartigen Erbgutes so überzeugt, dass er den beständigen Drang verspürte, sich fortwährend zu vermehren. Da seine Ehefrau unausgesetzt schwanger ging, sah er ungeahnte Möglichkeiten darin, die eigenen Töchter mit seinem wunderbaren Samen zu beglücken.

Bei Louise indes schien es nicht so richtig mit einer Schwangerschaft zu klappen, so sehr und so oft er sich auch bemühte.

Louise machte der exzessive Missbrauch nicht viel aus, sie war mit ihm aufgewachsen, kannte den Verlauf von ihren Schwestern und ihrer Mutter. Die nächtlichen Übergriffe in der kargen Kammer über dem Stall, in der die geschlechtsreifen Töchter schliefen, gehörten zum Familienalltag und waren so selbstverständlich wie der sonntägliche Kirchgang ins nahe Dorf.

Einmal im Monat machte sich die gesamte Familie auf den Weg in den Hafen von Marseille. Alle zogen Karren hinter sich her und trugen Säcke und Beutel auf dem Rücken, die beladen waren mit Eiern, saurer und süßer Sahne, geräuchertem Schinken, geschlachteten Hähnchen oder sonstigen Produkten, die sie auf ihrem Hof selbst herstellten. Sie stellten ihre Holzkarren entlang des Hafenkais auf und verkauften von da aus ihre Waren.

Louise war bereits als Kind eine Schönheit, mit dichtem rotblonden Haar, weißer Haut, der auch die pralle Sonne trotz der schweißtreibenden Feldarbeit nichts anhaben konnte, unergründlichen Katzenaugen und einer weiblichen Figur mit schlanker Taille und reizvollen Rundungen. Sie zog die begehrlichen Blicke von Fischern, Hafenarbeitern und Matrosen magnetisch an, aber auch Eigentümer von Reedereien oder betuchte Reisende konnten sich ihrer Anmut nicht entziehen.

Regelmäßig war ihr Karren als Erster leer gekauft. Auch nach ihrem Körper war die Nachfrage groß, und obwohl die stattlichen Preise, die für Louise geboten wurden, verlockend waren, widerstand der Vater der Versuchung, sie für ein paar Stunden an den Höchstbietenden zu verkaufen. Zu groß war seine Angst davor, Louise könnte von einem der feinen Herren erfolgreicher befruchtet werden als von ihm selbst.

Louise war noch keine sechzehn Jahre alt, als sie eigenartige Veränderungen an ihrem Körper wahrnahm. Sie war anfangs verängstigt und erschrocken, wusste aber instinktiv, was diese Veränderungen zu bedeuten hatten, und zugleich keimten zarte Sprossen ersten Widerstands gegen ihr Schicksal auf. Als ihre Schwangerschaft nicht mehr zu verbergen war, war der Vater außer sich vor Freude und wandte sich umgehend ihrer nächstjüngeren Schwester zu.

Einige Tage vor der Geburt verweigerte Louise ihre Mitarbeit auf den Feldern und im Haus. Sie hatte den Entschluss gefasst, ihre Familie zu verlassen und noch Vorbereitungen für ihre heimliche Flucht zu treffen. Einige Kleiderlumpen sowie ein paar vom Karrenverkauf abgezweigte Münzen mussten noch in einem Polsterüberzug versteckt, aus der Speisekammer unbemerkt ein Messer, Speckschwarten, Brotscheiben und Käseecken geschmuggelt werden. Außerdem musste sie sich ihre Kräfte für die bevorstehende Niederkunft aufsparen und ein wenig schonen.

Mit der ersten Wehe, die glücklicherweise mit dem Untergang der Sonne zusammentraf, verließ sie den Hof und machte sich zu Fuß in den Hafen von Marseille auf. Dort gebar sie hockend hinter einem miefenden Fischcontainer in der Schwärze der Nacht ihr Kind, die Zähne fest in die Speckschwarte verbissen, um ihre verzweifelten Schmerzenslaute zu dämpfen. In der Finsternis konnte sie den Säugling kaum erkennen, sie nahm ihn nicht auf oder drückte ihn an sich, sondern schnitt zitternd mit dem alten Messer die Nabelschnur durch, packte das winzige Menschenkind an den Füßchen, hielt es kopfüber, gab ihm einen Klaps auf den Rücken und wartete auf den ersten quäkenden Schrei. Sie steckte das Neugeborene in den Polsterüberzug, umwickelte es mit ihren Lumpen und legte es neben dem Container auf den vom Nachttau feuchten Boden. Mit jedem Schritt, den sie sich entfernte, wurde das Schreien des Kindes leiser. Sie blickte nicht zurück, sondern begab sich auf die Suche nach einer Regentonne, um sich zu säubern. Im Schatten einer Kaimauer wurde sie fündig, und sie begann gerade, sich mit Fetzen ihres Unterrocks das Blut von Schenkeln und Unterleib zu wischen, als aus einer der Hafenkneipen ein Betrunkener in ihre Richtung stolperte, sie erblickte und johlend auf sie zutorkelte.

»Heut is dein Glückstag, Dirne!«, grölte er und zerrte an ihrem beschmutzten Kittel. Sie trat nach ihm – halbherzig, völlig entkräftet und erschöpft.

»Oho, du Schlampe, willst mich treten? Na, ich werd's dir geben, du geiles Luder!«

Er stürzte sich auf sie und versuchte, mit seinen schwieligen, verdreckten Fingern an ihren Haaren und Kleidern zu reißen.

Sie ließ sich auf die Knie fallen, umklammerte mit dem rechten Arm seine Unterschenkel und presste ihm mit der linken Hand ihr blutverschmiertes, verrostetes Messer gegen den Unterleib.

»Hilf mir oder ich schneid dir deine Eier ab«, flüsterte sie rau.

»Lass ihn los, du dummes Gör!« Zwei Hände krallten sich in Louises Schultern und rissen sie so vehement zurück, dass ihre Finger sich von den Knien des Betrunkenen lösten und sie in die Gülle auf dem Kopfsteinpflaster kippte. Dort blieb sie zusammengekauert liegen, resigniert und kraftlos, in Erwartung unvermeidlicher Schläge oder Tritte.

»Verschwinde nach Hause, Pierre! Du bist stockbesoffen und siehst Gespenster.« Die rauchige Stimme hinter Louise klang alt, aber kräftig und furchtlos. Der Betrunkene flüchtete wortlos und tauchte in die dunklen Schatten der Gassen ein.

Louise lag immer noch am Boden, in der linken Hand das Messer fest umklammert. Eine gnädige Dunkelheit hatte sich über sie gelegt, und sie atmete flach, während ein unaufhörliches Rinnsal an Blut sich unter ihrem verschmutzten Bauernkittel ausbreitete.

Die Zeiten waren hart und mit zunehmendem Alter wurden sie immer grausamer, und dieses wunderschöne Gesicht stellte eine zusätzliche Bedrohung für das erbarmungslose Geschäft der Hafendirnen dar.

Die alte Hure, die Louise gefunden hatte, musste diese Kleine loswerden und zwar schnell. Natürlich könnte sie sie hier liegen und verrecken lassen, aber das verbot ihr die Berufsehre. Wenn sich nicht einmal mehr Huren untereinander halfen, wer sollte ihnen dann beistehen?

Also lief sie, so schnell ihre von Gicht, Rheuma und mangelhafter Ernährung verkrüppelten Beine sie trugen, zur nächsten Hafenkneipe, zerrte eine sich sträubende junge Dirne vom Schoß eines lautstark protestierenden Matrosen und befahl ihr mitzuhelfen, das blutende Ding in ihre beengte Maisonette über der Kneipe zu tragen.

Dort entkleideten und wuschen sie Louise und richteten ihr am Boden in der Diele aus alten Polstern und Decken ein Schlaflager.

Die alte Hure hatte keine sichtbaren Verletzungen an Louise feststellen können, aber von ihren geschwollenen Brüsten milchige Tropfen rinnen sehen. Sofort war ihr alles klar.

Louise erwachte das erste Mal beim Morgengrauen, als die Alte versuchte, ihr bitteren Tee und etwas trockenes Brot durch die bleichen und eingefallenen Lippen zu schieben.

»Du kannst hier bleiben, bis du dich ein bisschen erholt hast.« Sie sprach nicht unfreundlich mit Louise, aber ihr Tonfall ließ keinen Zweifel daran, dass Louise nicht willkommen war und keinen Tag länger als unbedingt erforderlich bleiben durfte.

Die nächsten Tage wurde Louise mit nahrhaften Bouillons, stärkenden Kräutertees und frischer Wäsche versorgt. Die Alte tat dies nicht aus Mitgefühl, Menschenliebe oder weiblicher Solidarität, sondern weil sie wollte, dass die bildhübsche, blutjunge Rivalin so schnell wie möglich aus Marseille und damit dem Dunstkreis der Dirnen in ihrem Viertel verschwand.

Als Louise so weit wieder genesen und kräftig genug war, dass sie sich selbstständig auf den Beinen halten konnte, setzte die alte Hure sie in das Führerhaus eines klapprigen Schweinetransporters, drückte ihr einen Stoffbeutel mit etwas Essen, frischer Kleidung und einigen Münzen in die Hand und erklärte, während sie mit ihrem Kopf in Richtung des Fahrers nickte, dessen Grinsen verfaulte Zähne und dunkle Löcher entblößte: »Wenn du tust, was er von dir will, nimmt er dich mit bis nach Paris. Du brauchst nicht dafür zu bezahlen. Wenn nicht, wirft er dich irgendwo auf dem Land hinaus, und du wirst dein blaues Wunder erleben.« Ohne Louises Antwort abzuwarten und ohne ein weiteres Wort knallte sie von außen die verbeulte Autotür zu und machte sich erleichtert auf den Weg in ihre Kneipe, um sich einen verdienten Absinth zu genehmigen.

Sie hatte ihre Pflicht getan. Ihr war völlig gleichgültig, was mit dem Mädchen von nun an geschah.

***

Marcel erwachte mit pochenden Kopfschmerzen und furchtbar gereizten Magennerven. Er löste ein Aspirin auf, trank das Glas in einem Zug leer und stellte sich unter die Dusche. Während das heiße Wasser auf seine Schultern prasselte und seine Lebensgeister langsam wieder erwachten, überlegte er, was er mit seinem dienstfreien Samstag anfangen könnte. Ihm wollte nichts Rechtes einfallen.

Gelangweilt beschloss er, sich zu Fuß auf den Weg in die Rue Loubert zu machen, um seinen Dienstwagen selbst abzuholen. Der Spaziergang würde ihm guttun und helfen, den Alkohol aus seinen Poren und die Feuerwerke aus seinem Kopf zu treiben.

Er durchquerte den Jardin du Luxembourg und genehmigte sich auf dem Weg zur Sorbonne in einem Straßencafé einen Espresso. Er überquerte die Île de la Cité und schlenderte am Centre Pompidou vorbei. Er liebte die ruhige Morgenstimmung auf den sonst mit Touristen überfüllten Plätzen. Beim Gehen plante er sein weiteres Vorgehen.

Er würde auf jeden Fall eine Hausdurchsuchung sowie DNA-Analysen samt Abnahme von Fingerabdrücken in Louises Appartement beantragen. Er musste mit Widerstand aus den obersten Etagen der Polizeiriege rechnen, allen voran von Pricard. Er würde es trotzdem versuchen und im Notfall auch mit den Medien drohen. Aber damit musste er bis nach dem Wochenende warten, heute wäre niemand erreichbar, kein Staatsanwalt oder Untersuchungsrichter, der ihm Formulare und Anträge ausstellen würde, wenn nicht absolute Gefahr im Verzug wäre.

Bei seinem Dienstauto angekommen, hatte er noch immer keine konkrete Vorstellung davon, wie er seinen freien Tag verbringen wollte. Sein Magen hatte sich mittlerweile beruhigt, und Marcel fand, dass er ihm einen zweiten Espresso und ein Croissant zumuten konnte.

Er setzte sich im Bistro an einen Straßentisch und bestellte bei Marta ein kleines Frühstück. Marta wuselte aufgeregt um ihn herum, wollte noch mehr Kaffee bringen, noch ein Croissant, ein Baguette vielleicht oder etwas Obst, fragte ständig nach seinen Wünschen, störte ihn beim Denken und ging ihm gehörig auf die Nerven.

Er betrachtete gedankenverloren das antike Tor mit dem modernen Schloss, das nur Auserwählten den Zugang zu Louises geheimnisvoller Welt ermöglichte, und plötzlich wusste er, was der Tag für ihn heute noch bereithielt.

Marcel bezahlte eilig sein Frühstück bei Marta, die ihre Erleichterung, dass er endlich wieder ging, kaum verbergen konnte, setzte sich in seinen Dienstwagen und ließ sein Navigationssystem die Route nach Anchieu berechnen.

***

Die rüstige Witwe erwartete Louise ungeduldig am Rande der Zufahrt des Marktplatzes von Anchieu, umarmte sie herzlich, erzählte dabei gleichzeitig aufgeregt von den Ereignissen der Woche und wie viele Vasen und Schalen sie verkaufen konnte, half Louise beim Entladen und Auspacken der neuen Stücke und vertrieb mit ihrem geschäftigen Treiben die düsteren Gedanken aus Louises Kopf.

Langsam entspannte sie sich und empfand wieder die heitere Gelassenheit, die diese Markttage für sie so kostbar machten.

Sie entnahm dem Lieferwagen eine längliche Holzkiste, in der der Tonkrug sicher mit Schaumstoff umwickelt verpackt war.

Die Witwe klatschte begeistert in die Hände.

»Sehr fein, Louise! Endlich wieder Nachschub. Den letzten Dünger hat der Regen fast ganz ausgewaschen.«

Louise lächelte.

Die beiden Frauen machten sich ans Werk. Sie stellten Krüge, Schalen und Gefäße auf, ordneten Windspiele und Anhänger neu an, die im leichten Sommerwind fröhlich vor sich hin klimperten, schnitten die schönsten Blumen aus den Trögen und verteilten sie dekorativ in den Vasen. Dazwischen wurden noch Lavendel- und Rosmarinzweige aufgelegt, sodass kaum ein Marktbesucher an dem geschmackvoll gestalteten und aromatisch duftenden Marktstand vorbeigehen konnte, ohne zumindest einen anerkennenden Blick auf die Ausstellungsstücke zu werfen.

Als alles ansprechend dekoriert war, machten es sich Louise und die Witwe auf zwei Klappstühlen hinter dem Stand bequem und begannen mit der Abrechnung der Erlöse, die sich aus den Verkäufen während der Woche ergeben hatten.

Louise bezahlte der alten Witwe ihren Lohn, legte einige Scheine extra dazu und schickte sie für ein paar Stunden nach Hause. Wie immer strahlte diese ob Louises Großzügigkeit über das ganze Gesicht und versicherte, dass sie pünktlich um fünf Uhr am Nachmittag wieder zur Stelle sein würde, um Louise beim Zusammenpacken vor ihrer Rückfahrt nach Paris zu helfen.

Es war noch früh am Tag, keine potenziellen Interessenten oder Käufer waren in Sicht, und so ließ sich Louise ein opulentes Frühstück in ihrem Stammcafé schmecken. Anschließend rauchte sie noch genüsslich eine Zigarette, bevor sie zu ihrem Stand zurückkehrte.

Dort begann sie unverzüglich, ihre farbenprächtigen Pelargonien, Rosen und Stiefmütterchen zu düngen, die in massiven, bauchigen Tontrögen ihren hölzernen Verkaufskiosk malerisch umrandeten.

Sie streifte sich Einweghandschuhe über ihre Hände, um sich nicht mit Blumenerde oder Asche unter den Fingernägeln zu beschmutzen und den makellosen Nagellack nicht zu gefährden. Sie entkorkte den Krug, schüttete die Asche behutsam in die Blumentröge und verteilte sie gleichmäßig mit einem handtellergroßen Miniaturrechen, den sie zusammen mit einer ebenso winzigen Schaufel in einem Spielzeugladen erstanden hatte. Dabei entfernte sie geschickt zarte Bruchstücke aus Ton, drei kräftige Backenzähne, eine schmale, silberglänzende Metallplatte sowie vier verkohlte Schrauben und ließ diese Kleinteile in eine ihrer geräumigen Hemdtaschen gleiten.

Manchen Materialien konnten selbst tausenddreihundert Grad in ihrem ultramodernen Brennofen nichts anhaben. Aber das war kein Problem. Im Laufe des Tages würde sie in verschiedenen Toiletten von Cafés, Bars und Restaurants rund um den Marktplatz von Anchieu für die fachgerechte Entsorgung dieses unvermeidlichen Sondermülls sorgen und ihn der ins Nirwana fließenden Kanalisation zuführen.

Größere und sperrige Ersatzteile, die nicht durch das Staubsaugerrohr passten, blieben am Boden des Brennofens liegen, von wo Louise sie von Zeit zu Zeit mit einer langen, beweglichen Greifzange – wie sie auch von den Müllmännern, die entlang der

Autobahnen und Straßengräben ihren bedauernswerten Dienst tun mussten, verwendet wird – entfernte, von Asche und Kohle befreite und entweder den regelmäßigen Sperrmüllsammlungen oder einfach dem Restmüll spendete.

Sie hatte sich stets strikt an ihre eigene Philosophie »Je offensichtlicher etwas ist, desto weniger wird es gesehen« gehalten und der Erfolg ihrer Recyclingpolitik gab ihr recht.

***

»Ich hatte den Verdacht, Sie wollten mir mit Ihrem indianischen Aschedünger einen Bären aufbinden, aber nun sehe ich es selbst – die prächtigsten Blüten weit und breit!«

Louise erstarrte in ihrer gebückten Haltung, stemmte geistesgegenwärtig beide Hände in die Hüften und begann sich langsam und mühevoll aufzurichten, als ob es ihrem Rücken Qualen bereiten würde, die einzelnen Wirbel wieder in eine stabile Position zu befördern. Sie benötigte diese Zeit, um sich zu fassen und blitzschnell zu überlegen, was er gesehen haben konnte. Sie würde es noch früh genug herausfinden.

Sie drehte sich zu ihm um, zog dabei die Handschuhe von den Händen und sah Marcel nachdenklich an.

»Wie kommt es, dass es mich nicht überrascht, Sie hier zu sehen? Ist der Fall so brisant, bin ich Ihre Hauptverdächtige oder war Ihnen bloß langweilig an Ihrem freien Tag? Oder ist es eine Mischung aus allem?«

Marcel hatte mit einem Empfang wie diesem gerechnet und würde seine Fehler des gestrigen Abends nicht noch einmal wiederholen. Er würde ihr nichts mehr vorgaukeln oder schönreden.

»So ist es. Ich würde mich gerne mit Ihnen unterhalten. Nicht beim offiziellen Verhör auf der Préfecture, sondern hier in ungezwungener Umgebung. Deshalb bin ich hier.«

»Zur Abwechslung einmal ehrlich heute?« Louise feixte, um ihre Augen bildeten sich feine Fältchen und mit einem liebenswürdigen Lächeln fügte sie hinzu: »Kommen Sie, setzen Sie sich hier auf einen Stuhl und übernehmen Sie den Stand, falls Kunden auftauchen. Ich rufe vom Café aus schnell meine Witwe an, damit sie mich ablöst. Dann stehe ich Ihnen zur Verfügung, und wir machen es uns drüben in Émiles Bistro gemütlich. Da sind nicht viele Gäste, und wir können bei ausgezeichneten Muscheln und einem Glas Weißwein in aller Ruhe Ihre Theorien besprechen.«

Marcel war überrascht. Mit einem solch großzügigen, widerspruchslosen Entgegenkommen hatte er wiederum nicht gerechnet. Doch man musste abwarten, ob Louise auch wirklich etwas von sich preisgeben würde oder ihn nur mit leeren Phrasen oder spannenden, dafür aber frei erfundenen Märchen abfertigen würde.

Er beobachtete, wie sie unbeschwert, beinahe fröhlich in Richtung des Cafés spazierte, keinesfalls wie eine ältere Frau mit schmerzvollen Rückenbeschwerden, sondern vielmehr wie ein junges Mädchen in Erwartung einer interessanten Verabredung. Ihn beschlich das unangenehme Gefühl, dass sie es ihm nicht leicht machen würde.

Während Marcel gedanklich an einer undurchschaubaren und taktisch klugen Verhörtechnik feilte, benutzte Louise Telefon und Toilette des Cafés, fühlte sich erleichtert, dass sich sowohl die Witwe als auch das Zeug aus ihren Hemdtaschen unverzüglich auf den Weg gemacht hatten, und kehrte entspannt und sorglos zu ihrem Stand zurück.

Ein Interessent hatte sich eingefunden, und Louise sah amüsiert, wie Marcel verlegen und umständlich zu erklären versuchte, was es mit den indianischen Bemalungen ihrer Tonstücke auf sich hatte. Sie blieb stehen und wartete, bis der Kunde einen kleinen Anhänger gekauft hatte und Marcel mit einem Geldschein in der Hand sich hilflos nach ihr suchend umblickte.

Sie winkte, lachte und warf ihm einen schelmischen Blick zu.

»Na, Monsieur l'Inspecteur, Ihr erstes Geschäft dieser Art? Was haben Sie ihm erzählt? Ich hoffe, keine Lügenmärchen.«

Marcel lächelte unsicher.

»Na ja, ich sagte ihm, der Anhänger wäre ein Glücksbringer mit Zeichen des Navajo-Stammes und würde ihm helfen, gesund zu bleiben. Das stimmt doch sicher irgendwie, oder?«

»Nur, wenn er auch fest daran glaubt.« Louise kicherte.

Sie erklärte ihm einige Grundbegriffe des Töpferns und

Brennens und beschrieb ihm einfache indianische Zeichen. Die komplizierten kannte sie selbst nicht. Er hörte aufmerksam zu, nickte, wenn er verstanden hatte, und runzelte die Stirn, wenn ihm etwas unklar war. Ein kleiner Junge, der erstaunt dabei war zu begreifen, dass es Dinge zwischen Himmel und Erde gab, von denen er noch nie gehört hatte.

Das kann ja heiter werden, unser Verhör in ungezwungener Umgebung, dachte Louise amüsiert.

Als die Witwe kurz darauf eintraf, schlenderten Louise und Marcel gemeinsam zu Émile, wählten einen wuchtigen Tisch im hinteren Teil des Bistros, und Louise bestellte für sie beide einen Pastis zum Aperitif, *moules marinières*, eine Flasche Muscadet und eine Karaffe Wasser. Sie bat Émile, sie nicht unnötig zu stören und auch keine bekannten Gäste an ihren Tisch zu setzen, sie hätte eine geschäftliche Besprechung. Émile versicherte ihr wortreich sein Bemühen, sich so unauffällig wie möglich zu verhalten und niemanden in ihre Nähe zu lassen.

»Trinken wir auf gute Zusammenarbeit.« Sie hob ihren Pastis und streckte das Glas Marcel entgegen.

Er schmunzelte und prostete ihr zu.

»Was genau bereitet Ihnen Kopfzerbrechen, mein Lieber?«

»Ich denke, Sie haben alle achtzehn Männer gekannt, wissen über ihr Verschwinden Bescheid. Vielleicht sind Sie sogar dafür verantwortlich. Da Ihre Freunde einflussreich, verheiratet und politisch aktiv sind, ist es mir nur schwer möglich, die ansonsten in einem solchen Fall üblichen Untersuchungen anzustellen, mit denen ich meinen Verdacht beweisen kann. Hausdurchsuchung, Fingerabdrücke, Alibis, DNA … Sie kennen das ja vermutlich aus dem Fernsehen.«

Marcel blickte Louise offen ins Gesicht, konnte aber während seiner kurzen Ansprache keinerlei Veränderungen in ihrem Ausdruck oder ihrer Gestik erkennen. Ihre Hände begannen nicht zu zittern, sie runzelte nicht die Stirn, ihre Pupillen vergrößerten sich nicht, auch ihre Füße blieben ruhig unter dem Tisch.

»Aha. Und nun haben Sie sich für den direkten Angriff entschieden und hoffen darauf, dass ich angesichts Ihrer allwissenden Direktheit zusammenbreche, gestehe und von einer immensen seelischen Last befreit mit Ihnen in Ihrem Dienstwagen nach Paris fahre. Das ist nicht Ihr Ernst, oder?«

»So ähnlich habe ich es mir vorgestellt, ja«, gab er bereitwillig zu.

Louise nickte zustimmend.

»Verstehe. Wäre auch praktisch, für alle Beteiligten die beste Lösung. Schnelle, unauffällige Klärung des Falls ohne Beteiligung honoriger Zeugen.«

Marcel zuckte wie nebenbei mit den Schultern, eine Geste, die sein kurzes »Warum nicht?« noch unterstrich.

»Ja, natürlich, warum nicht?«, wiederholte Louise sachlich. Sie zerkrümelte gedankenverloren ein Stück Baguette zwischen ihren Fingern, strich die Brösel vom Tischtuch in ihre hohle Hand und ließ sie von da auf den Fußboden fallen.

»Kaum jemand kennt mich als Mensch, meine Geschichte, meine Bedürfnisse, mein Leben neben meinen Freunden. Und das ist wichtig und soll auch so bleiben, alles andere wäre schlecht fürs Geschäft. Aber ich denke, ich sollte Ihnen ein wenig von mir erzählen, damit Sie verstehen, warum ich es nicht nötig habe, Sie oder jemand anderes zu belügen.«

Marcel löste mit der Gabel aus einer Muschelschale das orangefarbene Fleisch, kaute langsam und nahm einen Schluck vom gekühlten Weißwein.

»Sie können sich darauf verlassen, dass ich nichts von dem, was Sie mir anvertrauen, weitergebe. Außer es ist für die Ermittlungen unentbehrlich. Dann muss ich die Informationen öffentlich zugänglich machen.«

Louise sah ihn an, zögerte, als ob sie einen Rückzieher machen wollte, trank ebenfalls einen Schluck Wein, nahm eine Zigarette aus einem ledernen Etui und ließ sich von ihm Feuer geben. Der Rauch entwich langsam aus ihrem leicht geöffneten Mund und schwebte über ihren Köpfen.

»Ich bin als fünftes von wahrscheinlich vierzehn Kindern auf die Welt gekommen«, begann sie. »Mein Vater war ein Säufer, meine Mutter eine Gebärmaschine und kostenlose Arbeitskraft auf dem verkommenen Bauernhof. Die meisten von uns durften nur zwei Jahre zur Schule, manche gar nicht. Das Geld reichte nicht, und wir mussten alle zusammen helfen, damit wir einmal im Monat unsere Lebensmittel oder Strickwaren am Hafen in Marseille verkaufen konnten. Mit sechzehn bin ich abgehauen, ein Lastwagenfahrer hat mich bis nach Paris mitgenommen. Für die Strecke brauchten wir damals beinahe drei Tage. In diesen drei Tagen und Nächten wurde mir klar, dass das Leben aus Geben und Nehmen besteht: Er gab mir seine kostbare Männlichkeit und nahm mir meine Würde.«

Marcel schwieg, aß gleichmütig weiter. Er war nicht schockiert oder beeindruckt, er konnte, wenn er wollte, sich die Szenerie ziemlich bildhaft vor Augen führen.

Louise hatte Vatermissbrauch, Schwangerschaft und die alte Hure unerwähnt gelassen, man musste es mit der Ehrlichkeit ja auch nicht übertreiben.

»Ihre Eltern haben nicht nach Ihnen gesucht? Hat Sie niemand vermisst oder sich um Sie gesorgt?«

»Wie hätten sie nach mir suchen sollen? Mit alten Karren? Ohne Telefon? Mit den Brüdern, die auf dem Hof gebraucht wurden? Das Einzige, worum sie sich wahrscheinlich gesorgt haben, war die Tatsache, dass plötzlich ein Arbeitstier in der Herde fehlte. Ich habe jedenfalls nie mehr von ihnen gehört. Weder von den Eltern noch von den Geschwistern.«

»Soll ich nach ihnen suchen? Möchten Sie etwas von Ihnen erfahren? Ich kann problemlos Nachforschungen anstellen.«

»Verschonen Sie mich, vielen Dank! Ich bin dankbar, dass mich nie jemand von ihnen aufgesucht hat. Mein jetziges Leben habe ich mir hart genug erarbeiten müssen. Da kann ich auf geldgierige Geschwister und Erbschleicher gut verzichten.«

»Wie Sie wollen. Das Angebot steht jederzeit.«

»Ja?« Louise lächelte verschmitzt.

Marcel sah sie verständnislos an, wollte gerade fragen, was an seinem Angebot so komisch sei, als ihm die Zweideutigkeit seiner Aussage bewusst wurde. Er lachte laut auf.

»Sie sollten besser weitererzählen. Sprechen ist nicht gerade meine Stärke, das überlasse ich lieber Ihnen.«

»Als er mich in der Rue Loubert aus dem Wagen warf, war ich eine Schlampe. Er hatte mir auch meine paar Münzen und

Kleider weggenommen, sodass ich außer dem zerrissenen Kittel buchstäblich nichts mehr am Leib trug. Ich schleppte mich in das Bistro, das damals Victor gehörte, einem alten Kriegsinvaliden. Er gab mir Wasser zu trinken, und ich durfte mich auf der Toilette waschen. Als ich fertig war, musste ich zu ihm hinter den Tresen und ihm beim Onanieren behilflich sein, da seine Handgelenke vom Rheuma schwer gezeichnet und ziemlich unbeweglich waren. Er freute sich so sehr über meine Hilfsbereitschaft, dass er mich in einer kleinen Abstellkammer im Haus Nummer 41 wohnen, in seinem Bistro putzen und ihn selbst jederzeit befriedigen ließ. Ich erhielt für meine Arbeit zwar kein Geld, musste aber auch keine Miete bezahlen und bekam einmal täglich eine warme Mahlzeit im Bistro. Hin und wieder schickte er Gäste vom Bistro in meine Kammer, die gelegentlich kleine Geschenke mitbrachten. Haarspangen, Seife, Brot oder Schokolade; Dinge, die ich wirklich nicht dringend brauchte. So kam ich auf die Idee, meinen Körper gegen Geld einzusetzen. Es funktionierte. Die Männer waren bereit zu zahlen. Nicht viel, aber ich konnte mir manchmal neue Schuhe, Kleider und Wäsche kaufen. Natürlich wollte auch Victor einen Teil von meinen Einnahmen. Ich sagte ihm, dann müsste auch er für meine Arbeit mit ihm bezahlen. Da waren ihm ein paar Handgriffe von mir plötzlich lieber als das Geld.«

Louise zündete sich eine weitere Zigarette an und kostete nebenbei von ihrer Crème brûlée. Sie erzählte ihre Geschichte, wie eine Großmutter ihrem Enkelkind aus dem Märchenbuch vorlas.

»Die Rue Loubert war doch früher ein heißes Pflaster mit Straßenstrich, oder? Hatten Sie keine Probleme mit den anderen Huren und Zuhältern? Futterneid? Konkurrenzkampf?« Marcel war wirklich neugierig geworden.

»Sie haben ja keine Ahnung, welchen Aufruhr ich in der Rue Loubert verursacht habe. Ich getraute mich auch nicht, auf der Straße nach Kunden Ausschau zu halten, sondern putzte weiterhin bei Victor und empfing die Männer geheim in meiner Kammer. Eines Tages kam nachts ein Zuhälter, der sich als Freier ausgab. Er verprügelte mich und fügte mir als Drohung ein paar kleinere Schnitte im Gesicht zu, weil ich mich weigerte, für ihn zu arbeiten. Die Müllabfuhr fand ihn am nächsten Morgen im Hinterhof des Bistros, sitzend angelehnt an eine Mülltonne mit ausgestochenen Augen und einem verrosteten Messer mitten im Herzen.«

In demselben Tonfall hatte sie bei Émile das Menü geordert, Marcel von ihrer Töpferei erzählt und die Witwe gebeten, den Stand zu beaufsichtigen.

Marcel sah sie ungläubig an.

»Sie haben ihn erstochen und erzählen mir das hier und jetzt bei Wein und Schokoladenmousse?«

»Ich sagte nicht, dass ich ihn erstochen hätte, und das würden Sie mir auch niemals beweisen können nach so langer Zeit. Aber letztlich war er tot und in diesem Gossenmilieu hat ihm niemand nachgetrauert. Auch die Energie der Polizei bei der Suche nach seinem Mörder hielt sich in Grenzen. Es gab nur ein paar Befragungen und die Vermutung, dass er einen erbitterten Revierkampf verloren haben musste. Pro forma wurden ein paar Nutten und Schläger festgenommen und wieder freigelassen. Keiner zeigte Interesse an einer weiteren Verfolgung des Falls. Seine Mädchen waren erleichtert, er hatte keine Mutter mehr, die um ihn trauerte, die anderen Zuhälter waren erfreut, weil sie unverhofft zu seinen Mädchen gekommen waren, die sie sich untereinander aufteilten. Es wuchs im wahrsten Sinne des Wortes Gras über ihn. Alle waren zufrieden. Ich auch, vor allem, weil ich nie mehr Besuch von einem Zuhälter erhielt. Auch die Anfeindungen der anderen Nutten ließen langsam nach und hörten irgendwann ganz auf.« Louise konnte sich ein zufriedenes Lächeln nicht verkneifen und leckte sich über die Lippen.

»So einfach war das also? Sie schaffen sich einen Typen vom Hals und schon kehrt Ruhe ein?« Marcel war aufgebracht, er konnte nicht glauben, mit welcher Unverfrorenheit sie ihm von dem zweifelsohne von ihr begangenen Mord erzählte und ihm dabei auch noch ganz offen ins Gesicht lachte.

»Regen Sie sich nicht so auf, mein Lieber! Ich habe ihn mir nicht vom Hals geschafft, er wurde ermordet, schon vergessen? Und nein, so einfach war es natürlich nicht. Es war ein täglicher Kampf gegen die Welt außerhalb des Bistros und meiner Kammer, den ich nur deshalb halbwegs unbeschadet überstehen konnte, weil ich zurückgezogen lebte. Ich sprach nicht über die Männer mit anderen Huren, ich lungerte nicht provokant im Hauseingang herum und pries meine Vorzüge an. Ich spuckte keine vulgären Schimpfworte aus dem Fenster und schrubbte nicht in eindeutigen Posen den Boden im Bistro. Mit einem Wort – ich verhielt mich unauffällig, gab den Rivalen keinen offensichtlichen Anlass zu Racheakten. Niemand wusste genau, wie viele Männer ich täglich bediente, welches Geschäft ich den anderen wegnahm. Also ließen sie mich im Großen und Ganzen in Ruhe. Hin und wieder gab es Verletzte in der Rue Loubert, vor allem Stich- und Schnittwunden, aber das kommt vor im Rotlichtviertel. Darüber wundert sich keiner, und die Betroffenen haben selbst genug Dreck am Stecken und sind froh, mit dem Leben davongekommen zu sein. So läuft das in Wirklichkeit, Monsieur l'Inspecteur. Hab ich Ihnen den Glauben an das Gute im Menschen genommen? Das kann ich mir nicht vorstellen, Sie befassen sich doch täglich mit den Niederungen der menschlichen Seele.«

Spöttisch lehnte sich Louise zu Marcel vor und legte ihre Hand auf seine. Mit ihrem Zeigefinger streichelte sie langsam über seinen Handrücken. Er war nicht imstande, seine Hand zurückzuziehen, bewegte sie nicht, um Louise keinen Grund zu geben, ihre Finger wieder wegzunehmen.

Sie winkte mit ihrer freien Hand nach Émile.

»Émile, bring uns bitte deinen Spezialkaffee. Marcels Kreislauf benötigt eine kleine Starthilfe und ich einen Munterhalter für den Nachmittag.«

Émile deutete eine minimale Verbeugung an, und Louise konnte erkennen, dass er sich bemühte, ein Schmunzeln zu unterdrücken.

Marcel richtete sich etwas auf, achtete dabei aber sorgsam darauf, seine Hand wie festgenagelt unter Louises liegen zu lassen, seufzte und erkundigte sich gezwungen lässig: »Und weiter?«

»Was weiter?«

»Wie geht Ihre Geschichte weiter? Wie konnten Sie sich zu der

Frau entwickeln, die Sie heute sind? Warum sind Sie nicht unter die Räder gekommen, wie die meisten der anderen Mädchen auch?«

»Weil es bei mir keine sexuellen Tabus gab? Weil ich darauf Wert legte, sauber und gepflegt zu sein trotz des Drecks, der mich umgab? Weil ich verschwiegen war? Weil ich bescheiden blieb? Weil ich anfangs nicht wählerisch war? Weil mein Körper wegen des vor Ekel ständigen Erbrechens nach den Besuchen der widerwärtigsten Männer schlank blieb? Weil ich nicht mit Hilfe von Drogen oder Alkohol der Verzweiflung entkommen wollte? Es gibt viele Gründe dafür, warum ich mich von den anderen unterschied und unterscheide. Aber der wichtigste ist, dass ich auch Glück hatte.

Nach einer feuchtfröhlichen Feier im Bistro brachte mir eine Gruppe von ausgelassenen Studenten einen betrunkenen Kommilitonen in meine Kammer. Sie sagten, er wäre noch unschuldig, und sie hätten ihm zu seinem bestandenen Abschluss die Entjungferung bezahlt. Er war ein hübscher Knabe, aber so schwer angeschlagen, dass er nicht mehr gehen und schon gar nicht stehen konnte. Sie legten ihn auf meine Matratze, gaben mir so viel Geld, wie ich noch nie erhalten hatte, und verschwanden unter lautem Gelächter und Gegröle. Er schlief sofort ein und schnarchte dabei erbärmlich. Ich legte mich neben ihn auf den Boden und schlief ebenfalls ein. Ein paar Stunden später erwachte ich, weil er aufgehört hatte zu schnarchen. Er schwitzte stark, atmete mühsam und röchelnd und war nicht bei Bewusstsein. Seine Lippen waren weiß, und er zitterte am ganzen Körper. Anfangs dachte ich, er hätte Fieber oder eine Alkoholvergiftung, aber er hatte seine Hosen nass gemacht, und es stank furchtbar nach Fäkalien. Ich fand in seinem Anzug eine Brieftasche mit Geld und seinem Studentenausweis. Die Adresse, die darauf angegeben war, lag im siebenten Arrondissement, also einem der teuersten und vornehmsten Bezirke von Paris. Wir hatten damals noch kein Telefon im Bistro, und ich wollte auch keinen Arzt oder die Polizei holen, das hätte nur dem Ruf des Jungen geschadet. Die Metros fuhren nicht mehr, also rannte ich den ganzen Weg zu Fuß, bis ich zu einer prunkvollen Villa inmitten eines wunderschönen Parks kam, der von einem schmiedeeisernen Zaun mit imposantem Tor umgeben war.

Ich hatte so etwas noch nie aus der Nähe mit eigenen Augen gesehen. Auf dem goldenen Schild war in feinen Lettern der Name eines berühmten Arztes eingeprägt. Ich musste lange klingeln, bis das Tor geöffnet wurde, und der Butler wollte mich anfangs gar nicht in das Haus lassen. Erst als ich die Brieftasche zeigte, in der noch das Geld war, und erklärte, dass der Junge schwer krank sei, holte er den Hausherrn. Dieser war ein nobler, älterer Herr, und er begriff sofort. Er ließ eine Limousine holen und fuhr selbst. Auf dem Weg in die Rue Loubert schilderte ich ihm, was vorgefallen war, und er wirkte äußerst besorgt. In meiner Kammer hatte sich der Junge in der Zwischenzeit auch noch übergeben. Er war kreidebleich und atmete kaum noch. Sein Sohn sei schwer zuckerkrank, erklärte mir der Arzt, und er gab ihm sofort zwei Spritzen. Wir zogen ihn zusammen aus, reinigten ihn notdürftig, wickelten ihn in eine Decke und legten ihn vorsichtig auf die Rückbank des Wagens. Der Arzt dankte mir für meine Umsicht, und dass ich ihn persönlich geholt hätte. Er bat mich um Verschwiegenheit und fuhr mit dem Jungen ins Krankenhaus. Am nächsten Abend klopfte er an meine Kammer und brachte mir Geld als Entschädigung für die Verschmutzungen, die sein Sohn bei mir hinterlassen hatte, und als Dank, dass ich ihm das Leben gerettet hätte. Ich war wie verrückt vor lauter Freude über das kleine Vermögen und ließ ihn wissen, dass ich mir endlich ein schönes Zimmer im ersten Stock des Hauses Nummer 41 mieten könnte. Er ersuchte mich nochmals um Diskretion, und einen Monat später besuchte er mich in meinem neuen, sauberen Zuhause. Er kam als Gast und ging als Freund. Von da an ging es mit mir bergauf. Er schickte viele seiner Bekannten zu mir, das Niveau meiner Klientel erlaubte mir, in kurzer Zeit viel Geld zu verdienen. Und dann kam eines Tages Hendrik auf Empfehlung des Arztes, da er impotent geworden war. Mit Hendrik begann für mich eine neue Epoche.«

»Nette Geschichte, wie im Märchenbuch«, kommentierte Marcel lakonisch.

»Wenn Sie die Arbeit einer Hure als Geschichte aus dem

Märchenbuch verstehen, sind Sie vielleicht doch nicht so reif, wie ich gedacht hatte.« Louise klang nicht beleidigt, auch nicht zornig. Was Marcel innerlich zusammenzucken ließ, war die nüchterne Feststellung, unterlegt mit einer Nuance Mitleid. So, als ob sie ihn bedauern würde, dass er zu dumm wäre, um das Elend und die Entwürdigung hinter der Fassade zu begreifen. Er konnte seine gedankenlose Bemerkung nicht mehr rückgängig machen und eine Entschuldigung wäre unglaubwürdig. Er entschloss sich, ihre Zurechtweisung einzustecken und besser ein wenig abzulenken.

»Was war an Hendrik so besonders?«

Louise akzeptierte den Themenwechsel in der ihr eigenen Art. Unaufgeregt, gelassen, ruhig.

»Hendrik war dankbar, dass ich ihn von seiner Impotenz befreite. Er suchte eine Mutter für seinen behinderten Sohn und eine präsentable Ehefrau. Ich war hübsch, nicht dumm oder ordinär, und er dachte, ich wäre ihm für sein Angebot ebenso dankbar wie er mir. Als er erkannte, dass ich niemals seine Frau werden würde, verließ er mich nicht, sondern half mir. Er vermittelte mir einflussreiche Freunde, übernahm meine Finanzen und kümmerte sich um die Immobilie Nummer 41. Durch seine Hilfe hatte ich genug Geld, um mich weiterzubilden, mir Ärzte, Kosmetikerinnen, Friseure und teure Kleidung leisten zu können. Schließlich begrenzte ich meine Gästezahl auf zwanzig, was aber dem Andrang keinen Abbruch tat, sondern ihn im Gegenteil noch verstärkte. Hendrik ermöglichte mir ein sorgenfreies Leben, ohne dass er mich von sich abhängig machte. Ich stehe in seiner Schuld und habe mich daher auch Lucs angenommen und werde ihn nach Hendriks Tod zu mir nehmen und für ihn nach Hendriks Wünschen sorgen.«

»Sie nehmen Luc zu sich? Einen behinderten Mann, der so alt ist wie ich? Nur weil Ihnen der Alte ein bisschen geholfen hat? Für ihn war das doch eine Kleinigkeit.« Marcel fehlte das Verständnis für so viel Großherzigkeit und Edelmut.

»Sie verstehen wieder nicht. Hendrik hat meinem Leben eine Richtung gegeben, die Sie in rührseligen Filmen finden, aber nie im Leben bei einer Nutte mitten in Paris. Das ist allein Hendriks

Güte und seiner Zuneigung zu mir zuzuschreiben. Das ist es, wofür ich heute noch dankbar bin.«

Louise hatte bei ihren letzten Worten ihre Hand zurückgezogen, Marcel verspürte an seinem Handrücken eine unangenehme Kühle.

»Na ja, wie Sie meinen.« Er schüttelte leicht den Kopf.

Louise stützte ihr Kinn in ihre Hände und blickte belustigt zu ihm auf. »Sie müssen das alles ja auch nicht verstehen. Es spielt für mich keine Rolle, ob Sie mit meinen Entscheidungen oder Lebensweisheiten einverstanden sind. Ich möchte Ihnen mit meiner Geschichte nur klarmachen, dass es für mich absolut keinen Grund gibt, achtzehn Männer verschwinden zu lassen. Es gibt nichts, was ich an sexuellen Abgründen, männlichen Phantasien oder demütigenden Handlungen auf dem Gebiet der Prostitution nicht miterlebt hätte. Ich habe das für mich Beste daraus gemacht, hege keinen Groll oder gar Hass, bereue nur weniges und freue mich darauf, dass ich mich gegen Ende des Jahres zur Ruhe setzen kann und mir um meine Zukunft keine Sorgen mehr zu machen brauche. Werden Sie dasselbe auch von sich in ein paar Jahren behaupten können, wenn Sie über Ihr Leben Resümee ziehen?«

Zorn wallte in Marcel auf. Sie gestand ihm quasi einen verjährten Mord, mehrere Körperverletzungen, illegale Prostitution seit vierzig Jahren und fragte ihn, ob er ebenso zufrieden wäre wie sie. Mit dem, was sie ihm alles erzählt hatte, konnte er sie für Jahre hinter Gitter bringen. Es galt dabei nur einige Hürden zu überwinden: fehlende Beweise, keinerlei Indizien, gesetzliche Verjährungsfristen und einen hormonell gesteuerten Pricard, der Louise wie seinen Augapfel hütete. Und wer weiß, wie weit Louise ihre Kreise gezogen, wie dicht sie ihre Fäden gesponnen hatte.

Sie musste unverschämt fest im Sattel sitzen, sonst hätte sie nicht derart offen mit ihm gesprochen.

Wenn er ehrlich war, war er keinen einzigen Schritt weitergekommen. Er hatte im aktuellen Fall nichts Neues erfahren, konnte Louise nicht überführen – nicht einmal die geschichtsträchtige Indianerasche konnte er ihr vorhalten – und war sich sicherer denn je, dass sie hinter den Vermissten steckte und sich innerlich über ihn und seine Hilflosigkeit lustig machte.

Es reichte ihm, er wollte weg von ihr, nichts mehr von ihren Geschichten hören, er musste wieder allein sein, um in Ruhe über alles nachdenken zu können.

»Ich weiß es nicht, glaube aber kaum«, antwortete er lahm auf ihre Frage nach seinem eigenen Lebensfazit.

Louise erkannte seine Müdigkeit, prostete ihm mit ihrem Calvados wortlos zu, leerte das Gläschen in einem Zug, legte Geld auf den Tisch, erhob sich und forderte ihn auf: »Es wird Zeit für Sie zu gehen. Genießen Sie noch den Rest Ihres freien Tages. Lassen Sie sich ein bisschen die Landluft um die Nase wehen, das bringt frischen Wind in Ihre Gedanken. Ich begleite Sie zu Ihrem Parkplatz.«

Wortlos spazierten sie gemächlich zu Marcels Dienstwagen. Sie reichte ihm zum Abschied unverbindlich freundlich die Hand, die vorsichtig aufgekeimte Vertrautheit war verschwunden. Marcel nahm ihre Hand, drückte sie leicht, ließ den Blick über ihr Gesicht wandern, stieg in seinen Wagen und blickte sich nicht um, als er die Zufahrt des Marktplatzes verließ.

Louise atmete auf. Er glaubte ihr nicht ganz, war verunsichert und auf der Hut. Sie musste ihn auf diese Weise nur noch ein paar Wochen hinhalten. Wie sie heute gesehen hatte, war das durchaus möglich.

***

Für den Samstag hatte sich Alette einen ausgiebigen Schönheitstag mit kombinierter Shoppingtour verordnet. Sie begann mit einem mehrstündigen Besuch in ihrem Kosmetiksalon, begab sich am Montmartre auf die erquickende Suche nach bizarren Fetischen und kehrte danach zur Stärkung im Hôtel du Louvre auf ein exklusives Champagnerfrühstück ein. Sie durchstöberte die Tageszeitungen nach neuesten Berichten über die abgängigen Männer, stieß aber nur auf eine spärliche Mitteilung, dass es wieder einen Vermissten zu beklagen gab. Allerdings hielt sich die Presse mit ausführlichen Details zurück, wahrscheinlich weil die Männer der politischen Upperclass angehörten und über genügend Einfluss verfügten, um kompromittierende Einzelheiten nicht veröffentlichen zu lassen. Alette schmunzelte bei dem Gedanken, dass der Ermittlungsleiter bei Louise gestern Abend offensichtlich nicht besonders erfolgreich gewesen war. Sie wusste, dass alle Männer bei Louise ein und aus gegangen waren, aber Louise war eine Meisterin in Sachen Verschwiegenheit und Täuschung. Nicht umsonst war sie in ihrer Branche ungekrönte Einzelunternehmerin mit nach wie vor erlesenem Kundenstamm, auch wenn ihre Freunde mittlerweile ebenso wie Louise selbst bereits ein reiferes Alter erreicht hatten. Alette war dies nur recht, konnte sie sich doch dadurch selbst um die jüngeren Kunden kümmern, und für Marta fielen noch immer genügend einfältige, weniger gut situierte Männer ab, die sich mit solidem, einfallslosem Hausfrauensex zufriedengaben.

Alette konnte sich beim besten Willen nicht vorstellen, dass Louise etwas mit dem mysteriösen Verschwinden der Männer zu tun hatte. Ihr fiel kein Grund, kein passendes Motiv ein, das Louise dazu veranlassen könnte, ihre verlässlichen, großzügigen Einkommensquellen versiegen zu lassen. Obwohl Louise durchaus in der Lage war, ohne mit der Wimper zu zucken schnell und lautlos zu töten. Alette selbst hatte vor vielen Jahren von dieser Fähigkeit Louises profitiert, als ein verrückter Freier in ihrem Appartement die verschwommenen Grenzen der schmerzvollen SM-Spiele überschritten und sie brutal angegriffen hatte. Alette hatte nur ein einziges Mal die Möglichkeit gehabt, zwischen zwei Würgegriffen kurz aufzuschreien, aber dieser Schrei hatte genügt, um Louise in ihrer Wohnung im ersten Stock aufzuschrecken. Während der Freier noch dabei war, Alette mit ihrem eigenen Nietenhalsband qualvoll langsam zu erdrosseln, öffnete Louise behutsam mit ihrem Zweitschlüssel die Wohnungstür, betrat auf dicken Wollsocken vorsichtig Alettes Schlafzimmer, näherte sich lautlos dem Freier, der auf Alette kniete, die mit rot aufgequollenem Gesicht hilflos am Boden lag, und trieb ihm einen langen, hauchdünnen Grillspieß mit einem einzigen Stich durch seine Lunge mitten ins Herz. Der Mann grunzte röchelnd, Blut schoss aus seinem Mund und tropfte Alette ins

Gesicht. Louise zog den Spieß aus seinen Rippen, packte ihn bei einer Schulter und drehte ihn auf den Rücken, damit Alette wieder atmen konnte und nicht weiter von seinen Körperflüssigkeiten besudelt wurde. Sie holte aus dem Badezimmer ein nasses, kaltes Handtuch, setzte sich wortlos neben Alette auf den Boden und wischte ihr damit sanft und gleichmäßig über Gesicht und Hals. Das stille Einvernehmen, das zwischen ihr und Louise von diesem Moment an bestand, bedurfte keiner Worte mehr. Als Alette sich einigermaßen erholt hatte, wickelten sie den Toten in den von Blut und Urin getränkten Teppich und schleppten ihn in Louises Wohnung. Im Flur sah Alette Louise fragend an.

»Lass ihn hier liegen, ich kümmere mich darum. Geh inzwischen hinunter in dein Appartement und mach alles sauber. Ich komme später nach und helfe dir.«

Alette hätte alles getan, was Louise von ihr verlangt hätte, sie hatte ihr ihr Leben zu verdanken. Sie stellte keine Fragen, kehrte in ihre Wohnung zurück und begann mit den Reinigungsarbeiten. Kurze Zeit später kam auch Louise, half umsichtig und ruhig wie gewohnt, steckte alle schmutzigen Tücher, Lumpen sowie leere Reinigerflaschen und Putzzeug in einen schwarzen Müllsack und besprühte zum Abschluss alle Oberflächen und den Boden mit einem Desinfektionsmittel, das die Wohnung mit einem scharfen, aber nicht unangenehmen Duft erfüllte. Als alle Spuren des unglücklichen Zwischenfalls beseitigt waren, bereitete Louise starken Kaffee mit einem kräftigen Schuss Cointreau zu, packte Eiswürfel für Alettes Hals in ein Küchentuch, bettete sie fürsorglich auf ihr Sofa, strich ihr liebevoll über die Wangen, nahm den Müllsack und verließ leise die Wohnung. Am frühen Vormittag des nächsten Tages erschienen die Arbeiter einer Sicherheitsfirma, installierten im ganzen Haus Video- und Sprechanlagen samt Torschloss, und von einem Einrichtungshaus wurde in Alettes Appartement ein geschmackvoller Teppich geliefert und ausgelegt. Als Alette bei Louise klingelte, um sich dafür zu bedanken, fragte Louise erstaunt, aber mit amüsiertem Augenzwinkern: »Welcher Teppich?«

Der Vorfall wurde zwischen den beiden Frauen niemals mehr

erwähnt, und Alette wollte bis heute nicht wissen, wohin Louise die Leiche und den Müllsack gebracht hatte.

***

Luc brauchte zum Wohlfühlen einen klaren Ordnungsrahmen, verlässliche Rituale und eine gewohnte Umgebung. Dazu gehörte auch der samstägliche Ausflug in das Disneyland, das Hendrik mit ihm seit dessen Eröffnung regelmäßig besuchte. Er und Luc waren stolze Besitzer einer goldenen Jahreskarte, die es ihnen erlaubte, jederzeit alle Attraktionen zu nutzen und ihnen überdies das Vorrecht einräumte, die langen Warteschlangen zu umgehen und persönlich von eigens dafür verantwortlichem Personal direkt zu den jeweiligen Einstiegsstellen gebracht zu werden.

Luc durfte die meisten Bahnen aufgrund seiner Behinderungen aus Sicherheitsgründen nicht nutzen, aber er genoss das bunte Treiben, die überlebensgroßen Comicfiguren, die Märchenbahnen und Karussells, die für kleinere Kinder konzipiert waren. Für Hendrik war dieser Umstand durchaus angenehm, er war viel zu alt für den Nervenkitzel schwindelerregender Höhen, und sein angegriffenes Herz würde außerdem solch jugendlichen Unfug nicht mehr widerspruchslos erdulden.

Jeden Samstag brachte der Chauffeur Hendrik und Luc mit der auf Hochglanz polierten Limousine zum Haupteingang, wo sie meist von einer freundlichen Studentin in Empfang genommen und auf das Gelände geführt wurden.

Luc hatte eine entspannte Nacht verbracht und war am Morgen, nachdem Hendrik ihm erklärt hatte, es sei wieder Minnie-Mouse-Samstag, gleich aufgeregt wie jeden Samstag. Auf der Fahrt in das Disneyland hatte er abwechselnd munter vor sich hin geplappert oder konzentriert seine ineinander verkrampften Finger betrachtet. Hendrik hatte anfangs noch seinen um Louise kreisenden Gedanken nachgehangen, sobald sie aber von Goofy, Mickey Mouse und Winnie Puuh umringt waren, ließ auch er sich von der ausgelassenen Stimmung mitreißen. Sich unter fröhlichen, unbeschwerten jungen Menschen aufzuhalten, machte Hendrik immer froh und heiter, auch wenn ihm stets bewusst war, dass er seine Lebenszeit zum größten Teil aufgebraucht hatte. Umso mehr schätzte er Tage wie diese, an denen er sich der Illusion von Unsterblichkeit bedenkenlos hingeben konnte.

Luc zog ihn fest und ungeduldig bei der Hand in Richtung eines Verkaufsstandes, der knallgelbe Zuckerwatte feilbot. Einem ungeschriebenen Gesetz folgend, begann jeder Ausflug mit knallgelber Zuckerwatte. Der Verkäufer kannte sie inzwischen gut und überreichte Luc mit großer Geste seinen Wattestab und Hendrik – als besonderes Extra für seinen alten Stammkunden – feuchte, in Plastikfolie eingeschweißte Reinigungstücher. Dafür war Hendrik ihm sehr dankbar; knallgelbe Zuckerwatte durfte Luc allein essen, da er sich damit nicht verletzen konnte. Wenn nach geraumer Zeit aber nur mehr der Holzstab übrig war, sah Luc aus wie ein zerzauster Kanarienvogel mit verklebtem Gesicht und zugekleisterten Fingern. Erst wenn ihn Hendrik mit den Tüchern sorgfältig abgewischt hatte, konnte die Suche nach neuen Abenteuern fortgesetzt werden. Heute drängte es Luc zu den überdimensionalen Tassen aus Alice im Wunderland, in deren Inneren man sitzen und sich im Kreis drehen lassen konnte.

Hendrik achtete schon lange nicht mehr auf die teils mitleidigen, teils angewiderten Blicke, die ihnen folgten, als sie an der Warteschlange vorbei dem Sondereingang zustrebten. Aber heute war kein Angestellter an dem Seitentor, der ihnen den Weg zu einer Tasse freigemacht hätte. Zu Hendriks Überraschung begann Luc aus Zorn weder zu toben noch zu weinen, als er ihm erklärte, dass sie sich ausnahmsweise einmal hinten anstellen müssten, sondern er trottete neben Hendrik her, den Kopf gesenkt, die Finger ineinander verschränkt. In der Reihe vor ihnen wartete ein junges Ehepaar mit ihren dreijährigen, aufgeregt zappelnden Zwillingen auf den Einlass. Hinter ihnen schloss ein finster blickendes Mädchen mit einem kleinen Jungen auf. Hendrik vermutete, dass die schlechte Laune des Mädchens daher rührte, dass es seinen Bruder auf der wenig spannenden Fahrt in den Tassen begleiten musste. Luc drehte sich um und musterte die Jugendliche aufmerksam. Sie mochte ungefähr sechzehn, siebzehn Jahre alt sein, war von molliger Statur und setzte ihre weiße, sommersprossige Haut mit einem hautengen, trägerlosen

Shirt ungeschützt der Sonne aus. Sie stellte ihren ansehnlichen, jugendlich prallen Busen stolz zur Schau und nahm dafür auch einen Sonnenbrand in Kauf. Ihre feuerroten Haare schienen im gleißenden Sonnenlicht zu glühen. Luc drehte sich wieder um, er war ganz ruhig geworden, nur seine Finger bewegten sich unablässig, und er runzelte angestrengt die Stirn, auf der sich ein paar Schweißtropfen gebildet hatten. Das Mädchen schimpfte flüsternd mit seinem Bruder, der Luc ungeniert anstarrte.

»Hör auf zu starren, das gehört sich nicht. Er ist nur ein armer Krüppel.«

Als ob Luc die Bedeutung der Worte verstanden hätte, schnellte er unvermittelt herum, riss seine Hände in die Höhe, verkrallte seine Finger ungestüm in den Brüsten des Mädchens und versuchte, seinen Kopf zu seinen Fingern zu pressen.

Das Mädchen kreischte gellend auf.

Hendrik fuhr entsetzt herum und schrie: »Luc! Lass los! Sofort! Luc, ich bitte dich.«

Luc war zu fasziniert davon, dass ihm gelungen war, wovon er geträumt hatte, als dass er Verbote wahrgenommen hätte. Er hatte die flauschigen Bälle mit den eigenen Händen fassen können! Sie verströmten zwar nicht den berauschenden Geruch wie jenen von Louises Bällen, aber er wollte ja auch nur üben, damit es ihm bei Louise auch ganz bestimmt gelang. Er lachte mit krächzender Stimme, Spucke rann ihm über das Kinn und auf dem rosa Shirt des Mädchens bildeten sich dunkle, feuchte Flecken.

Der Schrecken des Mädchens hatte sich in Wut verwandelt. Ihre Finger packten Lucs Handgelenke, rissen sie grob von sich weg, und Luc strauchelte überrumpelt zurück. Er war verwirrt. Das Mädchen versetzte ihm noch einen kräftigen Stoß, gleichzeitig trat der kleine Junge nach Luc und erwischte ihn mit seinen kompakten Turnschuhen unter dem rechten Knie.

Luc brüllte auf. Vor Schmerz im Bein, aus Zorn und Enttäuschung darüber, dass er so kurz vor seinem Ziel nicht das Gefühl in seinem Mund schmecken durfte, und aus Angst vor Hendriks Geschrei.

Hendrik war fassungslos, sein Herz raste. Er griff nach dem brüllenden Luc und sah sich verzweifelt nach dem Personal um.

Ein untersetzter Mann in einer Uniform, die ihn als Aufseher des Parks auszeichnete, lief mit besorgtem Blick auf ihn zu. Er hatte den letzten Teil des Zwischenfalls aus der Ferne beobachtet, Hendrik und sein Sohn waren ihm bekannt, und er wollte verhindern, dass die Situation mit dem Mädchen unnötig eskalierte. Hendrik war blass geworden, er schwitzte stark und seine Hände zitterten unkontrolliert. Dennoch ließ er Luc nicht los, der herzzerreißend schluchzte, als ob ihm unfassbares Leid geschehen wäre. Dem Aufseher gelang es, das Mädchen und seinen Bruder mit Gutscheinen für mehrere freie Eintritte, kostenlosen Kindermenüs inklusive Getränken sowie zwei Souvenirs freier Wahl zu beruhigen und von Hendrik und Luc weg zu einem Eisstand in der Nähe zu führen, wo er die Geschwister mit extragroßen Eistüten versorgte.

Dann kam er zurück, brachte Hendrik und Luc zu einer Bank im Schatten und bestellte über sein Funkgerät einen kleinen Elektrocaddy sowie kühle Wasserflaschen. Er versicherte Hendrik, dass die Angelegenheit geregelt und kein nennenswerter Schaden entstanden sei, fragte nach der Telefonnummer des Chauffeurs, rief diesen über sein mobiles Telefon an, erklärte die Lage, beorderte die Limousine zum Haupteingang und empfahl, Hendriks Hausarzt zu informieren. Luc war von Schluchzen in leises Wimmern übergegangen, und als der Caddy eintraf und er neben dem Fahrer sitzen durfte, war alles vergessen und seine Welt wieder in den Fugen. Hendrik aber kämpfte gegen eine drohende Ohnmacht, sein Herz wollte sich nicht beruhigen, er war nicht einmal in der Lage, sich bei dem Aufseher zu bedanken oder zu verabschieden, als er entkräftet auf die Rückbank seines Wagens sank. Der Chauffeur brachte Hendrik und Luc in rasanter Fahrt nach Hause zurück, wo bereits Marie und der Hausarzt besorgt auf sie warteten. Marie übernahm Luc und fütterte ihn in der Küche mit Vanillepudding, während der Arzt Hendrik untersuchte, ihm ein kreislaufstärkendes und zusätzlich ein beruhigendes Mittel spritzte und sich von Hendrik bei einem anschließenden Glas Rotwein die gesamte Geschichte ausführlich erzählen ließ.

Für den Arzt stellte sich Lucs Verhalten einfach dar. Lucs

sexuelles Interesse und seine Bedürfnisse konnten nicht mehr ausschließlich durch einen wöchentlichen Besuch bei Louise gedeckt werden. Um solche Vorkommnisse zu verhindern, wären häufigere Begegnungen mit Louise erforderlich. Allenfalls müsse man sich um eine zusätzliche Dame für Luc bemühen, was sich ja auch durchaus von Vorteil für Lucs Entwicklung erweisen könnte.

Hendrik nickte nur erschöpft zu den Ausführungen des Arztes.

Nun war eingetroffen, wovor er sich so sehr gefürchtet hatte, seit er gemeinsam mit seiner Frau beschlossen hatte, dem kleinen Luc ihren Namen zu geben und ihn als ihren Sohn in ihrem einsamen Leben aufzunehmen.

Samstagnacht

Marcel war nach seinem erfolglosen Ausflug in Anchieu verdrossen, enttäuscht und wütend und konnte nicht einschlafen. Louise hatte ihn gegen die Wand laufen lassen, richtiggehend vorgeführt, und er brauchte dringend einen ausgefeilten Plan, um ihr die Stirn und gleichzeitig eine Auszeit im Gefängnis zu bieten. Nach zahlreichen Tassen Kaffee und einigen Dosen Energydrinks hatte er seine weitere Strategie beim ersten Morgengrauen fertig ausgearbeitet.

***

Hendrik hatte sich nach den Aufregungen des Tages von seinem Hausarzt ausnahmsweise zu einer Schlaftablette überreden lassen, die er mit einem großzügigen Schluck Rotwein beinahe verzweifelt hinunterstürzte. Die Wirkung trat augenblicklich ein und ihn überfiel ein traumloser und gerade deshalb nicht erholsamer Schlaf.

***

Luc war von Marie zu Bett gebracht worden – eine unliebsame Unterbrechung seines Schlafengehen-Rituals mit Hendrik, das ihn quengelig und unruhig machte. Marie bemerkte, dass seine Hände unter der Pyjamahose wie wild zuckten, und beschloss, dass der arme, alte Hendrik endlich einmal eine ungestörte Nacht verdient hatte. Kurzerhand bereitete sie für Luc einen Schlummertrunk, dem sie ohne Gewissensbisse ein leichtes Schlafmittel beifügte. Luc trank begeistert die gesüßte Milch und wenige Minuten später entspannte sich seine verkrampfte Muskulatur. Nur seine Stirn blieb auch im Schlaf gerunzelt, so als ob er ein schwerwiegendes Problem zu lösen hätte.

***

Alette hatte einen wunderbaren Samstag verbracht. Zufrieden kuschelte sie sich in ihrem Penthouse auf die Couch vor ihren Fernseher und nach ein paar Gläsern Champagner schlief sie ein. Sie würde am nächsten Morgen ausgeruht und wunderschön ihren Journaldienst am Flughafen antreten können.

***

Louise las noch einige wenige Zeilen in ihrem historischen Liebesroman, löschte das Licht und dachte müßig darüber nach, dass sie abfällige Bezeichnungen wie Nutte, Dirne oder Schlampe noch nie hatte leiden können. Auch Freudenmädchen oder Prostituierte kamen dem Kern oder Sinn und Zweck ihrer Arbeit nicht im Geringsten nahe. Hure hingegen gefiel ihr. Das Wort hatte allein aufgrund seines unverhohlenen Vulgarismus einen Hauch von verruchter Noblesse, wie in dem berühmten Kinofilm »Die Hure des Königs«. Nur dass eigentlich sie die Königin war.

Sonntag

Louise hatte eine ruhige Nacht mit ausgiebigem, geruhsamem Schlaf hinter sich. Marcels Besuch in Anchieu hatte in ihrem Unterbewusstsein keine schlaflosen Spuren hinterlassen. Sie war früh von ihrem Markttag zurückgekehrt und hatte auf der Fahrt zurück nach Paris beschlossen, die letzte Reise in ihr verlockendes Lebensabendrot nicht wie geplant in einem halben Jahr anzutreten, sondern auf den kommenden Donnerstag vorzuverlegen. Ihre Flüge waren ohnehin längst gebucht, die nicht mehr erforderlichen Retourtickets würde sie vor Ort entweder stornieren oder als Sonderausgabe problemlos verschmerzen. Die Vorkehrungen, die bis dahin noch getroffen werden mussten, ließen sich ebenso problemlos in den nächsten Tagen erledigen. Zum Glück waren die Besuche ihrer Freunde, deren Hilfe sie dazu noch benötigte, bereits vor längerer Zeit vereinbart worden. Sollte einer von ihnen ein Treffen nicht einhalten können, würde ihr bestimmt auch für dieses unerwartete Problem eine Lösung einfallen; dabei war sie schon immer erfinderisch und flexibel gewesen. Die Vorfreude auf ihr letztes Lebensviertel durfte sie jedoch nicht daran hindern, jedes kleinste Detail bei ihren Vorbereitungen penibel im Auge zu behalten.

Louise bereitete sich gewissenhaft auf ihren ersten Besucher des Tages vor. Der Sonntagvormittag war ein äußerst beliebter Termin bei ihren Gästen, zwischen zehn und zwölf Uhr war sie seit nunmehr dreißig Jahren unabkömmlich. Ein Bankier, Gründer eines privaten Bankhauses und Louises zweiter intimer Berater in finanziellen Angelegenheiten, ließ ihr seit ebenso langer Zeit monatlich eine ansehnliche Apanage zukommen, unabhängig davon, ob er einmal im Monat ihre Dienste in Anspruch nahm oder verhindert war. Offiziell begründete er seine regelmäßige Abwesenheit seiner Ehefrau gegenüber mit Clubsitzungen zur Erhaltung des tropischen Regenwaldes. Die Gemahlin stellte keinerlei Fragen, da diese Sitzungen bereits lange, bevor er sie ehelichte, ein unumstößlicher Bestandteil im Leben ihres Gatten waren.

Trotz seiner annähernd fünfundsiebzig Jahre war er geistig und körperlich gesund und agil geblieben und ließ sich meist weder von Wind und Wetter noch von kränkelnden Enkelkindern von seinen Besuchen bei Louise abhalten.

Auch an diesem Sonntag erschien er pünktlich mit einem kleinen Präsent in der Hand vor dem alten Tor, blickte lächelnd in die Videokamera und machte sich erstaunlich beschwingt, und nur ein wenig nach Luft japsend, an den Aufstieg zu Louises Wohnung. Louise empfing ihn mit aufrichtiger, über die Jahre gewachsener Zuneigung, wartete im Gästezimmer mit Cognac und von Marta selbst gebackenen Zimtstangen auf und half ihm aus seinen Kleidern. In ihrer Folterkammer entschied er sich diesmal für die Guillotine. Louise warf ihm ein Büßerhemd um seine mageren Schultern, setzte ihm die dazugehörige Kapuze auf, verband ihm mit einem schwarzen Tuch die Augen, peitschte ihn einige Male mit einer kurzen, scharfen Gerte aus und bettete seinen Kopf wortlos unter die Schneide des Fallbeils. Er flehte um Gnade und je verzweifelter sein Winseln wurde, desto langsamer und umständlicher nestelte Louise an dem Seil, das das Beil in seiner Verankerung hielt. Dabei sprach sie kein Wort, sondern achtete nur darauf, dass ihr Tun für ihn gut hörbar und seiner Phantasie damit Tür und Tor geöffnet war. Seine Hände unter dem Hemd waren frei und nicht gefesselt, damit er ungehindert an seiner Erlösung arbeiten konnte. Als sein mühsames Stöhnen den nahenden Höhepunkt ankündigte, löste Louise das Seil, und das funkelnde Messer rasselte mit beängstigendem Zischen nach unten. Genau fünf Zentimeter über dem faltigen Nacken des Bankiers rastete das Beil in einer Halterung ein. Louise stockte dabei jedes Mal der Atem, und sie hoffte inständig, dass die Vorrichtung das hielt, was ihr der geschwätzige Verkäufer dieses Mordinstrumentes versprochen hatte. Ein minimaler technischer Defekt würde dem orgiastischen Nervenkitzel ein blutiges Ende setzen. Doch es hatte damit noch nie Probleme gegeben und das lang gezogene, erleichterte »Aaaaahhhh«, das gedämpft unter der

Kapuze zu hören war, bestätigte den erfolgreichen Abschluss der imaginären Hinrichtung.

Als sie es sich wieder auf dem Sofa im Gästezimmer bei erfrischendem Zitronenwasser gemütlich gemacht hatten und den Vormittagsbesuch langsam ausklingen ließen, eröffnete Louise die erste Phase ihres nahenden Ruhestandes.

»Alette hat am Dienstag Geburtstag, und ich möchte ihr jetzt das Haus überschreiben, als Überraschung sozusagen. Ich möchte nicht bis zu meinem sechzigsten Geburtstag damit warten. Würdest du so lieb sein und alles für mich in die Wege leiten?«

Der Bankier keuchte erstaunt auf. »Louise, bist du verrückt? Warum die Eile? Du verlierst ein Vermögen mit dem Haus!«

»Das spielt für mich keine Rolle. Ich will keine Verantwortung mehr haben. Ich will mich frei fühlen von Verpflichtungen. Kein Klempner, kein Maler, keine kaputte Heizung oder Glühbirne im Treppenhaus mehr, um die ich mich kümmern muss.«

Die Entschlossenheit in Louises Stimme erstickte weitere Diskussionen über finanzielle Belange im Keim.

»Natürlich, mein Häschen, ich verstehe. Am Dienstag schicke ich dir meinen Prokuristen mit den Unterlagen, du brauchst dann nur mehr zu unterschreiben.«

Sie hasste das alberne »Häschen« seit Jahrzehnten, zumal es sich mit seinem feuchten Sprachfehler eher als Häschchen anhörte und meist mit feinem Sprühregen aus unappetitlich nassen Lippen einherging. Und wie seit Jahrzehnten lächelte sie ihn strahlend an und nutzte dabei die Gunst der Stunde.

»Außerdem möchte ich ihr von meinem Schweizer Konto Geld zukommen lassen, damit sie das erste Jahr sorgenfrei das Haus in Stand halten kann. Kannst du das bitte auch erledigen?«

Er zog sein betagtes Gesicht in bekümmerte Dackelfalten.

»Das tut mir sehr leid, Louise, aber das kann ich nicht. Außer dir selbst hat niemand Zugriff auf dieses Konto. Auch ich nicht. Selbst mit meinen besten Verbindungen kann ich da nichts ausrichten. Du musst dich persönlich zur Credit-Suisse-Filiale hier in Paris bemühen, mit Personalausweis, um eigenhändig zu unterzeichnen und deine Transaktionen zu legitimieren.«

Das war genau die Information, auf die sie gehofft hatte. Um keinen Verdacht zu erwecken, echauffierte sie sich ein wenig und schmollte. Aber es half alles nichts. Er würde die Formalitäten für die Schenkung der Immobilie über die Bühne bringen, aber ihr Konto war gegen Zugriffe von außen, auch wenn sie von hochrangigen Bankiers höchstpersönlich kamen, immun. Sehr erfreulich.

***

Marcel spürte allmählich Boden unter den Füßen, er fühlte sich endlich wieder als Leiter der Ermittlungen, Herr der Lage. Er hatte den ganzen Vormittag geschlafen, sich vom Inder ein leichtes Mittagessen kommen lassen und machte sich daran, sämtliche erforderlichen Formulare für eine Hausdurchsuchung sowie DNA- und Spurenanalyse in Louises Haus akribisch auszufüllen und für die unabdingbaren Unterschriften des Préfet und Staatsanwaltes vorzubereiten. Es durfte und würde ihm kein formaler Fehler dabei unterlaufen.

Wenn alles gut ging, würde er morgen Mittag mit einer Beamtenstaffel der Spurensicherung bei Louise einfallen und am späten Nachmittag nach Marseille aufbrechen. Dort würde er in Louises Vergangenheit wühlen, Menschen aufspüren, die sie oder ihre Familie gekannt hatten, ihre Geschichten überprüfen und mit ein bisschen Glück Ungereimtheiten, Lücken oder nützliche Erkenntnisse entdecken. Auf jeden Fall aber würde er weitaus klüger nach Paris zurückkehren. Er war überzeugt davon, dass er in Marseille fündig werden würde, dass die Wurzel allen Übels, das von Louise ausging, in ihrer Heimatstadt zu suchen war.

Es überkam ihn eine kribbelige Unruhe, er wollte sofort loslegen, wusste aber, dass dies unsinnig und nicht unbedingt von Vorteil wäre. Um sich abzulenken, spazierte er zu Fuß in die Rue Loubert in der Hoffnung, Alette anzutreffen und sich von ihr gegen einen freundschaftlichen Polizistenrabatt eine ausgiebige erotische Massage bescheren zu lassen.

***

Hendrik kämpfte sich mühsam durch die zerrissenen Nebelfetzen seines chemisch herbeigeführten Tiefschlafes. Seine Knochen schmerzten bei der kleinsten Bewegung, ein Blick auf die Uhr auf dem Nachttisch ließ ihn erschrocken aus dem Bett hochfahren. Es war bereits Mittag, und sein erster aufgewühlter Gedanke galt Luc. Mit fahrigen Bewegungen warf er sich seinen Morgenmantel über und eilte mit viel zu schnell klopfendem Herzen in Lucs Zimmer. Das Bett seines Sohnes war leer, die Vorhänge zurückgezogen, das Fenster geöffnet und sein Pyjama lag ordentlich gefaltet auf dem Kopfpolster. Wohltuende Geräusche aus der Küche verrieten Hendrik, dass sich Marie Lucs angenommen hatte und mit ihrer verlässlichen Umsicht alles fest im Griff hatte. Hendrik schlurfte müde und zerschlagen ins Badezimmer. Die tägliche Prozedur gewissenhafter Körperhygiene sowie das Auswählen der Kleidung erforderten von Tag zu Tag mehr Kraft, Zeit und Geduld. Als er bereit war für die unbekannten Herausforderungen des neuen Tages, gesellte er sich zu Marie und Luc in die Küche. Marie hatte beschlossen, Luc an diesem herrlichen Sommertag gemeinsam mit ihren Enkelkindern und ihrem Mann in den Zoo mitzunehmen, damit Hendrik Gelegenheit hatte, sich noch ein wenig zu erholen.

Hendrik war gerührt über ihre Hilfsbereitschaft und dankbar für die wenigen unbelasteten Stunden, die vor ihm lagen. Er wollte Louise in seinen vornehmen Club zu einem Essen ausführen, um mit ihr über Lucs Zukunft und seinen unbändigen Drang nach körperlicher Befriedigung zu sprechen. Louise ging nach mehrmaligem Läuten ans Telefon, registrierte die Bedrücktheit in Hendriks Stimme und begriff sofort den Ernst der Lage.

Mit einem Schlag fühlte sich Hendrik besser, und er wurde beschwingt und aktiv. Er informierte seinen Chauffeur und reservierte in seinem Club einen abgelegenen Tisch, damit sie ungestört waren.

Die Zeiten, in denen er mit Louise heimlich verschwiegene, drittklassige Restaurants besucht hatte, waren längst vorbei. Schon lange schämte er sich nicht mehr dafür, mit einer Hure in der Pariser Öffentlichkeit gesehen zu werden. Er begegnete den amüsierten, schockierten, mitleidigen, teilweise sogar neidvollen Blicken der ehrenwerten Gesellschaft mit Gleichmut, Gelassenheit und Verständnis. Die menschliche Natur war ihm nur allzu gut vertraut, und er wusste, dass nur die wenigsten unter seinen Artgenossen den Mut hatten, gesellschaftlich und moralisch absonderliche Normen zu brechen. Er bedauerte zwar die scheinheilige Fassade der anderen, genoss jedoch das Bewusstsein um seine eigene, innere Freiheit.

Das angeregte Gespräch mit Louise ließ in ihm wieder vorsichtige Hoffnung aufkeimen, dass die Probleme mit Luc gelöst werden konnten. Sie teilte die Ansicht des Hausarztes und schlug vor, Alette und Marta um Unterstützung zu bitten.

»Ich glaube, dass die Abwechslung Luc durchaus gefallen könnte. Er wird viel Neues kennenlernen und kann seinen Erfahrungsschatz erweitern. Jede von uns ist eine gefestigte Persönlichkeit, und es wird ihm guttun, von uns allen umsorgt und gehätschelt zu werden. Es wird höchste Zeit, dass er unter neue Menschen kommt, die ihn nicht therapieren, sondern verwöhnen wollen. Außerdem kann er stets dasselbe Haus betreten und muss sich nicht an einen anderen Ort gewöhnen. Wir leben ja alle unter einem Dach, wie eine große Familie.«

Sie lächelte aufmunternd und strich Hendrik liebevoll über die eingefallene Wange. Er griff nach ihrer Hand und beugte sich in altmodischer Manier zu einem Handkuss darüber.

»Was hätte ich nur all die Jahre ohne dich gemacht, Louise?«, flüsterte er.

Sie nahm sein zerfurchtes Gesicht zwischen ihre beiden Hände und küsste ihn behutsam auf die Stirn.

»Was hätte ich nur all die Jahre ohne dich gemacht, Hendrik?«, antwortete sie ernst.

Montag

Pricard betrat seit neunzehn Jahren acht Monaten und fünf Tagen pünktlich um sieben Uhr fünfzehn den Haupteingang der Pariser Préfecture de Police, durchschritt Hallen und Gänge mit blank polierten Schuhen und stolz geschwellter Brust, grüßte militärisch knapp die wenigen Untergebenen, die es nicht geschafft hatten, ihm rechtzeitig aus dem Weg zu gehen, riss geräuschvoll die Tür zu seinem Vorraum auf, nahm von seiner attraktiven, im Fünf-Jahresrhythmus ausgewechselten Sekretärin eine Tasse feinsten, argentinischen Kaffees in Empfang, marschierte zackig weiter in sein feudales Büro, nahm auf seinem sündteuren Lederstuhl mit integrierter Massagefunktion Platz, überflog die Schlagzeilen der wichtigsten Tageszeitungen und versank anschließend in eine depressive Phase, weil er nicht wusste, was er nun mit seinem Tag anfangen sollte.

Umso entsetzter war er deshalb an diesem Morgen, als er mit gewohnter Forschheit die Tür zu seinem Büro öffnete und auf dem ungemütlichen Besucherstuhl aus hartem Eichenholz seinen fähigsten Ermittlungsleiter vorfand. Dass dieser statt ausgebeulter Hosen und eines zerknitterten Shirts einen Anzug samt geschmackloser Krawatte trug, rasiert und offensichtlich ausgeschlafen war, konnte nichts Gutes bedeuten. Auch roch er nicht im Mindesten nach Alkohol, und spätestens jetzt war Pricard klar, dass Schwierigkeiten auf ihn zukamen. Komplizierte Schwierigkeiten, nach der ordentlichen Unterschriftenmappe zu urteilen, die Marcel fein säuberlich geöffnet über die Tageszeitungen gelegt hatte.

Pricard ersparte sich jeglichen Gruß, setzte sich und rührte langsam in seinem Kaffee, weniger um den nicht vorhandenen Zucker aufzulösen, sondern vielmehr, um sich zu fassen und etwas Zeit zu gewinnen. Dabei schielte er auf die zur Unterzeichnung vorbereiteten Formulare, las Louises Namen, nahm einen Schluck aus seiner Tasse und überlegte panisch, wie er dieses Unheil abwenden konnte.

Er prüfte wortlos jedes Blatt, die Buchstaben wollten sich nicht zu Worten zusammenfügen, immer wieder entglitten sie seinen Augen und verschwammen zu grauen Flecken.

Schließlich blickte er auf, musterte Marcel und sagte in scharfem Tonfall, aber mit leiser Stimme: »Sie liegen völlig falsch mit Ihrem Verdacht. Madame Prousseau ist über jeden Zweifel erhaben. Aber mir ist klar, dass Sie Ihre Arbeit tun müssen, wie Sie sie auch sonst tun. Ich genehmige die Hausdurchsuchung, aber keinesfalls werden DNA-Proben entnommen oder Telefonate zurückverfolgt. Wir können uns keinen Skandal leisten, in den Minister, Bankiers oder Mediziner verwickelt sind.«

»Oder der Préfet de Police.« Marcel konnte sich die zynische Randbemerkung einfach nicht verkneifen.

»Korrekt. Ich kann mir allerdings auch keinen Ermittlungsleiter leisten, der jeden zweiten Tag statt Mundwasser die Wodkaflasche erwischt.«

Touché.

Marcel nickte bedächtig. Er entnahm die entsprechenden Telefon- und DNA-Formulare der Mappe, zerriss sie und ließ die Papierfetzen provokant auf den Boden segeln.

Pricard setzte seine Brille auf, schraubte an einem eingetrockneten Füller und bemerkte beiläufig: »Bereiten Sie eine Mannschaft vor und warten Sie auf meinen Einsatzbefehl. Ich informiere den Staatsanwalt und gebe Ihnen Bescheid, sobald alle Einwilligungen unterfertigt sind.«

Marcel verließ das Büro, zwar nicht auf allen Linien erfolgreich, aber einen großen Schritt weiter auf dem richtigen Weg. Pricard würde nach der Hausdurchsuchung bei Louise die Genehmigung zu seiner Dienstreise nach Marseille unverzüglich ausstellen, da war Marcel sich sicher. Damit hätte er ihn zumindest ein paar Stunden aus der unmittelbaren Schusslinie.

Pricard griff zum Telefon, um die routinierte Maschinerie des Polizeiapparates in Gang zu setzen. Sein erster Anruf galt Louise.

***

Das alte Telefon in der Diele schrillte penetrant. Louise konnte es sogar trotz des Prasselns der Dusche hören und beschloss, es vorerst zu ignorieren, obwohl ein Anruf um diese frühe Tageszeit an einem Montag vermutlich ein Notfall und kein Irrtum war. Das Telefon verstummte nach einiger Zeit, nur um kurz darauf von Neuem mit seinem nervtötenden Geklingel zu beginnen. Louise stieg stöhnend aus der Dusche, wickelte sich in ein weiches Badetuch und tappte barfuß zu dem antiken Telefontischchen im Vorraum.

»Ja, bitte?«, seufzte sie in den klobigen, schwarzen Hörer.

»Louise, in ungefähr zwei Stunden kommen sie. Sie machen eine Hausdurchsuchung. Ich kann es nicht verhindern. Ich zögere meinen Einsatzbefehl hinaus, damit du dich vorbereiten kannst. DNA und Telefon bleiben verschont. Beeile dich!« Pricard klang hysterisch, gehetzt, und er war hörbar völlig aus der Fassung. Seine Nerven lagen blank.

»Beruhige dich, mein Lieber! Sie können gerne kommen. Ich habe nichts zu verbergen. Kein mikroskopisch noch so kleines Teilchen wird einen Fingerzeig in deine Richtung geben, sei unbesorgt. Womit also soll ich mich beeilen?« Louise erheiterte Pricards Nervosität mehr, als dass sie die bevorstehende Invasion der Polizeimannschaft beunruhigte.

»Ich muss aufhören. Niemand darf wissen, dass ich dich gewarnt habe. Hörst du, zu niemandem ein Wort. Versprich es! Ich melde mich.« Er legte unvermittelt auf, ohne eine Antwort abzuwarten.

Louise schüttelte lachend den Kopf. Wem sollte sie von seiner Warnung erzählen? Marcel, dem Ermittlungsleiter vielleicht? Der einzige Risikofaktor in dieser Sache war er selbst. Seine einfältige Angst, jemand könnte seine Verbindung zu Louise aufdecken, war völlig lächerlich. Alle wussten es, niemand interessierte sich ernsthaft dafür. Nur Pricard selbst glaubte noch an seinen unantastbaren, ehrenhaften Heiligenschein, seine blütenweiße Weste und seinen tadellosen Ruf.

Louise hatte in Marcels Augen gelesen, dass er noch nicht fertig war mit ihr, daher kam dieser kleine Überfall auch nicht überraschend. Es war nur eine Frage der Zeit gewesen, mit welcher Taktik Marcel versuchen würde, sie zu überlisten. Natürlich waren ihm die Hände gebunden; Pricard würde mit allen ihm zur Verfügung stehenden Mitteln zu verhindern wissen, dass er durch ein vereinzeltes Schamhaar vielleicht als Besucher Louises identifiziert werden könnte. Oder durch seinen idiotischen Anruf eben.

Louise frühstückte in aller Gelassenheit, ließ ihr Bett ungemacht, die Küche unaufgeräumt und zog sich ihr Arbeitsshirt, ausgebeulte Jogginghosen und mit Tonklecksen verkrustete Socken an. Sie band ihr Haar zusammen, legte kein Make-up auf und ihre Chirurgenhandschuhe bereit. Kurz dachte sie daran, ihren Laptop in Alettes Wohnung zu bringen, entschied sich aber dagegen, weil sie es aufregender fand, Marcel danach suchen zu lassen. Würde er ihn finden, wären ihre Pläne zunichtegemacht, und sie würde ihre Strafe antreten. Würde er ihn nicht finden, wäre dies die ausgleichende Gerechtigkeit für ihr armseliges Leben, und sie könnte stattdessen ihre Reise ins Paradies antreten.

Louise betrat ihre Töpferkammer und suchte die hässlichsten ihrer Gefäße aus den Regalen. Sie stellte die schadhaften oder unförmigen Schalen und Krüge auf die Gitterroste in den Brennofen und schaltete ihn auf höchster Stufe ein. Sicherheitshalber schüttelte sie den Staubsaugerbeutel noch fest über der Badewanne aus und spülte den feinen Staub in den Abfluss. Ihr Appartement war dank einer fleißigen Putzhilfe stets gereinigt, Bettwäsche und Handtücher wurden jeden dritten Tag gewechselt, im Gästezimmer und in der Folterkammer natürlich unverzüglich nach jedem Besuch. In ihren Fenstern spiegelten sich keine Schlieren, in den Wandecken gab es keine Spinnweben, unter den Sofas keine Flusen und die Küche war – gelobt seien Martas Kochkünste – beinahe steril. Es war also nichts mehr zu tun, daher bereitete sich Louise ihren zweiten Kaffee, nahm ihn mit in die Töpferstube, zog sich die Latexhandschuhe über und setzte sich mit einem frischen Klumpen Ton an ihre Drehscheibe.

Sie war gerade dabei, den Hals einer schlanken Vase zu formen, als die Türglocke in einem Dauerton schrillte – aggressiv und anhaltend, jemand musste am Tor mit dem Daumen an der Klingel festgefroren sein. Sie sah in ihrem Videofenster an vorderster Front Marcel, der einen Zettel in die Kamera hielt, hinter ihm seine tapferen Männer. Die Polizeiwagen standen mit kreisendem Blaulicht schräg auf dem Bürgersteig, Passanten waren gaffend stehen geblieben, und sie sah Marta verschreckt vor dem Bistro ihre Hände an der Schürze wringen.

Louise drückte auf den Sprechknopf.

»Marcel, welche Überraschung! Womit kann ich Ihnen helfen?« Der Spott in ihrer Stimme war auch für den Sergeanten in der letzten Reihe nicht zu überhören.

»Madame Prousseau, ich bitte Sie zu öffnen. Wir haben einen richterlichen Beschluss, der es uns erlaubt, Ihre Wohnung zu durchsuchen. Sie sind für uns eine Verdächtige im Fall der achtzehn vermissten Männer.« Er war entschlossen, ruhig und siegessicher.

Louise auch.

Sie betätigte den Toröffner, und als die Polizisten mit schnellen Schritten über die Treppe zu ihrer Wohnung hasteten, erwartete sie sie in der geöffneten Tür.

»Meine Herren, ich ersuche Sie um Umsicht und Sorgfalt bei der Durchsuchung meines Eigentums. Ich erwarte, dass Sie nicht ein heilloses Chaos zurücklassen. Ich habe nichts verbrochen, bin keiner Anklage schuldig. Erinnern Sie sich bitte stets daran, dass ich Sie als Privatperson verklagen werde, sollten Sie Schaden anrichten. Möchten Sie in der Zwischenzeit eine Tasse Kaffee, Marcel? Soweit ich informiert bin, muss ich mich während dieser Aktion in einem Raum mit einem Beamten aufhalten.«

Marcel ignorierte ihre heitere Gefasstheit, er schüttelte den Kopf, nickte einem älteren Beamten zu, der Louise in die Küche begleitete, und begann selbst mit der Suche in Louises Schlafzimmer.

Die Männer arbeiteten wortlos, sie öffneten und schlossen die Türen der Kästen und Kommoden vorsichtig, rissen nicht wahllos Bücher aus Regalen oder Gläser aus Vitrinen. Louise war zufrieden und bereitete eine große Kanne mit Kaffee und eine kleinere mit Eistee zu. Dazu legte sie auf eine silberne Platte Biskuits und Schokoladenplätzchen zurecht.

Der Polizeibeamte setzte sich an den Küchentisch und langte kräftig zu. Er machte einen verlegenen Eindruck und war froh, sich mit den Keksen beschäftigen zu können. Er hatte für Louise schon als pubertärer Jüngling geschwärmt, es aber zu seinem Bedauern nie in ihre pekuniären Höhen geschafft. Nie hätte er es sich träumen lassen, an ihrem Tisch von ihr bewirtet zu werden. Auch wenn die Umstände nicht gerade romantisch waren. Für ihn war klar, dass sie Louise mit ihrem Besuch überrascht hatten. Sie hatten sie beim Töpfern gestört, sonst hätte sie ihnen keinesfalls ungeschminkt in ihren verschmutzten Arbeitskleidern Einlass gewährt.

Marcel betrat mit ernstem Gesicht die Küche.

»Madame, ich verhafte Sie wegen des Verdachts, achtzehn Männer getötet zu haben.«

Louise zuckte zwar nicht sichtlich zusammen, doch sie erschrak.

»Worauf gründet sich Ihr Verdacht?«

»Sie besitzen in einem weiteren Schlafzimmer eine Guillotine, mit der Sie vermutlich Ihre Liebhaber geköpft haben.«

»Machen Sie sich nicht lächerlich!« Louise lachte ungeniert. »Die Guillotine ist ein Sexspielzeug, ist Ihnen so etwas nicht bekannt? Kommen Sie, ich führe sie Ihnen vor.«

Marcel folgte ihr, verunsichert und mit gereizter Röte im Gesicht.

In der Folterkammer waren bereits alle Beamten versammelt, sie murmelten aufgeregt miteinander, wahrscheinlich hatten sie hier endlich den Durchbruch zu ihrem aussichtslosen Fall vor sich.

Louise nahm den Kopfpolster vom Bett, drapierte ihn unter dem Fallbeil, lockerte das Seil, ließ es los und betete inständig, dass die Haltevorrichtung nicht ausgerechnet in diesem Augenblick zum ersten Mal versagen würde.

Das Beil rasselte in die Halterung, eine gute Handlänge über dem Polster. Louise atmete innerlich auf, Marcel entfuhr ein enttäuschter Seufzer.

»Rufen Sie einen Techniker, der dieses Ding genauestens untersucht, ob man die Halterung oder das Seil nicht vielleicht doch manipulieren kann«, wies er einen seiner Männer an. Dieser nickte, kramte sein Mobiltelefon hervor und verließ den Raum.

»Madame, alles in diesem Zimmer deutet auf Prostitution hin, was eine schwere Straftat ist.«

»Monsieur l'Inspecteur, hier deutet alles auf phantasievollen Sex hin, wie ich ihn liebe. Verstoßen meine sexuellen Vorlieben gegen das Gesetz? Verstoßen Ihre gegen das Gesetz?«

Marcel verließ wortlos das Zimmer und ging in die Töpferkammer.

»Öffnen Sie den Ofen!«, befahl er Louise schroff.

»Dann zerbrechen meine Gefäße, die gerade gebrannt werden. Sie halten einem abrupten Temperaturwechsel nicht stand.«

»Öffnen Sie den Ofen!« Marcel war wütend und konnte es auch nicht mehr länger verbergen, er sah seine Felle davonschwimmen.

Louise öffnete alle Fenster, aktivierte gleichzeitig Klimaanlage und Entlüftung auf höchster Stufe und schaltete den Ofen aus. Dieser ließ sich erst nach einigen Minuten automatischer Abkühlungsphase öffnen, und nach einem grellen Signalton hob Luise den massiven Deckel an und trat schnell zurück, um sich in dem entweichenden Hitzeschwall nicht zu verbrennen. Mit lautem Knall zerbarsten Tonstücke im Inneren, Scherbensplitter spritzten durch die Luft und rieselten auf den Boden.

»Abkühlen lassen und ausräumen!«, befahl Marcel zornig. Die Männer nickten stumm.

»In der Küche gibt es Kaffee und Eistee. Ich denke, wir alle brauchen eine kleine Abkühlung.« Louise jubilierte innerlich. Die Guillotine hatte alle von ihren Korsetts abgelenkt, nur flüchtig hatten die Polizisten den Raum weiter durchsucht, die Vitrine mit dem versteckten Laptop hatten sie nur geöffnet, ein wenig mit den Händen zwischen die Riemen und Peitschen gegriffen und die Korsetts hin- und hergeschoben.

Unbehaglich miteinander tuschelnd, tranken die Fahnder Kaffee oder Eistee, aßen Kekse und verließen unzufrieden und entmutigt Louises Wohnung.

Marcel blieb in der Küche, um auf den Techniker zu warten, obwohl er keine Hoffnung mehr hegte, dass Guillotine oder Brennofen Beweise für Louises Schuld liefern könnten. Er war überzeugt, dass es sich mit diesem Sexungetüm genauso verhielt, wie Louise es gesagt hatte. Den Brennofen hatte er ja selbst genauer kennengelernt. Auch in ihm würde man nichts anderes als verbrannte Scherben und etwas Asche finden.

Louise nahm zwei Kristallgläser aus einer Vitrine und schenkte fingerbreit Rémy Martin ein.

»Trinken Sie, es wird Sie nicht gleich Kopf und Kragen kosten. Ich habe auch Pfefferminzpastillen für danach. Obwohl …«, sie legte eine kleine Kunstpause ein, »… Pricard mit Sicherheit über Ihr kleines Problem Bescheid und es auch zu seinen Gunsten zu nutzen weiß, nicht wahr?«

Marcel schwieg und schob angewidert das Glas von sich. Die Angelegenheit lief langsam aus dem Ruder, mittlerweile war bereits er der als Alkoholiker Beschuldigte.

Louise schwieg ebenfalls. Sie fand, sie hatte genug gesagt. Ihm würde hoffentlich klar sein, dass er eine Pleite eingefahren hatte.

Es klingelte. Der Techniker war angekommen und machte sich unverzüglich ans Werk. Marcel begleitete ihn auf Schritt und Tritt, er wollte noch einen irrwitzigen Moment lang an einen unsichtbaren Blutspritzer oder ein sonstiges Indiz glauben.

Als es erneut klingelte, fuhr er zusammen, stürzte zum Eingang und betrachtete mit misstrauischer Miene den livrierten Mann, der mit einem glitzernden Päckchen in der Hand am Tor stand und freundlich in die Kamera lächelte.

»Wer ist das?«, rief er ungehalten in die Küche, wo Louise Kaffee, Eistee und Kekse wegräumte.

»Hendriks Chauffeur. Er bringt mir meine einzigartigen Schokobonbons.« Sie machte sich nicht die Mühe, zur Tür zu kommen.

Marcel öffnete dem Mann das alte Eingangstor und ging ihm im Treppenhaus entgegen.

»Polizei! Geben Sie das Päckchen her!«, fuhr er ihn an.

Der Chauffeur erschrak, und augenblicklich trat ihm der Schweiß unter seiner Kappe auf die Stirn.

»Ich überbringe nur Madames Pralinen von Monsieur van de Poort.« Er flüsterte vorsichtig seine Erklärung, von Louise sorgsam einstudiert und hundertfach geprobt.

»Ja, ja, schon gut. Sagen Sie ihm, sie hat sie bekommen. Sie können gehen.« Marcel riss unwirsch das glänzende Papier von der Schachtel.

Der Chauffeur drehte sich um, flüchtete über die Treppe nach unten und war maßlos enttäuscht, dass er heute um sein Bondagevergnügen gekommen war. Zu niemandem würde er ein Wort darüber verlieren, wie sehr bei Louise heute die Kacke am Dampfen war.

Marcel reichte Louise die geöffnete Schachtel, in der sich eine beachtliche Menge Bonbons in goldener Zellophanhülle befanden.

»Warum diesmal goldene und nicht silberne?«, fragte er mit hochgezogenen Augenbrauen.

»Weil Luc die goldenen über alles liebt. Sie schmecken ein wenig nach Cognac und sind auch bei meinen Gästen sehr beliebt. Aber sie sind sehr teuer, und die Confiserie hält sie auch nicht ständig auf Lager. Eine Kostprobe?« Sie fischte nach einem Bonbon und hielt Marcel einladend die Schachtel entgegen.

Widerstrebend nahm er sich ein Bonbon, wickelte es aus und ließ die bittersüße, weiche Schokoladenmasse in seinem Mund zergehen. Es schmeckte tatsächlich hervorragend. Louise verdrehte mit einem begeisterten »Mmmm« die Augen und verteilte die Bonbons gleichmäßig unter den silbernen in der Schale im Gästezimmer.

Sie würde zwei davon später präparieren, wenn Marcel die Aussichtslosigkeit seiner heutigen Bemühungen eingesehen und endlich geschlagen ihr uneinnehmbares Feld geräumt hatte.

***

Marcel hatte Louise ohne weitere Erklärungen verlassen und war auf direktem Weg in die Préfecture de Police zurückgefahren. Dort hatte er seinen mageren Bericht über die Hausdurchsuchung geschrieben. Mager deshalb, weil er keinen erfolgreichen

Durchbruch vorzuweisen hatte. Danach hatte er umgehend seinen Antrag auf die Dienstreise nach Marseille ausgefüllt, und nun saß er damit im Büro von Pricard, um einerseits seinen Misserfolg einzugestehen und andererseits seine Reise genehmigen zu lassen.

Marcel betrachtete Pricard nachdenklich und war davon überzeugt, dass dieser Louise vorgewarnt hatte. Louise war nicht dumm und hatte sie alle in dem Glauben lassen wollen, sie wäre von dem Polizeiaufgebot unvermutet überrascht worden. Die saubere, aber unaufgeräumte Wohnung, ihr unmöglicher Töpferaufzug und die Tatsache, dass sie nirgends benutzte Gläser, hastig versteckte Kondome oder verdächtige Papiertaschentücher gefunden hatten, sprachen für seine Theorie.

Pricard seinerseits beobachtete Marcel aufmerksam und empfand tiefstes Verständnis für dessen spürbare Verzweiflung. Er selbst war in seinen Jugendjahren mehrere Male Opfer von Vertuschung in den höchsten Rängen gewesen. Er überflog Marcels armselige Zusammenfassung, unterzeichnete ohne Rückfragen oder Kommentare den Antrag auf die Dienstreise nach Marseille und reichte ihn über den Tisch hinweg Marcel.

Marcel räusperte sich. »Vielen Dank.«

»Sie werden auch in Marseille nicht finden, wonach Sie suchen.«

»Wir werden sehen«, erwiderte Marcel.

Pricard legte seine Hände auf den Tisch und drehte gedankenverloren seinen goldenen Füller zwischen den Fingern.

»Lassen Sie sie in Ruhe«, sagte er leise.

»Ist das eine Drohung oder eine Bitte?«, fragte Marcel ebenso leise.

Pricard blickte auf und sah Marcel direkt in die Augen.

»Eine Empfehlung, Marcel. Nur eine Empfehlung.«

***

Marcel hatte das Treppenhaus noch nicht verlassen, als Louise rasch einige goldene Schokoladenbonbons aus der einladenden Keramikschale im Gästezimmer entfernte und in den kaputten Toaster in der Küche fallen ließ, in dessen Inneren eine Einwegspritze, ein Dutzend steril verpackter Injektionsnadeln sowie gut hundert Stück hoch dosierter Schlaftabletten auf ihren Einsatz warteten.

Sie alarmierte ihre Putzhilfe und bat sie, noch an diesem Tag ihr Appartement gründlichst von allen Spuren, Fasern und Gerüchen zu befreien, die die Polizeitruppe hinterlassen hatte. Bis zum Eintreffen der Reinigungsfrau war Louise in gewohnter Eleganz zum Ausgehen bereit.

Sie rief ein Taxi und ließ sich zur Filiale der Credit Suisse bringen. Bei einem jungen Schalterbeamten forderte sie die Auflösung ihres Kontos ein und verlangte, den gesamten Betrag in bar ausbezahlt zu bekommen. Da es sich um eine außergewöhnlich hohe Summe handelte, war der junge Angestellte verpflichtet, den Bankdirektor persönlich zu dieser Transaktion hinzuzuziehen. Dieser äußerte seine Besorgnis über eventuelle Unzufriedenheiten seitens Louises, welche sie mühelos zerstreuen konnte.

»Ach, mein Lieber, wie lange kennen Sie mich nun schon? Keinesfalls habe ich Klagen über Ihr Institut, im Gegenteil, nirgendwo anders hätte ich mich je so gut und diskret betreut gefühlt wie bei Ihnen.« Charmant blinzelte sie ihm zu, bevor sich ein schmerzvoller Ausdruck über ihr Gesicht zog.

»Leider macht es ein schwerer Pflegefall in meiner Familie nötig, dass ich mein Geld in einen Hausumbau in Frankfurt investieren muss: Treppenlift, verbreitertes Badezimmer, behindertengerechtes Krankenbett, elektrischer Rollstuhl, unendlich viele therapeutische Hilfsmittel … das alles verschlingt Unsummen, glauben Sie mir.«

Der Bankdirektor erging sich ob dieses tragischen Schicksals in betroffene Mitleidsbekundungen, bot noch seine Kontakte zu einer Zweigstelle in Frankfurt an, um sie als Kundin nicht zu verlieren, scheiterte an Louises Starrköpfigkeit und sicherte ihr letztlich resigniert zu, innerhalb von zwei Stunden das Geld für sie zur Abholung bereitzustellen.

Louise dankte ihm überschwänglich für sein Verständnis und seine Bemühungen und spazierte durch die von der Hitze gelähmte Pariser Innenstadt zu ihrem Schönheitssalon, den sie nach beinahe drei Stunden mit zwei dezenten Designertragetaschen –

bis zum Rand vollgepackt mit exklusiven Kosmetika – verließ. Sie schlenderte in eine abgelegene Seitenstraße und kippte all die eben erst zu horrenden Preisen erstandenen Tuben, Tiegel und Fläschchen in eine Mülltonne. Von einem Café aus rief sie erneut ein Taxi und fuhr zurück zur Credit Suisse.

Dort war wie versprochen alles nach ihren Wünschen erledigt worden, und der Bankdirektor bewunderte ihre Umsicht, dass sie das Geld unauffällig in ihren Kosmetiktüten transportieren wollte. Er hatte sich sorgenvolle Gedanken über ihre Sicherheit gemacht und in Erwägung gezogen, sie zu ihrer Wohnung unter Polizeischutz zu begleiten. Nur dem Umstand, dass er Louise selbst die Entscheidung darüber hatte überlassen wollen, hatte sie es zu verdanken, dass sie von allen Freunden und Helfern unbehelligt allein nach Hause fahren konnte.

Als sie mit dem Taxi wieder in der Rue Loubert vorfuhr, erweckte sie den Eindruck, dass sie bei ihrem ausgedehnten Einkaufsbummel einigermaßen erfolgreich gewesen war und bepackt mit Utensilien zur intensiven Pflege ihrer Schönheit zufrieden nach Hause zurückkehrte.

Die Putzhilfe hatte mittlerweile den größten Teil des Appartements akribisch gesäubert, war jedoch noch nicht ganz fertig. Louise deponierte ihre beiden mit Banknoten gefüllten Einkaufstaschen in ihrem Kleiderschrank, stapelte einige Schuhkartons darauf und ging hinunter ins Bistro, um sich bei einem Plausch mit Marta die Zeit zu vertreiben. Vielleicht würde ja auch Alette zu ihnen stoßen. Dann könnte sie mit den beiden die Angelegenheit wegen Luc klären, sie überreden, ihn zu betreuen, und Termine mit Hendrik vereinbaren.

Es würde das letzte Mal sein, dass sie einen zwanglosen, gemütlichen Abend mit ihren beiden treuesten Freundinnen verbringen konnte.

***

Marcel erreichte Marseille am späten Abend und trotz des ereignisreichen Tages und der anstrengenden Fahrt fühlte er sich keineswegs müde.

Marseille hatte sich in den letzten zwanzig Jahren zu einem Moloch entwickelt, dessen Hafen der Mittelpunkt von Drogen- und Menschenhandel sowie Kriminalität in allen nur erdenklichen Erscheinungsformen war. Ein neu entstandenes Problem, das die Polizei nicht eine Sekunde ruhen ließ, stellte der florierende Organhandel dar.

Da Marcel nur eine leise Ahnung hatte, dass er mit seinen Nachforschungen über Louise an dem Ort ansetzen sollte, an dem sie als Kind mit ihrem Karren ihre Waren anbot, hatte er auf der langen Fahrt Kontakt zu dem leitenden Beamten der Außenstelle »Hafenviertel« aufgenommen. Dieser hatte sich anfangs wenig hilfsbereit gezeigt. Chronischer Personalmangel und drastische Zunahmen von Schwerverbrechen, deren tägliche Bearbeitung nicht zu bewältigen war, ließen ihn automatisch unfreundlich werden, sobald er mit einem zusätzlichen Anliegen belästigt wurde. Als Marcel ihm erklärte, dass er sich möglicherweise maßgeblich an der Aufklärung eines Serienmordes an achtzehn gut betuchten Männern aus den höchsten Kreisen der Pariser Gesellschaft beteiligen konnte, stellte er Marcel einen jungen Polizeischüler für seine Erkundung des Hafenviertels zur Verfügung. Einerseits, um bei einer eventuellen Aufklärung des Falls einer Beförderung wegen seiner Umsicht und selbstlosen Hilfe einen Schritt näher zu sein, andererseits, weil er keinen Polizeischüler aus Sicherheitsgründen allein in dieses Viertel schicken konnte. Da kam ihm eine erfahrene Begleitung aus der Pariser Préfecture gerade recht.

Marcel war von der Aussicht, die kriminelle Gegend mit einem Grünschnabel durchforsten zu müssen, nicht gerade begeistert. Er sah seine schlimmsten Befürchtungen bestätigt, als der Jüngling am vereinbarten Treffpunkt zu ihm ins Auto stieg. Ein pickeliges Milchgesicht, die Kappe viel zu groß, die Ohren darunter eingeklemmt, in die Uniform würde er erst noch hineinwachsen müssen, die Hände zu schmal und schwach, um den Abzug der Dienstwaffe drücken zu können, der Schlagstock würde ihm aus den Fingern gleiten. Beeindruckend war jedoch, dass der Neuling bestens auf seine Aufgabe vorbereitet war. Er hatte eine Route ausgearbeitet, bei der sie in kleinstem Radius die größtmögliche

Anzahl an potenziellen Zeugen antreffen konnten: Menschen zwischen fünfzig und achtzig Jahren, die in Louises Kindertagen in der Nähe des Hafens gelebt oder sich zumindest die meiste Zeit dort aufgehalten hatten. Außerdem machte er seine schwindsüchtige Erscheinung durch Entschlossenheit und Ehrgeiz wett. Sie begannen ihre Befragungen direkt auf der Straße, zeigten älteren Menschen Fotos von einer ungefähr dreißig Jahre alten Louise, die Marcel im Polizeicomputer gefunden hatte. Niemand erkannte sie wieder, niemand kannte den Namen Louise Prousseau. Vereinzelt erinnerten sich einige wenige an eine Familie, die mit ihren Karren manchmal am Kai Käse oder Fleisch verkauft hatte. Wie der Name dieser Familie lautete, wusste niemand. Nur, dass sie vom Land kam und seit bestimmt zwanzig Jahren nicht mehr am Hafen gesehen worden war.

Marcel klapperte mit dem Jungen verruchte Bars, schlichte Restaurants, schmutzige Lebensmittelmärkte, alte Friseurläden und sogar Bruchbuden von Büros einiger Schiffsspeditionen ab, nur um immer wieder dieselben nichtssagenden Sätze zu hören.

Langsam war die Nacht hereingebrochen, und Marcel vergatterte seinen jungen Assistenten zu einem Abstecher in eine Hafenkneipe, um bei einem ordentlichen Bier und Schnaps darüber zu beraten, wo Marcel für die Nacht unterkommen konnte. Sie waren auf den ersten Blick die einzigen Gäste in der Kneipe und stellten sich an den Tresen. Der bärbeißige Wirt dahinter war mit seinem Zapfhahn wahrscheinlich schon seit Urzeiten verschmolzen, und auch er konnte den Fragen nach Louise nicht entgehen. An einem zugigen Tisch neben der Eingangstür saß eine greise Frau in einem verrosteten Rollstuhl und schlürfte durch einen Strohhalm ihr Bier. Ihre von Dreck verkrusteten Hände zitterten so sehr, dass sie das Glas nicht halten konnte. Hinter ihren eingefallenen Lippen verbarg sich ein zahnloser Mund. Trotz der Hitze trug sie mehrere Schichten zerschlissener Kleidung, ein buntes Tuch war wie ein Turban schief um ihren Kopf gewickelt. Darunter lugten weiße Haarbüschel wie weiche Daunenfedern hervor. Sie murmelte leise vor sich hin, unablässig über den Strohhalm gebeugt, Bier rann aus ihren Mundwinkeln und tropfte entweder auf den Tisch oder in das Glas zurück. Ein strenger Geruch ging von ihr aus, der trotz der abgestandenen Kneipenluft bis zu den beiden Polizisten an die Theke durchdrang.

Marcel hatte plötzlich genug. Genug von dieser trostlosen Umgebung, genug von sinnlosen Fragen und noch sinnloseren Antworten, genug von seinen eigenen erfolglosen Recherchen. Er kam einfach nicht weiter, jede Spur verlief so schnell im Sand, wie sie sich in seine Überlegungen eingeschlichen hatte. Er warf unvermittelt einen Geldschein auf die Theke, befahl »Wir gehen!« und stürmte aus dem Lokal. Der Junge folgte ihm entgeistert. Er wollte gerade nach der Türklinke greifen, da packte ihn die Alte blitzschnell an seinem Jackenärmel.

»Jüngelchen, komm morgen wieder. Allein. Bring Geld mit. Ich weiß alles«, keuchte sie mit rasselndem Atem.

Zutiefst erschrocken riss er sich los, trat durch die Tür auf die Straße und hoffte, dass Marcel den Zwischenfall nicht bemerkt hatte. Ein blitzschneller Gedanke hatte trotz des Schreckens von ihm Besitz ergriffen: Er würde den Fall lösen, als Held in den Schlagzeilen gefeiert werden und nicht länger als hilfloses Baby unter den Kollegen am Revier gelten, das man ununterbrochen beaufsichtigen musste.

Er wollte morgen wiederkommen. Allein. Mit Geld.

***

Alette hatte dieselbe Idee wie Louise gehabt und saß bereits bei einem kühlen Glas Chardonnay im klimatisierten Inneren des Bistros, als Louise eintraf. Das zerschundene runde Tischchen in einer ruhigen Ecke in der Nähe der derben Holztheke war über all die Jahre zu ihrem angestammten Plätzchen für gemütliche Plauderstunden geworden. Sie vermieden bei ihren Gesprächen tunlichst die Erwähnung von Namen ihrer Freunde und hatten eine eigene bildhafte Sprache entwickelt, in der sie sich problemlos verständigen konnten, ohne dass andere Gäste auch nur geringste Zusammenhänge von Inhalt oder Sinn ihrer Tratschereien ahnen konnten. Louise sah Marta in der blitzsauberen Küche hinter dem Tresen geschäftig hantieren.

»Sie wird uns heute wieder mit exquisiten Leckerbissen verwöhnen.« Alette zwinkerte in Richtung Martas fülliger Gestalt.

»Wenn sie nur auf ihr Äußeres genau so viel Wert legen würde wie auf die Zubereitung ihrer Speisen«, seufzte Louise resigniert. »Ihre Häppchen sind der reinste Augenschmaus, was man von ihrer Figur und ihren Händen leider nicht behaupten kann.«

Wie auf ein unhörbares Kommando erschien Marta mit einem riesigen Glasteller, auf dem sie appetitliche Canapés mit sautierten Krabben, zarten Lachsröllchen und geraspelten Trüffellocken kunstvoll garniert und drapiert hatte. Sie eilte zurück hinter die Theke, schenkte für Louise und sich ebenfalls ein Glas von dem Chardonnay ein, holte noch Vorspeisenteller und Servietten und ließ sich mit einem wohligen Stöhnen in ihren Sessel fallen.

»Haut rein, Ladys! Ich freu mich so, dass wir wieder einmal beisammen sind. Was gibt's bei euch Neues?« Noch während sie einen Schluck von ihrem Wein nahm, griff sie gleichzeitig nach einem Canapé von dem Teller. Marta war selbst ihr bester Gast.

Alette zuckte mit den Schultern. »Bei mir gibt es nichts Aufregendes zu vermelden, ich hatte eine ruhige Woche und ein noch ruhigeres, um nicht zu sagen ereignisloses Wochenende.«

Louise berichtete in knappen Worten von den Ereignissen in Anchieu und der spektakulären Hausdurchsuchung.

Marta lauschte mit aufgerissenen Kulleraugen und erhitzten Wangen. Dazwischen murmelte sie einige Male aufgeregt: »Du meine Güte! Ach, du meine Güte!«

Louise hatte ihre Schilderungen beendet und lehnte sich entspannt zurück.

Alette blickte sie mit hochgezogenen Augenbrauen und gespitzten Lippen an und fragte lakonisch: »Und? Hast du etwas mit der ganzen Sache zu tun?«

Louise hob ihr Weinglas zuprostend in Alettes Richtung und sah sie träge über den Rand des Glases hinweg an.

»Was denkst du?«, fragte sie, bevor sie an ihrem Wein nippte.

»Möglich ist natürlich alles«, antwortete Alette nachdenklich, »doch ich glaube nicht, dass du die Hände beißt, die dich füttern.«

»Hört auf, so dummes Zeug zu reden!«, fauchte Marta gereizt

dazwischen. »Das macht mich ja total kirre. Warum sollte Louise oder eine von uns etwas damit zu tun haben?«

»Da gebe ich dir recht«, bestätigte Alette, »nur – wo sind die Männer? Was ist mit ihnen passiert? Habt ihr eine Idee?«

Louise zuckte gleichgültig mit den Schultern. »Keine Ahnung. Ich habe natürlich finanzielle Einbußen, aber andererseits können endlich wieder ein paar neue Gäste in der Warteschlange nachrücken, sodass es mich nicht allzu schlimm trifft. Daher ist es mir auch ziemlich egal, wo sie sind und was mit ihnen passiert ist. Lästig ist nur, dass das wachsame Auge des Gesetzes mit Interesse auf mir ruht. Vielmehr das Auge von Marcel. Das verunsichert natürlich auch meine Kunden. Keiner von ihnen möchte gerne bei mir von einem übereifrigen Inspecteur erwischt werden.«

Marta und Alette nickten verständnisvoll.

»Wir können überhaupt nichts tun«, jammerte Marta. »Weil wir ja selbst überhaupt nichts wissen!«

»Dafür werden wir ja auch nicht bezahlt«, lächelte Alette. »Das ist die Angelegenheit der Polizei. Wir haben uns auf andere, spannendere Aufgabengebiete spezialisiert.«

»Tja, wir werden die Fälle nicht lösen«, stellte Louise fest. »Aber ich habe einen anderen Fall für euch, den ihr sehr wohl für mich lösen könnt. Luc braucht zusätzliche Betreuung, und es ist mir zu anstrengend, ihn drei Mal die Woche zu bemuttern. Würdet ihr ihn mit übernehmen? Marta dienstags und Alette, du vielleicht am Wochenende?«

Marta war sofort begeistert. Die Aussicht, vom feinen Hendrik van de Poort bezahlt zu werden und das nicht zu knapp, ließ sie ihre Sorgen um die vermissten Männer schlagartig vergessen.

Alette war von der Idee, am Wochenende Überstunden in Luc zu investieren, weniger angetan, stimmte aber deshalb zu, weil sie Louise verstand und entlasten wollte.

»Meine Lieben, ich danke euch. Das nenne ich wahre Freundschaft. Ich werde Hendrik heute noch Bescheid geben, dass er Luc gleich morgen zu dir bringen kann, Marta. Ihm wird ein Stein vom Herzen fallen. Du kommst aber vorher kurz bei mir vorbei, damit wir dich ein bisschen zurechtmachen können für die feine Gesellschaft.«

Marta fuhr sich schuldbewusst durch ihr krauses Haar und murmelte zerknirscht: »Ja, ja, schon gut.«

»Da wir das Wichtigste besprochen hätten, können wir nun endlich damit beginnen, uns zu betrinken?« Alette trommelte ungeduldig mit ihren Fingernägeln auf die Tischplatte.

Louise zündete sich eine Zigarette an, inhalierte kurz und ließ den Rauch genüsslich zwischen ihre Lippen gleiten.

»Ich bin zu allem bereit«, verkündete sie, »Marta, ich lade euch heute ein, schreib alles auf meine Rechnung.«

Marta sprang auf. »Ich hole den Stoff, aus dem die Träume sind.« Sie hantierte geschickt an der Bar mit Gläsern und Flaschen, offenbar versuchte sie sich an einer brandneuen Cocktailrezeptur.

Louise beugte sich nach einem schnellen Blick zur Bar über den Tisch zu Alette und flüsterte leise: »Ich würde dich morgen gerne einladen, zu deinem Geburtstag. Um acht im Ritz.«

Marta kam mit einem Tablett mit exotisch dekorierten Gläsern zurück.

Alette nickte nur verblüfft.

Dienstag

Der junge Polizeischüler hatte Marcel für die Nacht bei sich zu Hause untergebracht.

Er wohnte noch bei seinen Eltern, und Marcel durfte seine kleine Schlafkammer neben dem Elternschlafzimmer benutzen, er selbst schlief auf dem Sofa im Wohnzimmer. Er weckte Marcel mit einem zaghaften Klopfen an seine eigene Zimmertür, und nach einem herzhaften Frühstück im Kreise der freundlichen Familie brachte Marcel den Jungen zum Polizeirevier zurück und fuhr selbst nochmals zum Hafen, um ihn bei Tageslicht genauer unter die Lupe zu nehmen.

Nach drei Stunden ziellosen Umherschlenderns im Hafenviertel hatte er noch immer keine neuen Erkenntnisse gewonnen. Er beschloss, nach Paris zurückzufahren, diesmal aber nicht auf schnellstem Wege, sondern über die beschauliche Landstraße entlang zahlloser Gehöfte, Äcker und Weingüter.

Vielleicht konnte er ja dort noch Anhaltspunkte finden, die er mit Louise in Zusammenhang bringen konnte.

Auf der Stadtautobahn, die ihn zur Ausfahrt der Landstraße führen sollte, herrschte reger Verkehr, und er kam nur mühsam und zäh vorwärts. Schwere Frachttransporter rollten in enger Kolonne über den heißen Asphalt, und die Luft flimmerte.

Marcel fuhr zwar auf der Überholspur, kam jedoch nicht viel schneller voran als die Fahrzeuge neben ihm. Die Fahrt langweilte ihn. Er beobachtete die tonnenschweren Sattelzüge und stellte erstaunt fest, dass sie aus aller Herren Länder stammten. Auch Schriftzüge und Kennzeichen waren darunter, die er keinem Land zuordnen konnte, weil er entweder die fremdartigen Buchstaben nicht zu entziffern wusste oder ihm Länderkürzel unbekannt waren.

Während er darüber grübelte, welche Waren und geschmuggelten Menschen sich wohl hinter den riesigen Planen und Containern verbergen mochten, fuhr er langsam an einem blauweißen Frachtzug vorbei und wäre beinahe auf seinen bremsenden Vordermann aufgefahren, so fasziniert und überrascht war er von der mannshohen Aufschrift.

»Van de Poort« stand in dunkelblauen, überdimensionalen Lettern auf der schneeweißen Seitenplane des Sattelzuges geschrieben.

***

Louise lag mit geschlossenen Augen in ihrem Bett und versuchte sich daran zu erinnern, wie viele von Martas höllischen Cocktails sie getrunken hatte, bevor sie sich zum ersten Male übergeben musste. So sehr sie sich auch abmühte, sie konnte sich einfach nicht erinnern. Eigentlich spielte es auch gar keine Rolle. Ein pelziger Gaumen, schwere Augenlider und hämmernde Kopfschmerzen ließen darauf schließen, dass es eindeutig zu viele davon waren. Sie würde sich mühsam durch ihren Tag schleppen müssen, der vollgestopft war mit Terminen und Vorhaben, die keinen Aufschub – schon gar nicht wegen sinnloser, aber gemütlicher Trunkenheit – duldeten.

Sie zwang sich, ihr Bett zu verlassen, und stöhnte bei jeder Bewegung leise auf. Undefinierbare Schmerzen schossen durch ihren ganzen Körper und selbst die Haarspitzen schienen stechende Botschaften an ihr schwammiges Gehirn zu senden. Dennoch bereute sie nicht eine Sekunde des vergnüglichen Abends mit Alette und Marta. Sie hatten bis in die frühen Morgenstunden durchgehalten, und mit jedem Drink hatte Marta den Anteil von Fruchtsäften, Tonics oder Wasser zugunsten einer großzügigen Ration an Alkohol verringert. Am Ende hatten sie auf Fruchtsäfte und dergleichen anderes geschmackloses Zeug komplett verzichtet und nur mehr reinen Rum, Gin oder Wodka genossen.

Glücklicherweise kamen derartige Ausschweifungen nur sehr selten vor bei Louise. Sie hasste dieses taube Gefühl am Tag danach, und gerade heute musste sie einen klaren Kopf bewahren.

Noch bevor sie sich ins Bad begab, griff sie auf ihr durch jahrelange Erfahrung bewährtes Hausmittel für diese ganz besonders lähmenden Tage zurück. Sie bereitete sich einen extrastarken, doppelten Espresso zu, löste darin zwei Aspirin auf, fügte reichlich

Honig hinzu und schluckte das heiße, ekelige Gebräu in einem Zug und mit fest zusammengekniffenen Augen.

Nach nahezu zwei Stunden hatte sie die Spuren der Ausschweifungen an sich selbst restlos beseitigt und sich wieder fest im Griff. Marta erschien wie vereinbart um zehn Uhr in furchtbar desolatem Zustand. Louise verfrachtete sie ins Badezimmer und verpasste ihr ein Spezial-Pflegeprogramm à la 41 Rue Loubert inklusive Bein-, Achsel- und Damenbartenthaarung. Sie wählte aus ihrem Kleiderschrank ein olivgrünes Sackkleid aus Leinen mit beachtlichem Dekolleté, suchte passende Dessous – die Marta vermutlich zwar sprengen würde, aber Louise selbst würde sie ja nicht mehr benötigen – und ließ sich sogar dazu hinreißen, ihre alte Freundin mit eleganten Sandaletten auszurüsten – die sie selbst nach einem prüfenden Blick auf Martas Füße ebenfalls nie mehr benützen würde. Es blieb sogar noch Zeit für ein kleines Schlückchen Champagner zur Aufmunterung, bevor Hendriks und Lucs erwartungsvolle Gesichter am Videobildschirm erschienen. Louise öffnete das Tor und begleitete Marta hinunter, um die beiden zu empfangen und Marta ein wenig den Rücken für ihre erste niveauvolle Begegnung zu stärken.

Lucs Arme schnellten nach vorne, um Louise begeistert zu begrüßen, doch sie trat einen Schritt zurück und schob stattdessen Marta in seine Richtung.

Luc reagierte, wie Louise es erwartet hatte: Er zog seine Augenbrauen zusammen, stieß ein verärgertes »Pfffff« hervor und bereitete sich darauf vor, gellend loszuschreien. Doch Marta kam ihm zuvor. Sie ergriff seine zu Klauen geformten Hände, drückte sie auf ihren prall gefüllten Ausschnitt und gurrte schmeichelnd: »Luc, mein Süßer, heute werde ich mich um dich kümmern. Freust du dich? Ich hab ja schon so auf dich gewartet. Ich hab auch feine Schokokekse für dich. Komm, ich zeig dir, wo sie sind.«

Louise suchte Hendriks Blick, der etwas betreten Martas erbärmliche Schauspielkünste verfolgte, und als er den Kopf leicht zu ihr wandte, schielte sie lächelnd übertrieben mit den Augen. Hendrik schmunzelte verhalten.

Marta zog Luc langsam von Louise und Hendrik weg und

zeigte ihm den Weg zu ihrem geheimen Appartement. Luc ließ sich zwar widerstandslos führen, drehte sich aber immer wieder um, deutete dabei mit einer Hand ungelenk in Louises Richtung und murmelte unsicher: »Mahhhh, mahhhh, pfahhh, pfahhh?«

Louise winkte ihm aufmunternd zu, Hendrik rief überlaut: »Viel Vergnügen, mein Junge. Lass es dir gut gehen!«

Schließlich verschwanden Luc und Marta hinter der Wohnungstür.

Hendrik und Louise standen verlassen im kühlen, dunklen und plötzlich stillen Treppenhaus, und ein nachdenkliches Schweigen breitete sich zwischen ihnen aus. Louise ergriff als Erste das Wort. »Ich würde dich ja gerne nach oben einladen, Hendrik. Aber ich erwarte in ein paar Minuten einen lieben Freund.«

»Das ist kein Problem, meine Liebe. Ich werde wie immer in der Bar auf Luc warten. Nun komme ich dank deiner Hilfe öfter aus dem Haus und unter die Menschen. Die Besuche bei Marta und Alette werden nicht nur Luc guttun, sondern auch mir.« Dabei lächelte er heiter, drehte sich um, schlurfte den dunklen Gang entlang, und als das Tor hinter ihm mit einem verhaltenen Klacken ins Schloss fiel, spürte Louise ein unvermutetes Ziehen entlang des Nasenrückens, ihre Augen tränten heiß, und sie flüsterte: »Ich werde dich vermissen, Hendrik.«

***

Marcel hatte in Erwägung gezogen, den Laster mit Blaulicht anzuhalten und den Fahrer nach Herkunft, Fahrtroute, Eigentümer der Flotte, Fracht und sonstigen unwichtigen Dingen zu befragen. Er war aber letztlich davon abgekommen, da er den Eigentümer ja höchstpersönlich kannte und somit Zugang zu Informationen aus erster Hand hatte.

Nachdem der Stau sich aufgelöst hatte, nahm er die erste Ausfahrt der Stadtautobahn, die ihn zur Überlandstraße brachte. Er würde bei seinem Plan bleiben, übers Land fahren, Bauern befragen, nach Paris zurückkehren und sich bei Hendrik für den nächsten Tag zu einem ausführlichen Gespräch bei einem gepflegten Cognac unter Männern anmelden.

Zum Mittagessen kehrte er in einen schmuddeligen Landgasthof ein, dessen mit Kreide beschmierte Speisekarte am Eingang bestimmt schon bessere Tage gesehen hatte. Die Besitzer waren ein altes Ehepaar, dankbar für den unverhofften Gast, bewirteten ihn übereifrig mit wider Erwarten schmackhafter Hausmannskost und waren nur zu gern bereit, mit ihm ins Gespräch zu kommen und ihm behilflich zu sein. Am Weihnachtsabend würden sie wahrscheinlich ihren Enkelkindern erzählen, wie sie in einem Kriminalfall zu wichtigen Zeugen geworden waren und der Polizei entscheidende Hinweise gegeben hatten, die zur Ergreifung eines Mörders geführt hätten.

Aber außer, dass alle Mitglieder von Louises Familie vor langer Zeit die Gegend verlassen hatten und Mutter und Vater verstorben waren, der Vater am Suff, die Mutter an ihrer achtzehnten oder gar zwanzigsten Geburt, erfuhr Marcel nichts wesentlich Neues. Nicht einmal an einen Namen konnten sich die Leute hier erinnern.

Interessant war nur eine flüchtige Bemerkung der alten Wirtin, die sich abfällig über das gesellschaftliche Leben der kinderreichen Familie äußerte: »Die blieben gern unter sich. Der Alte hatte seine Sippschaft fest an der Kandare, auch wenn er so gut wie nie nüchtern war.«

***

Pricard kam um die Mittagszeit, als die Bistros überfüllt und die Straßen voll von Menschen waren, die ihre kurze Mittagspause für einen kurzen Imbiss im sonnigen Tageslicht nutzen wollten. Verstohlen näherte er sich dem Tor, blickte gehetzt um sich in der Befürchtung, es könnte ihn jemand erkennen und bei seiner sträflichen Schandtat erwischen.

Louise stand in ihrer Wohnung beim Videoschirm, beobachtete ihn und hatte den Finger griffbereit auf die Toröffnungstaste gelegt, damit er beim streng verbotenen Betreten ihrer lasterhaften Höhle keine wertvolle Sekunde verlor.

Er hastete über die Treppe zu ihr nach oben, stürmte grußlos in das Gästezimmer, streifte seine Schuhe ab, legte die Füße auf den Tisch – zum letzten Mal, dachte Louise –, lockerte seine Krawatte, öffnete den ersten Kragenknopf seines blütenweißen Hemds und blaffte: »Einen Single Malt!«

Louise drehte gelangweilt Haarlocken um ihren Zeigefinger.

»Wie bitte?«

»Du hast mich schon verstanden. Einen Single Malt!«

»Es tut mir leid, aber ich habe dich nicht verstanden. Du sprichst in der Beamtensprache mit mir und die habe ich nie gelernt – weder zu sprechen noch zu verstehen.«

»Louise, bitte! Ich habe derzeit anstrengende Tage, nicht zuletzt wegen dir.«

»Das ist kein Grund, unhöflich zu werden.«

»Bitte. Einen Single Malt, bitte. BITTE.«

Sie wandte sich schweigend zu ihrem Tischchen mit den erlesenen Weinbränden, schenkte ein Glas voll und freute sich, dass Pricard keine Anzeichen dafür erkennen ließ, dass er heute ihre Dienste in Anspruch nehmen würde. Er war zwar wegen ihr ins Schwitzen gekommen, aber leider nicht aus den in ihrem Gewerbe üblichen Gründen, sondern vielmehr aus Angst. Nicht aus Angst um sie, sondern um seine eigene Haut.

Kaum hatte er sein Glas abgesetzt, begann er seine Litanei mit um Verständnis heischender Stimme, die freilich mit einer hörbaren Nuance von Hysterie unterlegt war.

»Sie haben nichts bei dir gefunden. Ich kann mich nicht länger gegen eine DNA-Analyse sträuben, ohne die Aufmerksamkeit auf mich zu ziehen. Eine exakte Auflistung deiner Telefonate kann ich verhindern, aber sie werden deiner Wohnung mit Staubsaugern und Klebefilmen zu Leibe rücken. Sie werden Haare, Hautpartikel und Reste von Körperflüssigkeiten finden. Marcel ist besessen von dir. Und wir haben auch keinen anderen Verdächtigen, der ihn ablenken könnte.«

»Ich sehe kein Problem darin. Lass sie kommen.«

»Bist du wahnsinnig? Sie werden meine Haare finden, meine DNA analysieren! Meine Daten sind so wie die jedes Polizeibeamten im Computer gespeichert.«

»Was schlägst du vor?« Nichts war Louise gleichgültiger als eine seiner hirnlosen Ideen.

»Ich kümmere mich um eine Reinigungsfirma und einen Kammerjäger. Sie sollen hier alles ausräuchern und anschließend sterilisieren oder mit Dampf und Desinfektionsmitteln reinigen. Vielleicht haben wir noch eine Chance.«

Kammerjäger? Louise verkniff sich eine bissige Bemerkung und nickte nur zustimmend.

»Gleich morgen.« Pricard war von seinem genialen Einfall begeistert.

»Könntest du das nicht auf Freitag verschieben? Ab dann bin ich wieder in Frankfurt. Du lässt mein Appartement säubern und genehmigst gleich darauf die Untersuchung. Man wird begeistert sein, weil ich nicht vor Ort bin, und alle werden denken, ich hätte keine Gelegenheit gehabt, mich darauf vorzubereiten.« Und außerdem komme ich nicht mehr zurück, fügte Louise in Gedanken hinzu.

Pricard dachte kurz nach, wiegte stirnrunzelnd den Kopf und versuchte, seinen Überschwang zu bremsen.

»Gar nicht schlecht, deine Überlegungen. Das könnte funktionieren. Ich werde meine Einwilligung so lange hinauszögern, bis du außer Landes bist. Aber – oh mein Gott – das Blut! Blut lässt sich nicht entfernen. Sie werden Blut nachweisen können.«

»Blut? Hier gibt es kein Blut. Nirgends werden sie Blut finden können.« Louise schüttelte verständnislos den Kopf.

»Nein? Äh … Aber natürlich nicht, meine Liebe, warum sollten sie auch Blut finden. Wie dumm von mir. Wo war ich nur mit meinen Gedanken? Was hab ich mir dabei nur gedacht? Entschuldige bitte, wie geschmacklos von mir.«

»Wie wahr.« Louise wusste genau, was er sich dabei gedacht hatte.

Pricard griff nach einem goldenen Schokobonbon, legte den Kopf in den Nacken und schloss genießerisch die Augen.

Unvermittelt schlug die Türglocke schrill und anhaltend an, begleitet von hektischem Hämmern an der Tür. Martas Rufe drangen gedämpft, aber eindeutig aufgelöst zu ihnen ins Gästezimmer.

»Louise, mach auf! Bitte hilf mir. Luc ist ausgerastet. Schnell! Komm! Bitte, bitte!«

Pricard fuhr aus dem Sofa hoch, packte seine Krawatte und griff gehetzt nach seiner Uniformjacke.

Louise drückte ihn sanft, aber bestimmt wieder auf die Couch.

»Bleib sitzen. Entspanne dich. Ich regle das. Marta kommt nicht herein, ich gehe mit ihr. Nimm dir noch einen Single Malt und Bonbons, so viele du möchtest. Die goldene Lieferung ist gestern ganz frisch eingetroffen. Ich bin gleich wieder bei dir.«

Sein Blick irrte noch furchtsam umher, aber er befolgte ohne Widerspruch ihre Anweisungen und nahm sich eine Handvoll Schokoladenbonbons aus der Schale. Schokolade wirkt wie Balsam auf erregte Nerven, hatte er irgendwo gelesen, wahrscheinlich in einer Frauenzeitschrift im Warteraum seines Zahnarztes.

Louise schnappte sich im Gehen ebenfalls einige Bonbons, öffnete die Tür, erblickte eine zerzauste Marta mit zerrissenem Ausschnitt und blutigen Striemen im Gesicht. Ihr Make-up war tränenverschmiert, und sie keuchte atemlos vor Aufregung.

»Er hat sich in meinem Busen verkrallt und das Kleid zerrissen. Er ließ sich nicht festhalten und hat mir das Gesicht zerkratzt. Er ist so stark. Ich habe ihn eingesperrt. Jetzt sitzt er unten und plärrt sich die Seele aus dem Leib.«

Louise strich Marta vorsichtig über die Wange, nahm sie bei der Hand, führte sie langsam über die Treppe nach unten und brachte sie in Alettes Wohnung.

Von Weitem konnte sie Luc brüllen hören, Gänsehaut breitete sich auf ihren Armen aus, und sie bemerkte, wie sie die Schokobonbons in ihrer zusammengepressten Faust zerquetschte.

Sie ließ Marta in Alettes Küche bei einem doppelten Brandy sitzen und sperrte die Tür von Martas Appartement auf.

Luc stand im Vorraum. Er hatte sein Gesicht zur Deckenlampe erhoben, die Augen fest zusammengepresst, seine Arme standen ihm seitlich vom Körper ab, die Fäuste verkrampft und zuckend. Aus seinem weit geöffneten Mund hing ein rosiges Stück der Zungenspitze, Speichel troff wie ein Rinnsal über seine zerbissenen Lippen.

Er schrie wie ein gefangenes Tier in Todesangst.

Louise blieb in sicherer Entfernung zu ihm stehen, hielt ihm ihre geöffnete Hand mit den platt gedrückten Bonbons entgegen und forderte ihn sanft auf: »Luc, alles ist gut. Sei ruhig. Komm, es gibt Schokolade. Komm, mein Junge, hier, nimm!«

Sein durchdringender Schrei erstarb abrupt. Er wandte den Kopf zu Louise, die Arme fielen kraftlos nach unten, mit offenem Mund starrte er sie an.

Mit zögernden, abgehackten Schritten bewegte er sich auf sie zu, ließ sich vor ihr auf die Knie fallen, umklammerte ungeschickt und zitternd ihre Beine und begann lautlos bitterlich zu weinen.

***

Luc spürte schon beim Frühstück, dass etwas Besonderes in der Luft lag. Hendrik war außergewöhnlich fröhlich und Marie bereitete seine Frau-Hosen vor. Er musste in die Badewanne, wurde ordentlich geschrubbt und in frische Unterwäsche gesteckt. Zwar fühlte er in seinem Inneren, dass es noch nicht Zeit war, um die Frau zu besuchen, doch unwillkürlich versetzte ihn die Betriebsamkeit in erwartungsvolle Erregung.

Er freute sich noch viel mehr, als Hendrik den gewohnten Weg zur Rue Loubert einschlug, und Louises Stimme im kühlen Treppenhaus rief fiebrige Gefühle in ihm hervor.

Die andere Frau hatte er des Öfteren im Bistro gesehen. Sie war laut und roch grässlich. Wie Marie, wenn sie die üble Suppe aus dem fleischigen Krautkopf kochte. Ihre Stimme klang in seinen Ohren unangenehm schrill und schmerzte in seinem empfindlichen Kopf. Aber sie hatte unter ihrem Kleid enorme, weiche Bälle. Daher ließ er sich auch willig von ihr von Louise wegführen, vielleicht konnte er ein bisschen üben, seine Finger im richtigen Moment zu strecken und wieder zusammenzuziehen. Und auch die Sache mit dem Mund klappte noch nicht so richtig.

Hände ausfahren, Finger strecken, Bälle fassen, Finger krümmen, Mund zu den Fingern führen – das war alles. Wenn es nur nicht so schwierig wäre, gleichzeitig zu denken und sich zu bewegen.

Marta redete ununterbrochen auf ihn ein, und er verstand von all dem gar nichts, außer dass er Kekse mit Schokolade bekommen würde. Aber er mochte keine Kekse. Schokolade ja, Kekse nein. Die Frau hatte auch komische Haare, kurz und borstig.

Marta setzte ihn auf einen Küchenstuhl, holte einen Teller mit den Keksen, beugte sich über ihn und hielt ihm ein dunkelbraunes Gebäckstück direkt vor die Nase.

Luc sah seine Gelegenheit gekommen. Er fuhr mit beiden Händen mit einem Ruck in die Höhe, schlug Marta dabei den Teller aus der Hand, der klirrend am Boden zerschellte, krümmte seine Finger, und mit einem triumphierenden Aufschrei packte er Martas Busen und drückte sein Gesicht in den voluminösen Ausschnitt ihres Kleides. Marta schrie erschrocken auf, riss seine Handgelenke weg und mit ihnen auch den Stoff des Kleides und taumelte einen Schritt zurück.

Doch Luc gab jetzt nicht auf, er hatte es fast geschafft. Er sprang von seinem Stuhl auf und fasste zappelnd wieder nach Marta, streifte sie aber nur mehr ungewollt grob mit den Fingernägeln an der Wange.

Martas Lippen zitterten, aber sie schimpfte nicht mit ihm und schlug ihn auch nicht. Sie nahm seine Hand, führte ihn zurück zum Stuhl, beugte sich wiederum über ihn und drückte seinen Kopf behutsam an ihren ausladenden Busen.

Reglos und still verharrte Luc an ihren flauschigen Bällen und sog atemlos ihren Duft ein.

Aber etwas stimmte hier nicht. Da war kein Gefühl. Er spürte keine Erleichterung, im Gegenteil, das Aroma, das von Marta aufstieg, verursachte ihm Übelkeit. Jetzt begriff er, dass nur Louise dieses einmalige Gefühl besaß. Nur bei ihr konnte er finden, was er suchte.

Abgrundtiefe Enttäuschung und Verzweiflung stiegen in ihm auf. Er hob seinen Kopf, sah in Martas freundliches, aber derbes Gesicht, öffnete den Mund und begann zu schreien.

***

Louise sah nachdenklich auf Lucs dunklen Hinterkopf hinab, der über ihre Füße gebeugt verhalten zuckte. Sie hatte keine Ahnung, was ihm solche Qualen bereitete oder womit Marta ihn so aus der

Fassung gebracht haben könnte. Niemand konnte genau sagen, was in seinem Gehirn vor sich ging, sie glaubte auch nicht, dass Hendrik das konnte. Vermutlich erriet er Lucs Stimmungen oder Beweggründe, weil er sein Verhalten besser deuten konnte. Aber mit Sicherheit wusste niemand, in welcher Welt Luc lebte, wie er fühlte, was er dachte.

Vielleicht ist es auch besser so, mutmaßte Louise.

Um ihn nicht noch mehr aufzuregen, fasste sie ihn sanft an seinen beiden Schultern, zog ihn hoch und stützte ihn, bis er seine verkrüppelten Beine in eine stabile Position gebracht hatte, die es ihm ermöglichte, ohne fremde Hilfe gerade zu stehen.

Sie wickelte die Folie der Bonbons auf und reichte ihm das, was von der zerronnenen, weichen Schokolade übrig war.

Er hatte sich langsam beruhigt, schluchzte kurz und trocken auf und schnappte sich mit schnellem Griff das glitzernde Papier aus Louises Hand. Er hielt sich die zerknitterte Hülle vor den Mund und schleckte gierig die schmierige braune Masse ab. Das meiste davon landete auf seinem Kinn, unter der Nase, auf seinen Wangen und ein Klecks davon sogar auf seiner Stirn.

Louise seufzte ungeduldig auf. Sie würde ihn waschen müssen, bevor sie ihn Hendrik zurückbrachte. Aber das gab ihr auch die Gelegenheit, ihn so weit wiederherzustellen, dass Hendrik von dem Fiasko nichts bemerken würde.

Automatisch begann sie ihren kindlichen Singsang, der bei dem Jungen noch nie seine Wirkung verfehlt hatte. Während sie ihm mit einem nassen Küchentuch das Gesicht rosig rubbelte und ihm von seinen Händen mit Spülmittel und heißem Wasser die restliche Schokolade rieb, betrachtete er sie ernst und aufmerksam und lauschte ihrer Stimme. Manchmal stieß er einen leisen Ton aus, als wolle er in ihr Lied einstimmen. Louise blickte ihm nicht ins Gesicht, sie konnte seinen wissenden Blick nicht mehr ertragen. In Momenten wie diesen hatte sie das beklemmende Gefühl, er könnte bis auf den Grund ihrer Seele sehen, die dunklen Schatten in ihr erkennen und sie dafür verachten. Doch schon in der nächsten Sekunde legte sich ein trüber Schleier über seine Augen, sodass seine Miene wieder leer und dümmlich erschien.

Mit einem raschen Blick auf die Uhr stellte sie fest, dass sie sich um einige Minuten verspätet hatten, und befürchtete, dass Hendrik schon am Tor warten würde.

Um ein fröhliches Lächeln aus Luc hervorzulocken, überwand sie ihren Ekel, drückte ihn kurz an sich und küsste ihn flüchtig auf die Lippen. Ein glückliches Strahlen erhellte seine Züge, das gemeinsam mit der rosig geschrubbten Haut das Bild eines vollkommen entspannten und zufriedenen Luc zeichnete. Genauso wollte sie ihn haben. So wie er jetzt aussah, hatte er bereits alles vergessen.

Sie nahm ihn an der Hand und führte ihn mit aufgesetzt heiteren Worten und verspielten Gesten bis zum Tor, vor dem Hendrik wie erwartet in der prallen Hitze ausharrte.

»Mein Junge, wie ist es dir ergangen?«, fragte Hendrik mehr an Louise gewandt.

»Sieh ihn dir an, Hendrik! Es hat alles bestens geklappt. Ich denke, er fühlt sich wohl bei Marta.«

»Wo ist Marta?«

»Sie hat in ihrer Begeisterung ein klein wenig die Zeit übersehen und macht sich gerade noch frisch. Darum habe ich Luc abgeholt und zu dir gebracht, damit du nicht länger in der Sonne warten musst.«

Hendrik dankte Louise, vergewisserte sich, dass es bei dem Donnerstagtermin für Luc blieb und spazierte mit einem vergnügten Luc in Richtung Pariser Innenstadt. Luc drehte sich im Gehen einige Male nach Louise um, die ihm mit gezwungener Fröhlichkeit zuwinkte, bevor sie vehement das Tor von innen schloss.

Und nun, ab zu Marta, diese beruhigen und daran erinnern, das Appartement wieder in Ordnung zu bringen und auch Alettes Küche, nach oben, um Pricard zu beschwichtigen, und sobald dieser ihr Heim verlassen haben würde, mussten endlich die goldenen Schokoladenbonbons vorbereitet werden.

***

Pricard befand sich in einer äußerst misslichen Lage.

Er hatte über das Wochenende die Fallakte zu den vermissten Männern mit nach Hause genommen und sorgsam studiert. Sein von gierigem Karrieredenken seit Langem verschütteter Polizisteninstinkt meldete sich verschwommen zu Wort und sagte ihm, dass Louise irgendwie mit dem Verschwinden der Männer zu tun haben musste. Daher verstand er jetzt auch, wie sehr Marcel sich in diesen Gedanken verbeißen konnte. Er selbst kannte viele der Männer entweder aus seinem Golfclub oder weil er mit ihnen in offizieller, dienstlicher Funktion mehrmals zu tun gehabt hatte. Ebenso wusste er, dass sie Gäste von Louise gewesen waren, selbstverständlich streng geheim und diskret wie er selbst. Er konnte nur hoffen, dass niemand so schlau war, auch sein Geheimnis zu entdecken. Marcel würde ihn mit Sicherheit nicht verraten; dazu war ihm seine Arbeit zu wichtig und sein Alkoholproblem zu deutlich bewusst. Wie er es auch drehte und wendete, er konnte weitere Untersuchungen nicht verhindern, ohne sich selbst bloßzustellen.

Auf der anderen Seite war da Louise, die ihm in allen Facetten ihrer Persönlichkeit vertraut war. Hatte sie die Männer tatsächlich verschwinden lassen, konnte er trotz aller Anstrengungen kein Motiv erkennen. Sie profitierte nicht vom Tod der Männer; im Gegenteil, das Ausbleiben ihrer regelmäßigen Zahlungen musste ein gewaltiges Loch in ihre Finanzen reißen, und das Bild von ihr als mordende Psychopathin oder eiskalte Serienkillerin konnte er beim besten Willen nicht in Einklang mit der Frau bringen, die er so gut zu kennen glaubte.

Er hörte vage Geräusche vom Erdgeschoss durch die Wände dringen, die ihn vermuten ließen, dass es wieder einmal Probleme mit Luc gab. Dazwischen vernahm er Louises beruhigendes Murmeln.

Er stand auf, trat ans Fenster, vertieft in seine Überlegungen.

Louises Appartement war bis in den letzten Winkel durchsucht worden, und auf seine Männer war Verlass. Sie arbeiteten präzise, und es war nahezu auszuschließen, dass sie etwas von Belang übersehen hatten. Dennoch überfiel ihn plötzlich das Bedürfnis, seine kriminalistischen Fähigkeiten, mit denen er ja schließlich reichlich gesegnet war – wie sonst hätte er es bis zum Préfet gebracht –, zum Einsatz zu bringen. Es konnte nicht schaden, hier ein wenig herumzuschnüffeln, und jetzt bot sich eine einmalige Gelegenheit dazu.

Vielleicht würde er einen durchschlagenden Erfolg erzielen, ein belastendes Indiz zutage fördern. Dann könnte er immer noch entscheiden, Louise davor zu verschonen und sie zu beschützen, was ihm zweifellos Heldentum und eventuelle Preisnachlässe auf Lebenszeit bei ihr einbringen würde, oder Marcel zu informieren und den Dingen ihren unvermeidlichen Lauf zu lassen. Beide Möglichkeiten verursachten ihm ein saures Brennen in seinem Magen. Seine Neugier aber siegte.

Er begann in Louises privatem Schlafzimmer, weil er davon ausging, dass sie am ehesten in diesem Raum etwas Verdächtiges verbergen würde. Er schüttelte die Bettwäsche aus, hob die Matratzen an, öffnete Schubladen der Nachttischchen und durchsuchte flüchtig ihren meterlangen Kleiderschrank. Außer einigen Tüten ihres Kosmetiksalons, in denen sie Schuhschachteln zu horten schien, gab es nichts Interessantes zu finden. So durchkämmte er Raum für Raum, bis er letztlich in Louises Folterkammer gelangte. Da er sich selbst keineswegs Nachlässigkeit zum Vorwurf machen wollte, kniete er sich auf den Boden. Er musste sich dabei mit den Händen seitlich abstützen, auch ihn verschonte das Alter nicht, um den spärlichen Raum unter dem überbreiten Bett, der Guillotine und der Vitrine zu inspizieren.

»Darf ich fragen, was du hier tust?«

In seinem Eifer hatte er überhört, dass Louise zurückgekommen war. Umständlich kroch er unter dem Bett hervor und suchte stammelnd nach einer halbwegs glaubwürdigen Ausrede für sein peinliches Verhalten.

»Ja … also … ich dachte, ich sehe mich selbst einmal bei dir um, weil … denn … dann … es ist sicher von Vorteil für dich, wenn der Préfet de Police persönlich sich von deiner Unschuld bis ins kleinste Detail überzeugen konnte«, schloss er lahm seine verworrenen Erklärungsversuche.

Louises blitzende Katzenaugen verengten sich zu bedrohlichen Schlitzen, zwischen ihren Augenbrauen entstand eine tiefe Falte.

»Ich danke dir für dein Vertrauen. Würdest du jetzt bitte mein Haus verlassen?«, stieß sie zwischen zusammengebissenen Zähnen und schmalen Lippen wütend hervor.

Pricard hob beschwichtigend beide Hände.

»Louise, bitte, ich …«

»Würdest du jetzt bitte mein Haus verlassen?«, wiederholte sie langsam, jedes Wort lang gezogen und einzeln betonend.

»Aber ich wollte dir nur helfen! Louise, wir müssen …«

»Würdest du jetzt bitte mein Haus verlassen?« Ohne ihn eines Blickes zu würdigen, ging sie vor ihm ins Gästezimmer. Dort sammelte sie seine Schuhe, Krawatte und Jacke ein, drückte ihm das Bündel in die Hände und flüsterte theatralisch mit Tränen in den Augen: »Du glaubst mir nicht. Du schnüffelst mir hinterher. Diese ungeheuerliche Kränkung werde ich dir niemals verzeihen. Geh jetzt.«

Pricard schluckte schwer, ihm fiel zu seiner Verteidigung nichts mehr ein, und er war betroffen. Er verließ die Wohnung, schlüpfte im Treppenhaus in seine Schuhe und band sich ohne Spiegel die Krawatte. Trotz der sommerlichen Hitze zog er auch seine Uniformjacke wieder an und aus alter Gewohnheit griff er in alle Taschen, um zu überprüfen, ob Geldbörse, Dienstmarke und Schlüssel an ihren üblichen Plätzen verstaut waren. In der rechten Außentasche ertasteten seine Finger den großen Geldschein, den er noch keine Stunde zuvor unter Louises Keramikschale hinterlassen hatte. Sie wollte sein Geld nicht mehr.

Bedrückt stieg er die Treppen hinab, der altmodische Türknauf des Tors fühlte sich in seiner Hand schwer und kalt an. Er zog daran, das Tor öffnete sich einen Spalt, greller Sonnenschein flutete in den dunklen Gang, und das gleißende Licht blendete ihn, sodass er kurz die Augen schließen musste.

Genau in diesem Augenblick durchzuckte ihn ein Gedanke, der ihm den Atem stocken und das Herz schwer werden ließ: Er hatte sich Louises Zorn zugezogen. War er womöglich der Nächste?

***

Louise drückte die Tür hinter Pricard nachdrücklich ins Schloss und beobachtete durch den Türspion, wie er sich anzog, den Geldschein in seiner Jackentasche entdeckte und mit gebeugten Schultern schwer angeschlagen im dunklen Treppenhaus verschwand.

Sollte er denken, was er wollte. Seine Feigheit war ihr zuverlässigster Polizeischutz. Sie machte sich auch keine ernsthaften Sorgen darüber, ob Spuren in ihrem Haus gefunden werden würden. Sollte es wider Erwarten dazu kommen, würde sie es dort, wo sie weilte, nicht mehr erfahren.

Louise räumte im Gästezimmer mit wenigen Handgriffen auf und erfrischte sich im Bad. Der vorzeitige Abgang Pricards ließ ihr erfreulichen Spielraum für ein Gläschen Champagner und eine Zigarette, bis der Notar mit den Schenkungsdokumenten für Alette eintreffen würde. Ein Mitarbeiter seiner Kanzlei sowie Louises Hausmeister würden als Zeugen für den Vollbesitz ihrer geistigen Kräfte fungieren, während sie ihre erforderlichen Unterschriften setzte. Somit würde dem Gesetz Genüge getan, die Schenkung wäre rechtskräftig und unanfechtbar.

Die ganze formelle Prozedur dauerte nicht länger als eine halbe Stunde und ging völlig reibungslos über die Bühne. Louise bedankte sich telefonisch bei ihrem Pariser Bankier für seinen Einsatz und versprach ihm für seinen nächsten Sonntagsbesuch eine prickelnde Überraschung unter der Guillotine.

Sie verpackte die kostbare Dokumentenmappe in schwarzes Seidenpapier, umwickelte sie mit einer blutroten Satinschleife und steckte eine schneeweiße Calla unter das Band. Sie ließ das Geschenk für Alette vorsichtig in eine schmale Ledermappe gleiten, auf deren Vorderseite in goldenen Lettern Alettes Initialen geprägt waren. Das nächste Paket wurde ebenso liebevoll verpackt. Sie holte die beiden Einkaufstüten aus ihrem Kleiderschrank, entnahm die Schuhschachteln, die zuoberst lagen, und schichtete die darunter liegenden, gebündelten Geldscheine Stoß für Stoß in einen leichten Karton. Nun gingen die Scheinchen auf die Reise. Sollte ihnen auf ihrem Weg etwas Unvorhergesehenes wie zum Beispiel eine Zollkontrolle geschehen, würde es keinerlei Hinweise auf Louise geben. Sie schlug den Karton in rosa Geschenkpapier für Kinderpartys, verschloss ihn fest mit bunten Bändern und beschriftete ihn in kindlicher Handschrift mit: Postkantoor Kust Straat, Brievenbus 60, 31661 St. Maarten. Absender führte sie keinen an, wozu auch? Mit etwas Glück würde das Geld in ihrem Postfach Nummer 60 ankommen, mit etwas Pech würde es abgefangen werden, und sie hätte es verloren. Laut ihren Recherchen im World Wide Web war der unauffälligste und sicherste Weg für einen Geldtransport die gute, alte Postkutsche. In Zeiten der Korruption und kriminellen Machenschaften von Bankern und Politikern wurden Kontobewegungen rund um den Erdball strengstens kontrolliert. Dies war der Hauptgrund dafür, dass sie ihr Konto bei der Credit Suisse aufgelöst hatte; sie glaubte nicht an das Schweizer Bankgeheimnis oder sonstigen Ehrenkodex, an den sich sowieso niemand hielt. Sie war gespannt, ob die Statistiken auch für sie zutrafen oder ob man nicht alles glauben durfte, was im Internet als der Wahrheit letzter Schluss verkauft wurde. Es wäre bedauerlich, wenn das Geld bei einem gierigen Beamten landen würde, aber kein immenser Schaden. Sie war seit zehn Jahren stolze Besitzerin eines Kontos bei einer lächerlich unscheinbaren Bankfiliale auf St. Martin und zum Glück nicht angewiesen auf ihre Barschaft in Paris. Sollten Nachforschungen bezüglich des Postfachs angestellt werden, würde man die erstaunliche Entdeckung machen, dass es von Bert Onestone, wohnhaft in Princeton, New Jersey, gemietet und für fünf Jahre im Voraus bar bezahlt worden war. Und nein, niemand hatte es je besucht und geöffnet. Und nein, es war noch nie Post für dieses Fach gekommen. Der betagte Schalterbeamte konnte sich, aufgrund einer stattlichen Zuwendung von Louise, natürlich nicht mehr an den Herren von seinerzeit erinnern. Dafür würde er aber für den Fall, dass ein gewiefter Kommissar das angekommene Paket beobachten ließ, Louise warnen. Sie hatte vor, es nach ihrer Ankunft auf St. Martin noch geraume Zeit im Postfach liegen zu lassen und die Lage sorgfältig zu sondieren. Erst wenn sie sich sicher war, in keine Falle zu geraten, würde sie es abholen.

Sie telefonierte mit Hendriks Chauffeur, der gegen eine Verlängerung seiner Bondagesitzung – die nie mehr stattfinden würde – freudig ihren Auftrag annahm, das Paket zu dem Postamt auf dem Disney-Gelände zu bringen. Louise fand es stilecht, ein Kindergeschenk von einem Vergnügungspark aus zu senden.

Die nächste Arbeit, die sie vor ihrem zweifellos herrlichen Abend mit Alette im Ritz zum Abschluss bringen musste, verrichtete sie mit Wehmut und ein wenig Trauer.

Zwei goldene Schokoladenbonbons erhielten mit Hilfe der Injektionsnadel und Einwegspritze aus dem Toaster eine hoch dosierte Füllung aus aufgelösten Schlaftabletten. Damit die zähe Flüssigkeit nicht wieder ausrinnen konnte, befeuchtete Louise die Einstichstelle in der Schokolade mit ihrem Speichel, wischte mit der Fingerspitze darüber und legte die Bonbons samt goldener Hülle in den Kühlschrank, damit durch die Kälte die Kuvertüre erstarren konnte und die Bonbons wieder dicht verschloss.

Die Zeit verflog, und sie musste sich auf den Abend mit Alette vorbereiten. Der Maître d'Hôtel im Ritz hatte ihr zugesagt, den Tisch festlich gemäß dem Anlass zu decken, es würde einen separaten Beistelltisch für Blumen, die Ledermappe und ein Überraschungsgeschenk des Hauses geben.

Sie nahm ein ausgedehntes Schaumbad, wählte elegante Kleidung aus, legte dezenten Schmuck an und überdachte dabei die Ereignisse des Tages. Sie entschied, dass alles hervorragend nach Plan gelaufen war und sie am nächsten Tag beruhigt mit ihren Reisevorbereitungen beginnen konnte.

Nur noch zwei Nächte in Paris.

***

Alette konnte sich keinen Reim auf die unerwartete Einladung Louises machen und sah dem Abend mit Spannung und Vorfreude entgegen. Dass es außer ihrem Geburtstag noch einen anderen besonderen Anlass geben musste, war ihr in dem Augenblick klar gewesen, als Louise das Hotel Ritz als Treffpunkt nannte.

Alette wusste, dass Louise immer Wert auf Stil gelegt hatte, auch als ihr Einkommen noch gering und ihre Klientel weit entfernt von den feineren Kreisen der Pariser High Society war. Von Louise hatte Alette gelernt, dass wahrer Stil rein gar nichts mit Reichtum zu tun hatte. Natürlich war es angenehm, über ein Vermögen zu verfügen, das das Leben in den meisten Belangen erleichterte, aber teure Kleidung, protzige Autos oder imposante Häuser bedeuteten nicht automatisch, dass es sich bei den Besitzern um Menschen handelte, die sich durch ehrenhaften Charakter auszeichneten. Vielmehr hatten es Gutmenschen nicht nötig, sich hinter einer glänzenden Fassade zu verstecken, wohingegen Prunk und Pomp über fehlende Moral oder Unbarmherzigkeit problemlos hinwegtäuschen konnten.

Alette selbst hatte des Öfteren die Erfahrung gemacht, dass die wohlhabendsten ihrer Kunden mitunter diejenigen waren, die in ihr nicht mehr einen Menschen und gar nicht eine Frau sahen, sondern ein willfähriges Objekt, das gegen außergewöhnlich hohe Bezahlung für die maßlose Befriedigung perverser Wünsche und Begierden verantwortlich war. Nicht selten kam es zu körperlicher Gewalt, wenn die Erfüllung dieser Wünsche nicht den Phantasien des Kunden entsprach.

Für Alette war ihre Arbeit in der Rue Loubert ein lieb gewonnenes Hobby, und sie musste sich auch nicht ihren Lebensunterhalt damit verdienen. Sie ging mit den Vorstellungen ihrer Liebhaber aufgeschlossen und freizügig um, ihre persönlichen Grenzen durften jedoch von niemandem überschritten werden. Nur ein einziges Mal hatte sie damit ernsthafte Probleme bekommen, und wenn ihr Louise damals nicht zu Hilfe gekommen wäre – lautlos, ruhig und unkompliziert, wie es ihrer Natur entsprach –, wäre Alette entweder tot oder eine Mörderin. Alette empfand für all die Huren, die ihrer Arbeit unter erbärmlichsten Bedingungen nachgehen mussten und diese nur unter Drogen- oder Alkoholeinfluss ertrugen, größten Respekt, aber auch tiefstes Mitleid und eine zornige Verzweiflung. Verzweiflung deshalb, weil die meisten dieser Frauen keine Wahl hatten. Entweder wurden sie von kriminellen Zuhältern oder ihren eigenen Süchten gezwungen, das Geld für ihr Überleben durch Prostitution zu sichern. Diesen teuflischen Kreislauf zu durchbrechen, gelang kaum. Berichte in Zeitschriften, Kinofilme oder Dokumentationen im Fernsehen lieferten nur einen müden, meist auf Sensationslust und Effekthascherei ausgelegten Abklatsch der brutalen

Wirklichkeit über das alltägliche Leben auf dem Straßenstrich oder in schmuddeligen Bordellen.

Alette schob ihre trüben Gedanken zur Seite – merkwürdig, mit jedem Jahr wurden diese niederschmetternden Geistesblitze eindringlicher – und entfernte ihre klimpernden Reifen von den Fußgelenken. Louise wäre bestimmt nicht besonders erfreut über einen scheppernden Auftritt Alettes in den altehrwürdigen Hallen des Ritz', wo man außer dem Besteck nur die Gebisse der Gäste klappern hörte.

Sie gönnte sich ein Taxi, wurde von einem Oberkellner in Empfang genommen und auf bordeauxroten, samtenen Teppichen zu dem Tisch geführt, an dem sie Louise mit einem übermütigen Grinsen begrüßte. Auf einem Beistelltisch standen eine große Vase mit einem wunderschönen Strauß weißer Callas und ein Sektkühler mit einer Flasche Champagner, daneben lag eine schwarze Aktentasche, die im Kerzenlicht glänzend schimmerte.

Alette beugte sich zu Louise, um sie auf beide Wangen zu küssen.

»Was hast du mit mir vor?«, fragte sie. »Habe ich endlich das hohe Niveau der Pariser High Society erreicht und gebe heute mein Debüt?«

Louise lachte. »Ja, das könnte man im weitesten Sinne des Wortes so sagen. Darum beginnen wir den Abend mit einem Glas Champagner und lassen darauf ein siebengängiges Degustationsmenü folgen.«

»Louise, ich sterbe vor Neugier! Was ist passiert? Warum machst du dir solche Mühe? Meinen runden Geburtstag feiere ich erst im nächsten Jahr. Hast du dich vielleicht in der Jahreszahl geirrt?«

Louise schüttelte belustigt den Kopf.

»Wie wichtig sind Jahreszahlen? Du musst dich noch ein bisschen gedulden, ich habe dir noch nicht von Luc und Marta erzählt. Auch Pricard hatte heute seinen großen Auftritt.«

Während der ersten Gänge der Menüfolge brachte Louise Alette ausführlich auf den neuesten Stand der Aktivitäten in der Rue Loubert Nummer 41.

»Was hat Luc bei Marta so verwirrt? Außer ihrer unmöglichen Haarkrause, meine ich?«

»Sei nicht so streng mit Marta. Ich habe mir heute größte Mühe gegeben, das Beste aus ihr herauszuholen, und sie sah beinahe hübsch aus. Vielleicht hat sie ein wenig zu dick aufgetragen in ihrem Umgang mit Luc. Aber ich kann es mir auch nicht erklären, warum er so völlig daneben war.«

»Sollte er sich bei mir ähnlich benehmen, wie beruhige ich ihn am besten?«

»Das wird bei dir nicht passieren«, stellte Louise mit Bestimmtheit fest.

»Was macht dich so sicher?«, fragte Alette verwundert.

»Ich weiß es eben.«

Wenn Louise diesen schroffen Tonfall anschlug, waren weitere Fragen zwecklos.

Der Maître d'Hôtel bahnte sich mit einem Silbertablett, auf dem eine Miniaturtorte mit einer brennenden Kerze thronte, den Weg zu ihrem Tisch. Hinter ihm formierte sich das gesamte Restaurantpersonal zu einem Halbkreis und stimmte »Happy Birthday« an. Alette strahlte. Sie genoss es, im Mittelpunkt der Aufmerksamkeit zu stehen, und ließ es sich nicht nehmen, jedem einzelnen Kellner die Hand zu schütteln, und winkte außerdem den anderen Gästen des Restaurants zu, die pflichtschuldig die Blicke von den Tellern ab- und Alette zugewandt und höflich applaudiert hatten. Zum Abschluss bedankte sie sich überschwänglich bei dem verlegenen Maître d'Hôtel mit einem Kuss auf die Wange, setzte sich wieder und kicherte übermütig.

»Wenn der wüsste, was die Hand, die er eben geschüttelt hat, sonst noch alles kann.«

Louise prustete in ihre Serviette. Sie fand dieses Geburtstagszeremoniell etwas peinlich, aber Alette gelang es mit ihrem humorvollen Charme immer wieder, in die abwegigsten Situationen Spaß und Frohsinn zu bringen.

»Und nun zu Pricard. Ich sehe ihn vor mir, wie er unter deinem Bett hervorkriecht und versucht zu retten, was noch zu retten ist. Wenn er dich für die Mörderin hält, hat er jetzt wahrscheinlich die Hosen voll. Er wird glauben, er steht ab sofort auf der Abschussliste, weil du ihn hinausgeworfen hast.«

»So sah er zumindest aus, als er ging. Geschieht ihm recht, dem alten Schnüffler.« Louise schüttelte über Pricards Vermessenheit und Dummheit den Kopf.

»Hat er was gefunden?« Alettes Blick spiegelte Naivität und Unschuld wider.

»Wie bitte?«

»Na, hat er was gefunden, was dich belasten könnte? Wonach hat er überhaupt gesucht?«

»Keine Ahnung. Natürlich hat er nichts gefunden. Es gibt ja auch nichts zu finden.«

»Nein?« Alette spürte, dass sie ein wenig zu weit gegangen war.

Louise sah sie an und schwieg. Alette beeilte sich, die unangenehme Stimmung zu entschärfen.

»Okay, okay, tut mir leid. Ich hab es nicht so gemeint. Nur weil du ein Mal deine Fähigkeiten auf diesem Gebiet bewiesen hast, heißt das ja noch lange nicht, dass du unter die Massenmörder gegangen bist. Ach du Scheiße, was red ich da daher! Louise, pardon, meine Liebe, manchmal bin ich einfach zu doof. Soll ich noch einmal von vorne anfangen? Ich gehe schnell hinaus, komme noch einmal herein, begrüße dich und wir starten neu?«

Louise war weder beleidigt noch verärgert, Alette hatte ja mit allem recht, aber sie genoss amüsiert ihre Bemühungen um Schadensbegrenzung, die sie ihrem losen Mundwerk zu verdanken hatte.

»Wenn du bitte langsam zum Ende kommen könntest? Ich würde dir gerne endlich zum Geburtstag gratulieren und dir dein Geschenk überreichen.«

Louise griff nach der Ledermappe und spürte das bekannte Ziehen an der Nasenwurzel und die Hitze in ihren Augen. Dieser Tage hatte sie aber verdammt nah am Wasser gebaut, diese Rührseligkeit musste aufhören.

Sie reichte Alette die Mappe, strich ihr liebevoll über die Wange, küsste sie auf die Stirn und räusperte sich. »Ich wünsche dir nur das Beste, mein Kind.«

Alette schluckte. Die Atmosphäre war plötzlich berührend geworden. Sie zog das schwarze Päckchen aus der Ledermappe, steckte die Calla zu den anderen in die Vase, löste die Schleife und starrte verständnislos auf die Dokumentenmappe. Sie klappte sie schnell auf und las die Überschrift des ersten Blattes: »41 Rue Loubert, Besitzurkunde«. Darunter stand ihr Name. Sie verstand nicht, blätterte fahrig durch die anderen Unterlagen, überflog den Inhalt, und als sie begriff, schossen ihr Tränen in die Augen, rote Flecken bildeten sich auf Hals und Stirn und fassungslos hauchte sie: »Warum?«

»Ich habe keine Kinder oder Verwandten, die mein Erbe antreten könnten. Mit Ende des Jahres setze ich mich zur Ruhe, und ich bin zu müde, um mich weiter um das Haus zu kümmern. Du bist die Einzige, der ich mein Lebenswerk anvertrauen möchte.«

Alette putzte sich geräuschvoll mit der Stoffserviette die Nase.

»Aber warum jetzt schon?«

»Ich finde den Zeitpunkt perfekt. Außerdem gebe ich lieber mit der warmen Hand als mit der kalten.« Nun tropften auch Louises Tränen auf das weiße Damasttischtuch.

Alette griff nach Louises Hand, hob sie an ihre Lippen und küsste sie.

Louise hätte ihr in diesem Augenblick am liebsten alles erzählt: von den Männern, von St. Martin, von der Geburt hinter dem Fischcontainer. Sie wusste, Alette würde mit diesem Wissen nicht ruhig leben können und eines Tages mit jemandem darüber sprechen müssen. Dieses Risiko konnte sie nicht eingehen, sie würde sich selbst und ihr weiteres Leben damit vernichten.

Alette schniefte, leerte ihr Glas mit in den Nacken gelegtem Kopf, schenkte sich Champagner nach und lächelte gequält.

»Schau uns beide an: Zwei alte Huren aus der Rue Loubert heulen im piekfeinen Ritz um die Wette und verschmieren mit ihrer Mascara die kostbare Tischwäsche.«

»Das ist alles im Preis inbegriffen. Jetzt stoßen wir noch auf die neue Hausbesitzerin an, besprechen dabei Einzelheiten zu deinem Geschenk, und dann lassen wir uns mit dem Taxi nach Hause chauffieren.«

Louise hatte ihre Fassung wiedergewonnen, der gefährliche Moment, der sie ihre Zukunft hätte kosten können, war vorüber.

***

Louise kam nach Mitternacht ziemlich angetrunken nach Hause; es war der zweite Abend in Folge, an dem sie vom Alkohol benebelt zu Bett ging. Es störte sie nicht sonderlich, denn für die nächsten beiden Tage hatte sie keine Termine außer Luc vereinbart, da sie sich ungestört ihren Vorbereitungen für die Abreise am Donnerstag widmen wollte.

Sie dachte an die Zeit zurück, als sie zum allerersten Mal in ihrem Leben Urlaub gemacht hatte. Vor fünfzehn Jahren hatte sie den Kredit für den Kauf des Hauses Nummer 41 und die abgeschlossenen Renovierungsarbeiten restlos abbezahlt. Abseits ihres Sparkontos bei der Credit Suisse war es ihr sogar gelungen, ein wenig Geld für einen kurzen Urlaub auf die Seite zu legen. Sie war ins nächste Reisebüro gegangen, hatte sich beraten lassen und saß wenige Tage später aufgeregt wie ein kleines Kind am Weihnachtsabend in einem Flugzeug, das sie nach Spanien brachte. Von da an erweiterte sie den Radius ihrer Reiseziele, merkte aber schnell, dass nicht nur Marta, sondern auch Kunden oder persönliche Freunde sie gerne begleiten würden. Daher erfand sie pflegebedürftige Verwandte in Deutschland, buchte die regelmäßigen Flüge nach Frankfurt ausschließlich über ihr Reisebüro und präsentierte sich dort als etwas umständliche und altmodische Kundin, die ohne Hilfe niemals über die Grenzen von Paris hinauskommen würde. Frankfurt erwies sich in der Folge als ideale Wahl, da von dort aus nahezu jedes Land der Welt erreichbar war und ihr der riesige Flughafen Anonymität garantierte. In Frankfurt verließ sie niemals das Flughafengelände, sondern holte ihren Koffer vom Fließband in der Ankunftshalle und begab sich zu Fuß direkt in die angrenzende Abflughalle. Dort wählte sie an den Schaltern der zahlreichen Reiseveranstalter ihren jeweiligen Urlaubsort nach dem nächstmöglichen Anschlussflug. Auf diese Weise lernte sie interessante Flecken der Erde kennen, bis sie zufällig auf St. Martin landete. Sie verliebte sich auf der Stelle in diese malerische Oase im Karibischen Meer und verbrachte nicht wenige Urlaube in einem idyllischen Dorf im Süden der Insel. Die Sehnsucht, an diesem Platz der Welt ihr Leben zu verbringen, wurde immer glühender, und sie kam nach schlaflosen Nächten zu dem Schluss, dass sie es schaffen konnte. Sie würde die nächsten Jahre noch hart dafür arbeiten und sich auch listiger Tricks bedienen müssen, aber es war einen Versuch wert. Sollte sie mit ihrem Vorhaben scheitern, müsste sie sich eben in ihr Schicksal fügen.

Ihre erste Anschaffung zur Verwirklichung ihrer Träume war ein kleiner Laptop mit der phantastischen Möglichkeit, von jedem Ort aus das Internet nutzen zu können. Sie hatte nicht das mindeste Wissen über Computer, doch sie lernte schnell, und es gab genügend verständlich geschriebene Fachbücher, aus denen sie grundlegende Kenntnisse gewinnen konnte. In einem schäbigen Internetcafé in der Banlieue von Paris holte sie sich beim Besitzer, einem jungen, illegal eingewanderten Schwarzafrikaner mit verfilzten Rastazöpfchen, immer Rat, wenn sie nicht mehr weiterwusste. Sie hatte keine Scheu, sich dort aufzuhalten, und kleidete sich für ihre Besuche auch dementsprechend. Mit verschmutzten, zerrissenen Jeans, einem zerfransten Strohhut und löcherigen Socken unter fleckigen Gesundheitsschuhen passte sie genau in die Szenerie. Mit der Zeit entwickelte sich zwischen ihr und dem Rastajungen eine lockere Freundschaft, und ihr war es nur recht, dass er sie als verrücktes, altes Huhn bezeichnete.

Das Internet eröffnete ihr ungeahnte Möglichkeiten, mit denen sie ihrer Vision jedes Jahr ein Stückchen näher rückte, ohne dabei das Haus verlassen zu müssen.

Mit Hilfe eines ihrer Kunden – er war höherer Beamter der Einwanderungsbehörde und erlag, kurz nachdem er Louise das Dokument ihrer neuen Identität ausgehändigt hatte, der Versuchung, sich ein goldenes Schokobonbon aus der Schale im Gästezimmer zu stibitzen – erstand sie einen neuen Pass und von da an lief alles wie am Schnürchen.

Sie eröffnete auf St. Martin an einem unscheinbaren Bankschalter, der in einem Supermarkt untergebracht war, mit ihrem druckfrischen Pass ein Konto, zahlte bei jedem Besuch eine ansehnliche Summe in bar ein und beantragte nach geraumer Zeit eine Kreditkarte, mit der sie alle Rechnungen beglich, die mit ihrem neuen Leben zu tun hatten. Ihr Herzschlag setzte eine Sekunde lang aus, als der Beamte zur Überprüfung ihrer Daten das Melderegister ihres Wohnsitzes der Schweizer Botschaft bemühte, aber es schien alles in Ordnung zu sein. Zumindest stellte er keine Fragen und reichte ihr nur einige Blätter, die sie persönlich unterzeichnen musste. Ihre Flüge von Paris nach Frankfurt als Louise Prousseau blieben in fester Hand ihres Reisebüros, aber die Flüge von Frankfurt nach St. Martin als Ana Campillo erledigte sie nur mehr via Internet und wählte dabei stets wechselnde Flugrouten.

Vor fünf Jahren war das alte Ehepaar, bei dem sie bei ihren Aufenthalten meist in Pension gewohnt hatte, bei einem Bootsunfall ertrunken, und sie hatte die Gelegenheit beim Schopf gepackt und der Tochter angeboten, das baufällige Häuschen mit schmalem Strandstreifen samt Ruderboot zu kaufen. Die Erbin, dankbar, dass sie für die Ruine sogar noch Geld erhielt, hatte sofort eingewilligt und Louise konnte ihr Glück kaum fassen: Ana Campillo war dabei, ihren Wohnsitz zu wechseln: in die Kust Straat 24, 31661 St. Maarten.

Die letzten Ausflüge in die Kust Straat hatte sie dazu genutzt, nach Überwachungskameras auf den Flughäfen Ausschau zu halten, Zollkontrollen zu beobachten, Flugpläne zu studieren und nach Lücken oder Schwachstellen in ihren Plänen zu forschen. Sie war immer auf der Hut gewesen und darauf vorbereitet, dass die Seifenblase jederzeit platzen könnte. Aber nichts war passiert.

Am meisten faszinierte sie, dass auch Marcel bei seinen Nachforschungen noch keinen Hinweis auf ihre Vorbereitungen gefunden hatte. Wie sollte er auch? Sie war davon überzeugt, an alles gedacht zu haben.

Wenn sie erst von der Bildfläche verschwunden war, würde Marcel herausfinden, dass es keine Verwandten in Frankfurt gab. Er würde sich fragen, warum sie nach Frankfurt geflogen war, und erraten, dass sie Frankfurt nur als Zwischenstation benutzt hatte. Alle Fluglinien auf ihre Passagiere hin zu überprüfen, wäre ein Ding der Unmöglichkeit. Täglich frequentierten über hundertfünfzigtausend Menschen den Flughafen und Marcel würde niemals auf Ana Campillo stoßen. Er wusste ja auch nicht, dass Louise unter anderem Namen mit den unterschiedlichsten Fluglinien die unterschiedlichsten Flugrouten zu den unterschiedlichsten Zeiten an die unterschiedlichsten Orte geflogen war. Das einzige Zugeständnis an ihre zweite Identität war eine runde Lesebrille aus Schildpatt sowie eine schwarzhaarige Kurzhaarperücke unter einer keck in die Stirn gezogenen Baskenmütze. Alles einfach in der Handhabung, aber durchaus effektvoll. Am Ende war sie damit immer gut und sicher auf St. Martin gelandet.

Er würde sie zur Fahndung ausschreiben lassen. Vielleicht aber auch nicht, es gab ja keinen Anhaltspunkt dafür, dass sie ein Verbrechen begangen hatte; DNA, Fasern und Fingerabdrücke würden sich finden lassen, wenn der Putzdienst von Pricard schlampig arbeitete. Dass Pricard für einen Putzdienst sorgen würde, war für sie so gut wie sicher. Aber wo waren die dazugehörigen Männer oder deren Leichen?

Ana Campillo würde als verschrobene, französisch sprechende Schweizer Witwe eines Polizeikommandanten ihren Lebensabend – die Zehen im heißen Sand von St. Martin vergraben – genießen.

Mit diesem letzten Gedanken schlief sie ein, wohlig und entspannt.

Mittwoch

Marcel glaubte nicht an Zufälle, vielmehr war er der Überzeugung, dass das Leben aus unsichtbaren Fäden gewoben war, die allesamt miteinander in Verbindung standen, auch wenn das Netz so dicht gesponnen war, dass sich daraus ein auf den ersten Blick nicht zu entwirrendes Knäuel ergab. Er spürte, dass er an einem losen Ende gezogen hatte und das verwobene Geflecht sich zu lockern begann.

Hendrik war am Telefon so freundlich gewesen, ihn zum Mittagessen zu sich nach Hause einzuladen. Er habe an diesem Tag niemanden zur Verfügung, der Luc beaufsichtigen könne, und er würde Luc nach dem Essen vor den Fernseher setzen, damit sie sich ungehindert unterhalten konnten, erklärte Hendrik ausführlich.

Von van de Poort würde Marcel direkt zur Préfecture fahren und bei Pricard vorsprechen. Der Durchsuchungsbeschluss musste auf Louises Haus ausgedehnt werden, die restlichen Appartements, Keller, Heizräume sowie das Dachgeschoss mussten ebenso untersucht werden. Irgendwo mussten Spuren zu finden sein.

Den Vormittag verbrachte er damit, einen Bericht über seine Erkenntnisse, die er aus dem Besuch in Marseille gewonnen hatte, zu verfassen, und noch während er letzte Korrekturen anbrachte, nahm er sich vor, Louise am frühen Abend einen Überraschungsbesuch abzustatten.

Marie öffnete ihm die Tür zu Hendriks Haus und führte ihn in die heimelige Küche, in der bereits Hendrik und Luc an einem grob gehauenen, für drei Personen gedeckten Holztisch saßen. Luc trug ein übergroßes T-Shirt mit Minnie-Mouse-Aufdruck, bei dem die Farbe eines kugelrunden Auges bereits abgeblättert war. Er schwang übermütig einen giftgrünen Plastiklöffel. Marie stellte Schüsseln mit Gemüse, Kartoffeln, Salat und gebratenen Hähnchenteilen auf den Tisch. Sie nahm ein Stück davon, legte es auf Lucs Teller und zerkleinerte es in mundgerechte Stücke.

Ebenso verfuhr sie mit Kartoffeln und Gemüse, sodass es Luc gelingen sollte, sie mit dem Löffel zu erfassen.

»Ich hoffe, Sie mögen Huhn«, begrüßte ihn Hendrik, »es ist eine von Lucs Lieblingsspeisen. Aber eigentlich gehört alles, was essbar ist, zu Lucs Lieblingsspeisen.« Er lachte.

Marie verabschiedete sich, und Marcel bediente sich aus den Schüsseln. Ein zwangloses Gespräch während des Essens zu führen, war ein Ding der Unmöglichkeit. Luc beanspruchte die vollste Aufmerksamkeit Hendriks. Der grüne Plastiklöffel diente Luc ausschließlich dazu, Gemüse und Fleischstücke dekorativ über Tisch und Boden zu verteilen. Gleichzeitig wurde er von Hendrik gefüttert.

Hendrik bemerkte Marcels Blicke und erklärte milde lächelnd: »Luc würde bei vollem Teller verhungern, müsste er allein essen. Doch sein eigener Löffel gibt uns beiden ein wenig das Gefühl von Esskultur.«

Marcel war erleichtert, als die unappetitliche Prozedur endlich vorbei war und Hendrik Luc auf sein Zimmer brachte, wo er am Fernseher einen Kinderkanal mit Trickfilmen auswählte.

Die beiden Männer zogen sich mit Kaffee und Cognac in den Garten zurück.

»Womit kann ich Ihnen behilflich sein?«, eröffnete Hendrik das Gespräch. »Sie sagten am Telefon, Sie wollten mit mir über meine Flotte sprechen?«

»Sie betreiben einen Stützpunkt Ihres Unternehmens in Marseille?«, schoss Marcel ins Blaue.

Wenn Hendrik überrascht war, dass Marcel Erkundigungen über ihn eingezogen hatte, so ließ er es sich nicht anmerken.

»Ja«, antwortete er, »seit mehr als achtzig Jahren. Mein Großvater hat die Flotte aufgebaut, mein Vater und ich haben sie weitergeführt. Heute verfügen wir über mehr als vierzig Stützpunkte in Häfen auf der ganzen Welt sowie zweihundert Transporter für die Schiffscontainer. Ein altmodisches, traditionelles Familienunternehmen, könnte man sagen. Mit Luc wird diese Tradition ein Ende haben, aber ich habe bereits einen Nachfolger nach meinem Geschmack gefunden.« Hendrik erzählte freimütig und ohne Unterbrechung.

»Dann haben Sie Louise also schon in Marseille kennengelernt?«, preschte Marcel weiter vor.

Hendrik schüttelte verwundert den Kopf.

»Wie kommen Sie auf diese Idee?«

»Nun, das wäre doch naheliegend, weil auch Louise aus Marseille stammt.«

»Nein, nein, mein Freund, da sind Sie völlig schief gewickelt mit Ihrer Schlussfolgerung. Ich habe Louise in Paris kennengelernt. Meine Frau war gestorben, ich befand mich in einer tiefen Depression, und Louise wurde mir von meinem Hausarzt als Aufmunterung empfohlen.«

»Was wissen Sie über Louises Zeit, bevor sie nach Paris kam, über ihre Vergangenheit?«

»Darf ich fragen, woher Ihr ungemeines Interesse an Louise rührt?« Hendrik wurde etwas unruhig.

»Nun, Sie haben bestimmt von den vermissten Männern gehört, und alle Spuren führen zu Louise.«

»Zu Louise? Welche Spuren?«

Genau das war das Problem. Marcel hatte keine echten Spuren, eher nur einen Verdacht, und er hatte es versäumt, sich auf diese Gegenfrage vorzubereiten.

»Nun ja«, wich er aus, »alle Männer wurden in Louises Umfeld gesehen. Ich dachte, Sie könnten mir vielleicht weiterhelfen.«

»Luc und ich werden so wie viele andere auch in Louises Umfeld gesehen, und wir leben noch.«

Dieser lakonischen Bemerkung hatte Marcel nichts entgegenzusetzen.

»Kennen Sie die Männer?«, setzte er nach.

»Den Zeitungsberichten zufolge ein, zwei vielleicht. Ich habe sie aber niemals bei Louise angetroffen.«

»Natürlich nicht. Louise ist ja ein Musterbeispiel an Ehrenhaftigkeit und Diskretion«, stieß Marcel sarkastisch hervor.

»So ist es.« Hendrik blieb ruhig, und seine Worte, die er mit fester und überzeugter Stimme vorbrachte, blieben im Raum stehen.

»Louises Vergangenheit?«, versuchte Marcel einen letzten Vorstoß.

»Soviel ich weiß, stammt sie aus einer kinderreichen Bauernfamilie und hat diese sehr jung auf eigene Faust verlassen, um in Paris ihr Glück zu versuchen. Und sie hat ihr Leben ja auch bravourös gemeistert.«

»Sie haben sie nie in Marseille gesehen?«

»Ich habe zu meiner Zeit in Marseille nie in diesen Kreisen oder am Hafen verkehrt. Meine Frau und ich lebten in einem Herrenhaus im Montredon, nahe der Campagne Pastré. Ich führte meine Geschäfte von zu Hause aus. Als Luc kam, zogen wir hierher nach Paris, um ihm die beste medizinische Versorgung und Therapien zu bieten, die man für Geld kaufen konnte. Einige Jahre danach traf ich auf Louise, und sie ist das Wunderbarste, das ich in meinem Leben erfahren durfte.«

Marcel spürte, dass er aus Hendrik nicht mehr herausbekommen würde. Wahrscheinlich wusste der alte Mann auch nicht mehr. So wie er von Louise sprach, war klar, dass er sich vermutlich einst schwer in sie verliebt hatte, abgeblitzt war und sie dennoch immer noch verehrte. Anders zwar als früher, aber dafür inniger und bedingungslos. Er würde blind alles glauben, was Louise ihm erzählen würde.

Marcel dankte Hendrik für das Essen, seine Zeit und die Informationen, die er ihm gegeben hatte, und machte sich aus dem Staub, bevor möglicherweise Luc nochmals auf der Bildfläche erschien, um sich sabbernd über den Nachmittagskuchen herzumachen.

Hendrik begleitete ihn zum Gartentor, das direkt auf die Straße führte, wartete, bis Marcel hupend an ihm vorbeifuhr, winkte gemessen und eilte ins Haus, um Louise zu verständigen.

***

Der gesamte Mittwoch stand im Zeichen einer Merkliste, die zwar kurz ausgefallen war, doch jeder einzelne Punkt darauf erforderte sorgfältige, umsichtige und genaue Behandlung.

Marta hatte Vormittagsdienst im Bistro, daher würde sie ihr Appartement heute nicht benutzen. Louise befreite ihren Laptop von der alten Korsage und zog damit vorübergehend in

Martas Küche ein. Eine Störung wie das Klingeln des Telefons oder einen Kurzbesuch eines verzweifelten Marcels konnte sie momentan für ihre Vorhaben nicht gebrauchen. Sie plünderte Martas Kühlschrank, der lagenweise mit delikaten Schnittchen und eisgekühltem Champagner gefüllt war. Louise fand, dass sie ausreichend Grund zum Feiern hatte, und bediente sich entsprechend hemmungslos. Wenn sie mit ihrer Arbeit hier fertig war, würde sie bei Marta vorbeischauen, ihren Heißhunger gestehen und Marta dafür freigiebig entlohnen.

Sie stellte eine Internetverbindung her.

»Das Internet vergisst nie. Alles, was du tust, wird aufgezeichnet, gespeichert und kann überprüft werden«, hatte sie der Rastajunge bei ihrer ersten Einführungsstunde und einer selbst gedrehten, dem Geruch nach zu schließen eigenhändig aromatisierten Zigarette gewarnt.

Da sie ausschließlich falsche Daten angegeben hatte, machte sie sich des Weiteren keine großen Gedanken darum. Sie hatte auch nicht vor, ihre Accounts bei Banken, Reiseanbietern oder Onlineshops zu löschen. Wenn sie wie die vermissten Männer wie vom Erdboden verschluckt und aller Wahrscheinlichkeit am Frankfurter Flughafen selbst Opfer des irren Serienkillers geworden war, wie sollte sie dann noch in der Lage sein, irgendwelchen Aktivitäten im Netz nachzugehen? Die Betreiberfirmen würden davon ausgehen, dass sie gestorben war, wenn sie nicht mehr einkaufte oder ihre Mails nicht mehr las.

Ihre Tickets nach Frankfurt hatte sie am Morgen vom Reisebüro abgeholt, ein Großteil ihres Barvermögens war bereits unterwegs, eine größere Summe würde sie bei sich in der Handtasche tragen. Das Airporttaxi war bestellt und ihr Reisekoffer zum Packen geöffnet. Sie würde nur das Nötigste mitnehmen; Dinge, die sie lieb gewonnen hatte und die ihr am Herzen lagen.

Es war an der Zeit, sich von ihrem verschwiegenen Vertrauten der letzten Jahre zu verabschieden. Mit einem speziellen Schraubenzieher, ein kleines Geschenk vom Rastaman, lockerte sie sämtliche Schrauben des Laptops und zerlegte sein Inneres in seine Einzelteile. Da sie die Betriebsanleitungen stets aufmerksam studiert hatte, fand sie sogar die Festplatte auf Anhieb. Sie packte alle Einzelteile in eine Mülltüte und warf auch die leere Champagnerflasche, Servietten und den Schraubenzieher dazu.

Mit dem Müllsack in der Hand verließ sie Martas Wohnung, ging nach oben in ihre Töpferkammer, schüttete alle Teile in den Brennofen, stellte die Heizschalter auf Krematoriumstemperatur und verließ sich auf die zerstörerische Kraft der Hitze.

***

Marcel arbeitete sich durch den dichten Nachmittagsstau im Schritttempo zur Préfecture vor. Er glaubte Hendrik. Der Mann hatte wahrhaftig und ernst geklungen, auch wenn er gegen Ende der Unterhaltung etwas nervös geworden war. Aber das lag wahrscheinlich daran, dass er ungern Einzelheiten zu Louises Privatleben preisgab.

Er kam eine Viertelstunde zu spät zu dem Termin mit Pricard und legte sich wortreiche Erklärungen zurecht, die selbstredend mit seinen intensiven Ermittlungen zu tun hatten. Er hätte sich die Mühe sparen können. Pricard saß an seinem leeren Schreibtisch, fahl und eingefallen im Gesicht, um Jahre gealtert und mit wirrem Haar. Er hatte Jacke und Krawatte abgelegt, die Schuhe ausgezogen und die obersten beiden Knöpfe seines blütenweißen, aber zerknitterten Uniformhemdes geöffnet. Er sah krank aus.

Pricard sah Marcel mit einfältigem Blick an und hob auffordernd eine Hand.

Marcel berichtete in allen Einzelheiten von seinem Besuch in Marseille, er ließ auch das üppige Frühstück im Familienkreis des unerfahrenen Polizeischülers nicht aus, und von seinem Gespräch mit Hendrik. Er schmückte seinen Vortrag mit blumigen Details aus in der Hoffnung, Pricard würde sich davon beeindrucken lassen und nicht merken, wie dürftig seine Resultate waren. Er schloss mit einer ausführlichen Begründung, warum er es für unabdingbar hielt, Louises Haus vom Keller bis zum Dach einer eingehenden Untersuchung zu unterziehen.

Als er fertig war und ihm beim besten Willen keine Ergänzungen mehr einfallen mochten, legte Pricard seine Hände langsam auf den Tisch, streckte die Arme knackend durch, senkte den

Kopf und erklärte mit brüchiger Stimme der mit Bienenwachs aus der Provence polierten Tischplatte: »Leiten Sie folgende Untersuchungen in die Wege: DNA-Spurenanalyse, Fingerabdrücke, vollständige Durchsuchung im gesamten Haus. Übersehen Sie keine Ritze, keine Fuge, keine Faser. Kümmern Sie sich auch um den Inhalt aller Kästen, Schubladen und Fächer. Sie finden sich am Freitag um Punkt zwölf Uhr mit dem gesamten Team der Spurensicherung und den Forensikern in der Rue Loubert Nummer 41 ein. Bis dahin habe ich hoffentlich alle Unterschriften und Anträge gesammelt, die wir benötigen. Madame Prousseau wird zu diesem Zeitpunkt bereits in Frankfurt weilen. Wir starten einen Überraschungsangriff, und sie wird keine eventuellen Indizien beseitigen, weil sie sich sicher wähnt. Lassen Sie sie also bis dahin in Ruhe, verhalten Sie sich unauffällig und machen Sie nicht die Pferde scheu. Treten Sie ab.«

Pricard musste endlich ein Licht aufgegangen sein, anders konnte sich Marcel den plötzlichen Sinneswandel nicht erklären. Die Konsequenzen dieser Erleuchtung machten Pricard schwer zu schaffen, er war zutiefst verunsichert und befand sich in einer Art Schockzustand. Marcel war zufrieden und wollte Pricard nicht auch noch eine Genehmigung für eine Überwachung und Nachforschung von Louises Telefon abringen. Er würde auch ohne diesen Eingriff ausreichende Beweise finden, mit denen er Louise überführen konnte.

Marcel tat wie ihm befohlen, er trat ab. Nun gab es endlich genug zu tun.

Pricard hob den Kopf, als er seine Bürotür ins Schloss fallen hörte und griff mit einer schwerfälligen Handbewegung zum Telefon. Er musste dafür sorgen, dass er aus dieser Sache unbeschadet hervorging, auch wenn ihm dieser Anruf zuwider war, ja er fürchtete ihn geradezu. Schweiß bildete sich auf seiner Stirn, sein Herz schlug schnell, und seine Hände wurden feucht. Er verspürte einen schmerzhaften Drang danach, Wasser zu lassen.

Nach dem zweiten Klingeln wurde auf der anderen Seite der Telefonleitung abgenommen.

»Am Freitag um sechs Uhr früh fährt der Putztrupp vor. Sorge dafür, dass das Tor geöffnet ist. Um zwölf Uhr kommt Marcel mit der Spurensicherung.«

Er legte auf, ohne eine Antwort abzuwarten. Daher konnte er auch das verächtliche Lachen Louises nicht mehr hören.

***

Alette stand an der rahmenlosen Fensterfront ihres Großraumbüros im vierzigsten Stockwerk des Wolkenkratzers ihrer Fluggesellschaft, blickte grüblerisch über Paris und nahm den Eiffelturm, der in der Ferne von der Sonne mit goldenem Licht überflutet wurde, nur am Rande ihres Bewusstseins wahr. Sie hatte kaum geschlafen, was nur zum Teil am übermäßigen Alkoholgenuss während des Abends mit Louise lag. Sie hatte sich rastlos im Bett herumgewälzt, der Gedanke daran, rechtmäßige Besitzerin des Hauses Rue Loubert Nummer 41 zu sein, hatte sie in einen Zustand freudiger Euphorie gesetzt und nicht schlafen lassen. Nun schmiedete sie Zukunftspläne.

Sie würde mit ihrem ersparten Vermögen den gesamten Kellerbereich zu einem exklusiven Bordell umbauen, im Dachgeschoss würde ein Gourmetrestaurant eröffnet werden, damit es ihren honorigen Gästen an nichts fehlte. Sie würde ihren Beruf bei der Fluglinie aufgeben, sich ausschließlich ihren Geschäften widmen und von den Einnahmen sorglos leben können. Marta und Louise würden selbstverständlich ihre Wohnungen behalten.

Wenn sie an Louise dachte, empfand sie ein beklemmendes Gefühl der Rührung. Bis an deren Lebensende würde sie sich um Louise kümmern, sollte sie alt und gebrechlich werden. Louise sich alt und gebrechlich vorzustellen war allerdings kaum möglich, eher hatte Alette das Bild vor Augen, wie Louise friedlich und mit sich und der Welt im Einklang eines Tages in hohem Alter in einem bequemen Kosmetikstuhl einschlafen würde, während der dunkelrote Lack an Finger- und Fußnägeln noch am Trocknen war. Sollte es erforderlich sein, für Louise Pflegepersonal einzustellen oder das Haus mit Treppenlift und Rampen zu adaptieren, würde sie auch dies tun. Für Louise kam nur das Beste in Frage. Dieser Gedanke führte sie direkt zu ihrer nächsten

Überlegung, womit sie Louise eine Freude bereiten konnte. Sie würde sich nicht revanchieren können für Louises großartiges Geschenk, doch sie wollte zumindest ihrer Dankbarkeit Ausdruck verleihen. Dieses Unterfangen erwies sich als gar nicht so einfach. Louise war zufrieden mit ihrem Leben, an materiellen Dingen fehlte es ihr nicht und ihre geheimsten Wünsche kannte Alette nicht.

So kam sie auf das Naheliegendste, sie saß ja direkt an der Quelle. Sie würde dafür sorgen, dass Louise in Zukunft nur mehr erster Klasse von Paris nach Frankfurt fliegen und den Luxus genießen konnte, beim Check-in, in der VIP-Lounge am Flughafen oder vom Servicepersonal im Flugzeug stets bevorzugt behandelt zu werden. Diese Privilegien würden Louise bestimmt gefallen. Auch wenn die Flüge nicht lange dauerten, so würden sie um einiges komfortabler werden. Dies galt natürlich auch für den Fall, dass Louise die Lust verspüren sollte, auch andere Länder zu bereisen.

Alette loggte sich mit ihrem Passwort in den Firmencomputer ein und begab sich auf die Suche nach Louises Daten, die bei jedem ihrer Flüge aufgezeichnet und gespeichert worden waren. Als Erstes fütterte sie das System mit Louises Namen. Der Suchvorgang dauerte nicht lange, und als die Ergebnisse am Bildschirm erschienen, riss Alette erstaunt die Augen auf, den Mund zu einem ungläubigen Lächeln verzogen.

Louise war in den letzten fünfzehn Jahren sechsundvierzig Mal über ein Reisebüro nach Frankfurt geflogen. Dies allein wäre noch lange kein Grund zur Aufregung gewesen, wusste Alette über Louises Verwandte Bescheid. Was Alette Herzklopfen verursachte, war die Tatsache, dass Louises Konto außerdem noch achtzehn Flüge zu Zielen verteilt auf der ganzen Welt aufwies, die nicht von ihrem Reisebüro, sondern von Frankfurt aus unter Louise Prousseau gebucht waren. Alette konnte sich diese Ansammlung von Reisezielen nur so erklären, dass es sich hier um einen Irrtum handelte oder eine andere Person Louises Namen für den umtriebigen Flugverkehr missbraucht hatte. Ihr erster Impuls war, Louise anzurufen und sie zu diesen Ungereimtheiten zu befragen, dann fiel ihr ein, dass damit ihre VIP-Idee keine

Überraschung mehr sein würde, und sollte es sich bei der ganzen Sache um einen Irrtum handeln, wäre es darum schade.

Alette nahm die Sache selbst in die Hand und überprüfte jeden einzelnen Flug.

Die Sonne war gerade im Begriff, hinter dem Eiffelturm in malerischem Licht zu versinken, als sich Alette mit steifem Rücken, pochenden Schläfen und verkrampften Fingern von ihrem Schreibtisch erhob und sich wieder an die gläserne Fensterfront begab. Ihre Recherchen und die Resultate, die sie damit erzielt hatte, konnten nur eines bedeuten: Louise war seit fünfzehn Jahren nach Frankfurt geflogen, doch nicht nur, um hilflose Verwandte zu betreuen, sondern um die Welt zu erkunden. Sie hatte von Frankfurt aus ihre Destinationen gewählt und ihre Urlaube dort verbracht. Ihre letzte Reise hatte sie vor fünf Jahren nach St. Martin geführt, und von da an gab es keine weiteren Buchungen außer der Route Paris–Frankfurt. Entweder hatte Louise ihre Fernreisen ab diesem Zeitpunkt aufgegeben, oder sie wusste sich besser zu tarnen, weil sie nicht erkannt werden wollte. Und dies wäre nur mit einem anderen Namen und anderen Identitätsnachweisen möglich. Völlig absurd. Aber warum sollte sie das Reisen aufgegeben haben? Hatte Louise überhaupt Verwandte? War es tatsächlich möglich, dass sie vor aller Augen unverhohlen ein Doppelleben führte? Warum sollte sie dies wollen? Sie war niemandem eine Erklärung über ihre Aufenthalte schuldig und konnte tun und lassen, was sie wollte. Warum diese Heimlichkeiten? War die Ursache für Louises geheimnisvolles Handeln vielleicht bei den verschwundenen Männern zu suchen?

Was auch immer der Grund sein mochte, Marcel hatte Louise bereits scharf im Visier. Wenn er gründliche Nachforschungen über sie anstellte, würde es nicht lange dauern, bis er auf die Flüge stoßen und sie überprüfen würde. Das würde Louise mit Sicherheit in Schwierigkeiten bringen, sie in ein schiefes Licht rücken und zu Erklärungen zwingen.

In Alettes Kopf überschlugen sich die Gedanken. Sie loggte sich aus ihrem Computer aus und schloss das System, nur um es Sekunden später wieder zu starten. Sie registrierte sich erneut, diesmal aber unter dem Namen ihres persönlichen Sekretärs und dessen Kennwörtern. Sie befand sich auf glattem Eis, doch es bestand ein klein wenig Hoffnung, dass die Polizei nicht so weit forschen würde, um zu erkennen, welcher Benutzer zu welchem Zeitpunkt eine Datenabfrage durchgeführt hatte. Sie rief nochmals Louises Reisen auf und wählte daraus all jene, die nicht nach Frankfurt geführt hatten. Schnell tippte sie einige Tasten, bis am Bildschirm eine rot umrandete Mitteilung erschien, die warnend blinkte: »Wollen Sie die ausgewählten Dateien wirklich unwiderruflich löschen?«, fragte der Computer besorgt. Unter der Mitteilung fand sie drei Schaltflächen, von denen sie eine aktivieren konnte: »Ja«, »Nein«, »Abbrechen«.

Alette zögerte keine Sekunde, obwohl sie das Blut in ihren Ohren rauschen hörte und ihre Fingerspitzen feuchte Abdrücke auf der Tastatur hinterließen.

***

Der Brennofen verkündete mit durchdringendem Piepton das Ende der Vernichtungsaktion und zwang Louise, ihren geöffneten Koffer auf ihrem Bett zu verlassen und den Ofen zum Abkühlen vorzubereiten. Auf dem Rückweg in ihr Schlafzimmer wurde sie vom Klingeln ihres Telefons aufgehalten. Wahrscheinlich wieder ein hektischer Pricard mit einem neuen, grandiosen Vorschlag, wie er sich selbst unsichtbar machen könnte.

Aber es war Hendrik, der nicht minder hektisch klang.

»Louise, der Ermittlungsleiter der Préfecture de Police hat mir heute einen ungewöhnlichen Besuch abgestattet. Er scheint dich zu verdächtigen, was das Verschwinden unserer gemeinsamen Freunde betrifft. Deine Vergangenheit in Marseille interessiert ihn ganz besonders und anfangs dachte er, wir beide hätten uns dort kennengelernt.« Er atmete angestrengt vor Aufregung.

»Hendrik, das ist ganz in Ordnung so. Er hat in meinem Haus eine Durchsuchung angeordnet, und ich habe auch schon mehrere Verhöre hinter mir. Alles ist gut, ich habe mit der Sache nichts zu tun. Er wird seinen Irrtum bemerken, und bis dahin muss er einfach seine Arbeit tun, verstehst du?«

»Louise, er war auch in Marseille. So ist er auf mich aufmerksam geworden, er hat dort einen Frachtzug mit meiner Firmenaufschrift gesehen.«

Louise zögerte kurz mit ihrer Antwort, Marcel kam ihr langsam näher. Aber eben nur langsam. Sie würde das Rennen gewinnen.

»Das zeugt von seiner Verzweiflung, Hendrik. Er weiß einfach nicht, wo er genau suchen soll. Marseille ist für ihn der Beginn meiner Existenz in Paris. Natürlich muss er sich dort über mich erkundigen. Dass er sich darüber wundert, dass wir beide uns erst in Paris getroffen haben, ist ja auch verständlich. Wir konnten es selbst kaum glauben, als wir es herausgefunden hatten, nicht wahr?«

Sie sah Hendrik vor sich, wie er lächeln musste.

»Ja, da hast du auch wieder recht. Warum hast du mir bei unserem Essen nichts davon erzählt, dass Marcel dich verdächtigt?«

»Ich wollte dich nicht beunruhigen, weil es auch nicht den geringsten Grund für seine Verdächtigungen gibt. Ich hätte daran denken sollen, dass er auch dich befragen wird, dann hätte ich dich vorwarnen können. Es tut mir leid, Hendrik, aber ich habe der Angelegenheit keine Bedeutung beigemessen, verzeih mir.«

Wie immer ließ sich Hendrik nur zu gerne beschwichtigen.

»Wie geht es Luc?«, erkundigte sich Louise, um ihn noch ein wenig abzulenken.

»Gut, sehr gut sogar. Er gibt sich heute ruhig und zufrieden. Befriedigt, sollte ich wohl besser sagen.« Hendrik lachte leise, Louise auch.

»Mein Lieber, dann sehen wir uns ja morgen, wie immer um fünf.« Sie verabschiedeten sich, und Louise hatte das Gespräch auf dem Weg in ihre Töpferkammer schon wieder vergessen. Es gab heute Wichtigeres zu tun, als sich um Marcels erfolglose Ermittlertätigkeit zu kümmern.

Sie beugte sich mit ihrer Greifzange über den Brennofen und entdeckte einen geschmolzenen, unförmigen Plastikklumpen, der aus ihrem Laptop entstanden war und einen stechenden Geruch verbreitete. Sie fischte mit der Zange danach, löste ihn vom Boden, warf ihn zum Küchenmüll und öffnete alle Fenster ihrer Wohnung. Im Geiste ging sie dabei nochmals all ihre Vorhaben durch, die noch zu erledigen waren. Es war wichtig, dass der

Ofen morgen einsatzbereit und nicht mit Dingen vollgestopft war, die eine zusätzliche Spezialbehandlung benötigten.

Ihre Tickets von der Reiseagentur legte sie sorgfältig in eine kleine Mappe, die sie in ein Extrafach an der Rückseite ihrer Handtasche steckte, überprüfte den Stand ihrer Barschaft, deponierte gegen den Jetlag vorsorglich eine Schlaftablette in ihrer Geldbörse – es würde diesmal ein langer, umständlicher Weg nach St. Martin werden; sie hatte für ihre letzte Reise eine komplizierte Route über Bangkok mit mehreren Anschlussflügen und Zwischenstopps gewählt – und suchte in einer Küchenschublade nach dem alten, verrosteten Messer, das sie als einziges Andenken an ihr altes Leben mitnehmen wollte. Es hatte ihr gute Dienste geleistet und gehörte noch lange nicht zum alten Eisen. Sie wickelte es in die Reste des Seidenpapiers von Alettes Geschenk und schob es in eine kleine Medikamentenschachtel, die sie in einen Schuh zwängte, der am Boden des fast fertig gepackten Koffers lag.

Das Telefon klingelte.

Hendrik wird noch etwas Besorgniserregendes eingefallen sein, dachte Louise mit leichter Ungeduld.

»Ja, mein Lieber?«, fragte sie mit unterdrücktem Seufzen.

Pricard schnarrte seine drei Sätze wie auswendig gelernt in den Telefonhörer: »Am Freitag um sechs Uhr früh fährt der Putztrupp vor. Sorge dafür, dass das Tor geöffnet ist. Um zwölf Uhr kommt Marcel mit der Spurensicherung.« Blitzartig legte er auf.

Louise setzte sich auf den Boden im Flur und lachte, bis ihre Rippen schmerzten und ihr gereiztes Gelächter in klagendes Wimmern überging.

***

Lucs innere Uhr sagte ihm, dass er nur mehr ein Mal in seine bunte Pyjamahose schlüpfen musste, bis Hendrik ihn wieder zu der Frau mit dem weichen roten Haar, der samtenen, bleichen Haut und den flauschigen Bällen mit dem einzigartigen Duft bringen würde. Er wusste natürlich, dass sie Louise hieß, aber das Wort war für ihn unmöglich auszusprechen, auch wenn seine Sprachtrainerin ihn mit verschiedensten Tricks dazu bringen wollte, die komplizierten Laute zu einem sinnvollen Wort zusammenzufügen. Wenn sie beim Training den Spiegel vor ihn hinstellte, machte er dabei ein Gesicht wie die kleinen Äffchen, die er beim Zoobesuch mit Marie in den weitläufigen Käfigen gesehen hatte.

Der Besuch von Marcel heute Mittag bereitete ihm Sorgen. Er hatte zwar nicht verstanden, was er von Hendrik wollte, jedoch begriffen, dass es um Louise ging.

Immer wenn Hendrik ihn in sein Zimmer brachte, ihm Leckereien anbot und den Fernseher anstellte, wusste Luc, dass Hendrik Wichtiges zu tun hatte, bei dem er nicht gestört werden wollte. »Ich habe jetzt eine Besprechung, Luc, und du musst inzwischen ganz brav und ruhig sein. Du darfst dir aber Trickfilme ansehen und auch von der Schokolade naschen«, sagte er stets, bevor er Luc allein in seinem Zimmer ließ.

Meist ging Hendrik in sein Arbeitszimmer, um zu telefonieren, oder er saß mit einem Besucher auf der Terrasse.

Luc war, seit er sich einigermaßen selbstständig bewegen konnte, außerordentlich neugierig und abenteuerlustig. Darum hatte er auch hart daran gearbeitet, vom Fenster seines Zimmers, das im Erdgeschoss lag – Hendrik wollte mit einem Zimmer im Erdgeschoss verhindern, dass Luc sich möglicherweise durch einen unglücklichen Sturz aus dem Fenster schwer verletzen konnte –, lautlos in das darunter liegende Blumenbeet zu gelangen. Anfangs war er oftmals abgestürzt und hatte wehleidig gebrüllt, bis ihm Marie oder Hendrik zu Tode erschrocken zu Hilfe geeilt waren.

Hendrik hatte, nachdem Lucs Fluchtversuche nicht zu kontrollieren gewesen waren, das Fenster mit einem Riegel sichern lassen. Erst als Luc keine Anzeichen mehr erkennen ließ, dass er die Freiheit unbedingt über den Weg seines Zimmerfensters erkunden musste, war das Sicherheitsschloss am Fensterrahmen wieder entfernt worden. Luc hatte seine Lektion gelernt: Er durfte bei seinem nächsten Vorstoß keinesfalls schreien, auch wenn er stürzen und sich verletzen sollte. Niemand durfte auf ihn aufmerksam werden, sonst wäre es mit seinen Ausflügen vorbei.

Das war ihm auch so gut gelungen, dass er mittlerweile sein

Zimmer durch das Fenster verlassen konnte, ohne zu straucheln, und er konnte auch wieder über das Fenstersims selbstständig zurückklettern. Manchmal, wenn er nachts nicht schlafen konnte, wanderte er barfuß im Park umher, legte sich ins feuchte Gras und beobachtete die strahlenden Lichter am Himmel. Einmal war er dabei so tief eingeschlafen, dass ihn am Morgen der Gärtner wecken musste. Dieser hatte seinen erdverkrusteten Zeigefinger verschwörerisch auf die Lippen gelegt, ihn zu seinem Fenster begleitet und ihn über das Sims in sein Zimmer gehoben. Seitdem steckte ihm Luc regelmäßig jeden Dienstag eine kunstvolle Zeichnung, die er in seiner Maltherapie unter größten Anstrengungen liebevoll anfertigte, in seine Gartenstiefel, die vor der Werkzeughütte standen.

Auch heute wollte er um jeden Preis wissen, was im Garten vor sich ging und was Hendrik mit Marcel zu besprechen hatte.

Er kletterte aus dem Fenster und robbte auf dem Bauch zu einem dichten Fliederstrauch, unter dem er sich atemlos zusammenkrümmte. Was er zu hören bekam, machte ihm furchtbare Angst. Marcel wollte Dinge über Louise wissen. Immer wieder fragte er nach Louise. Marcel war einer von den Bösen, das sah Luc sofort. Die eigenartigen Blicke, die er ihm beim Essen zugeworfen hatte, waren finster und unfreundlich gewesen. Und nun hatte er es auf Louise abgesehen.

Als die beiden Männer aufstanden, beeilte sich Luc, schnell wieder in sein Zimmer zu kommen. Er merkte nicht, dass seine Kleidung von der Gartenerde beschmutzt war und sich in seinen Haaren vereinzelt Blätter verfangen hatten. Der Fernseher lief noch, Luc setzte sich wieder auf die Kissen am Boden, schnappte sich die Pralinenschachtel und starrte mit leerem Blick auf die flimmernden Bilder. Was wollte Marcel von Louise? Was wollte er mit ihr machen? Warum war er deswegen bei Hendrik?

Am Bildschirm klimperte Daisy Duck mit ihren aufgebogenen Wimpern und wackelte verführerisch mit ihrem Entenhinterteil. Donald Duck drehte seine Matrosenmütze schüchtern zwischen den Fingern und blickte verlegen zu Boden. Luc durchfuhr ein jäher Blitz, der schmerzhaft hinter seinen Augen brannte.

Marcel war gekommen, um Luc zu vertreiben. Er wollte

Hendrik überreden, dass er Luc nicht mehr zu Louise schickte. Er hatte von Louises Zeit gesprochen und dass alle Spuren zu ihr führten. Luc wusste nicht, was Spuren waren, aber es musste bedeuten, dass Marcel selbst zu ihr wollte. Luc kannte nur einen Antrieb, warum ein Mann zu Louise wollte: Es waren ihre weichen Bälle.

Das durfte nicht sein, auf keinen Fall. Es waren seine flauschigen Bälle, es war sein wohliger Duft, es war sein zärtliches Gefühl, es war seine einzigartige Louise.

Ihm und nur ihm gehörte Louise! Er musste Marcel zuvorkommen.

Morgen war sein großer Tag, er war bereit.

***

Louise hatte mit ihren Klagelauten aufgehört und saß, den Rücken erschöpft an die Wand gelehnt, den Kopf verzweifelt in die Hände vergraben, am blank polierten Dielenboden ihres Flurs. Sie rang keuchend nach Atem, und es dauerte geraume Zeit, bis sie ihre Fassung wieder einigermaßen gefunden hatte. So kurz vor dem Ziel die Nerven zu verlieren, wäre die reinste Katastrophe. Sie versicherte sich selbst, dass sie nicht an einem völligen Zusammenbruch litt, sondern vielmehr die Anspannung der letzten Tage ein Ventil gesucht hatte und für diese Entgleisung verantwortlich war.

»Aufstehen! Nicht am Boden liegen bleiben«, ermahnte sie sich selbst und richtete sich mühsam aus ihrer gekrümmten Haltung auf. Sie zitterte ein wenig, und trotz der sommerlichen Temperaturen war ihr kalt. Im Badezimmer spritzte sie sich Wasser ins Gesicht und befahl ihrem Spiegelbild eindringlich, Sentimentalitäten und Wehmut erst auf St. Martin ihren freien Lauf zu lassen. Dort hätte sie genügend Zeit für Stimmungsschwankungen.

Um diesen Entschluss zu bekräftigen und in die Tat umzusetzen, kehrte sie in den Flur zurück, griff zum Telefon und wählte die Nummer des vielgerühmten Pflegeheimes, in dem sie seit Jahren für Luc ein Zimmer hatte reservieren lassen. Sie verlangte den Heimleiter persönlich zu sprechen und informierte diesen mit angemessen bedrücktem Vibrato in der Stimme über das plötzliche Ableben ihres Pfleglings. Der Heimleiter bekundete sein außerordentliches Beileid zu ihrem untröstlichen Verlust, und Louise dachte, dass sein Bedauern bestimmt ehrlich gemeint war, verlor er doch mit ihr eine wohlgesinnte Förderin seiner Institution. Sie fühlte sich nach dem kurzen Telefongespräch keineswegs erleichtert.

Ihr war klar, dass ihr der schwerste Schritt morgen noch bevorstand. Sie brachte es nicht über das Herz, Hendrik und Luc allein zurückzulassen.

Hendrik wäre verloren ohne sie, verzweifelt und hilflos. Sie würde ihn seiner Lebensfreude berauben, würde sie ihn von einem Tag auf den anderen verlassen. Er würde der Schwermut verfallen, sein altes Herz würde trotzdem weiterschlagen, Luc zuliebe. Auch Luc würde sie vermissen. Hendrik würde keinen angemessenen Ersatz für sie finden, Marta und Alette waren nur ein müder Abklatsch und schwacher Trost. Luc würde unruhig werden, aufsässig, vielleicht sogar ein wenig aggressiv und Hendrik damit noch mehr Sorgen bereiten, als er es die letzten vierzig Jahre getan hatte. Man hatte ja gesehen, was gestern bei Lucs erstem Ablenkungsmanöver mit Marta herausgekommen war. Sie würde Hendrik und Luc einem Leben voller Ängste und Seelenqualen aussetzen. Hendrik würde der Mut fehlen, ihrer beider Leben ein freiwilliges Ende zu bereiten, und er würde sich in einem grauenhaften Dilemma befinden.

Louise musste ihren beiden lieben van de Poorts diese leidvollen Schmerzen ersparen. Hendrik war ein warmherziger und sanftmütiger Mensch, der in seinem langen Leben keinem einzigen Wesen je etwas zuleide getan hatte. Seine Menschenfreundlichkeit und Güte waren sagenhaft, und dafür achtete und liebte sie ihn. Sie war es ihm schuldig, ihm ein friedvolles und sorgenfreies Ende zu ermöglichen.

Louise hatte sich darauf sorgsam vorbereitet. Sie würde Luc wie gewohnt morgen um siebzehn Uhr empfangen und ihn mit einem der beiden goldenen Schokoladenbonbons aus ihrem Kühlschrank begrüßen. Er würde schnell in tiefe Bewusstlosigkeit fallen, und sie würde ihn behaglich auf das weiße Sofa im

Gästezimmer betten. Sobald die Zeit gekommen war, würde sie hinunter zum Tor gehen, Hendrik erklären, dass sein Sohn ermattet eingeschlafen war, und ihm vorschlagen, er möge mit in die Wohnung kommen, um bei einem beschaulichen Gläschen Wein Lucs Schönheitsschlaf abzuwarten. Hendrik würde sich darüber sehr freuen und im Gästezimmer seinen entspannten, schlafenden Sohn vorfinden. Louise würde ihm ein Glas Rotwein einschenken und ihn zu einer Kostprobe des zweiten Bonbons überreden. Sobald auch Hendriks Herz seinen letzten Schlag getan hatte, würde sie Vater und Sohn im Brennofen vereinen. Während die beiden ihre letzte, gemeinsame Reise antraten, würde sie selbst ihre Wohnung in Ordnung bringen und sich für ihre eigene letzte Reise rüsten. War der Ofen erst wieder abgekühlt, würde sie ihn reinigen; die Asche käme aus verständlichen Gründen nicht nach Anchieu ins Blumenbeet, sondern zum Abspülen in die Badewanne. Luc hatte immer so gerne in der Wanne geplanscht und in frühen Jahren war auch Hendrik einem Wasserbad mit ihr als verführerischer Nixe nie abgeneigt gewesen.

Hendriks linke, künstliche Schulterkugel, die wahrscheinlich der Hitze die Stirn bieten konnte, würde sie in den Mülltonnen des Bistros versenken, von wo aus sie am Freitagmorgen von der städtischen Müllabfuhr zur weiteren Verarbeitung abgeholt werden würde.

Zwei Stunden später würde ihr Taxi zum Flughafen vorfahren und um Mitternacht würde sie bereits in Frankfurt das erste Flugzeug nach Bangkok besteigen.

Hendrik und Lucs Verschwinden würde frühestens am Freitagmorgen entdeckt werden, wenn Marie kam, um nach dem Rechten zu sehen und das Frühstück zu bereiten. Louise wusste, dass alle Angestellten Hendriks donnerstags ihren freien Tag hatten. Sie wusste auch, dass es ihren ganzen Mut erfordern würde, diese Vorhaben lückenlos durchzuführen. Nur der Gedanke an Hendriks und Lucs unermessliches Elend nach ihrem Verschwinden hielt sie aufrecht.

Um nicht in unkontrollierbare Zweifel zu verfallen, musste sie sich ablenken. Sie ließ alles stehen und liegen, legte frisches

Make-up auf und lief leichtfüßig über die Marmortreppen nach unten und zu Marta ins Bistro.

Marta freute sich über den unerwarteten Besuch ihrer Freundin sowie sie sich auch darüber freute, dass Louise ihren Kühlschrank geplündert hatte. Sie fühlte sich geschmeichelt, dass Louise ihre Kochkünste so zu schätzen wusste und herzhaft zugriff. Louise ließ sich von der Notwendigkeit, einige Gläser Chardonnay zu trinken, bereitwillig überzeugen, doch als nach geraumer Zeit von Alette weit und breit nichts zu sehen war und es so spät war, dass sie auch nicht mehr kommen würde, verabschiedete sie sich von Marta mit einer innigen Umarmung, die Marta zutiefst verwirrte.

Dies war das allererste Mal, dass Louise sie so vertraut umarmte. Es sollte auch das letzte Mal sein.

Donnerstag

Die Spurensicherung scharrte in den Startlöchern, zwei Sicherungsteams waren aktiviert, der Pathologe auf Abruf verfügbar, und die Einsatzwagen wurden soeben in der Werkstatt überprüft. Nur Pricard hatte wie immer seine Formulare noch nicht vollständig beisammen, ansonsten war alles für den Großeinsatz bei Louise bestens vorbereitet. Marcel war felsenfest davon überzeugt, mit einem Schlag am Freitag den sonderbaren, nervtötenden Fall der achtzehn vermutlich getöteten Männer lösen zu können, und hatte der Presse eine Sonderkonferenz für die Abendnachrichten in Aussicht gestellt. Der Schlachtplan war bis ins kleinste Detail ausgearbeitet, und es gab im Moment für ihn nichts mehr zu tun. Marcel hasste diese untätige Warterei, alle Uhren schienen still zu stehen, die Zeiger bewegten sich mit aufreizender Langsamkeit, und die ungewohnte Stille im Büro machte ihn nahezu verrückt.

Er griff nach Louises Akte und verordnete sich selbst ein sinnvolles Beschäftigungsprogramm. Sämtliche Notizen, Protokolle, Aufzeichnungen, Abschriften der Vernehmungen sowie Fotos breitete er auf Schreibtisch, Fußboden und Fensterbänken aus oder heftete sie an die Wand. Er würde minutiös ein letztes Mal alle Fakten miteinander abgleichen, auf Richtigkeit überprüfen und nach eventuellen Lücken suchen.

Bis zum Mittag hatte er nichts Neues herausgefunden und kannte die wichtigsten Passagen aller Aussagen auswendig. Da kein polizeilicher Einsatz zu erwarten war, verließ er die Préfecture in der festen Absicht, mit einem Tofuimbiss und frisch gepresstem Karottensaft aus dem Bioladen einen maßgeblichen Beitrag zur Aufrechterhaltung seiner Gesundheit zu leisten. Daraus wurde wieder einmal nichts. Er überlegte gerade, ob er den Tofu nicht vielleicht lieber gegen ein saftiges Steak eintauschen sollte, als ein Gedankensplitter seine Nervenbahnen zum Sieden brachte: Er hatte nicht daran gedacht, die exakten Zeiten, zu denen Madame Prousseau in Frankfurt weilte, mit den geschätzten Zeitpunkten, zu denen die Männer verschwunden waren, genauestens zu vergleichen. Würde es keinerlei Übereinstimmungen geben, wäre Louise geliefert, sie könnte wahrscheinlich kein glaubwürdiges Alibi vorweisen.

Er machte kehrt und holte aus seinem Büro einen zusammengerollten Plan, auf dem ein Zeitraster mit allen Daten dokumentiert war. Nur Louises Flugzeiten fehlten.

Wieder auf dem Weg zu seinem Dienstwagen, analysierte er seine taktischen Probleme: Er durfte mit Angestellten von Reiseveranstaltern oder Fluglinien sprechen, aber ohne richterlichen Beschluss keine Datenabfrage verlangen. Diesen würde er aber frühestens morgen erhalten, wenn überhaupt. Pricard wäre weder erfreut noch entgegenkommend, wenn er eine zusätzliche Untersuchung durch alle Instanzen der Behörden peitschen sollte.

Zum zweiten Mal kehrte Marcel um und startete seinen Computer. Er gab mangels anderer Ideen auf gut Glück Alettes vollständigen Namen in die vorgesehenen Felder der Suchmaske ein und in weniger als fünf Sekunden hatte er die Information, womit Alette in ihrem bürgerlichen Leben ihren Unterhalt verdiente. Er spürte seine Lebensgeister wieder erwachen, von Langeweile war keine Rede mehr, es gab wieder eine Spur.

Auf dem Weg zu dem imposanten Hochhaus, in dem Alettes Büro lag, fragte sich Marcel nicht zum ersten Mal, was eine Frau wie Alette dazu bewegte, ihre knapp bemessene Freizeit mit Liebhabern in der Rue Loubert zu verbringen. Vielleicht würde er sie jetzt einfach danach fragen. Er hatte sich nicht angemeldet, nicht in ihrem Büro um einen Termin gebeten, sein Kommen nicht angekündigt. Zu groß waren seine Befürchtungen, Alette könnte Louises Flugdaten in der einen oder anderen Form verändern. Er hoffte auf das bewährte Überraschungsmoment und darauf, dass er deshalb entweder konkrete Beweise finden oder zumindest Anzeichen dafür erkennen konnte, dass er mit seinen Vermutungen richtig lag.

Er parkte seinen ramponierten Wagen direkt vor dem Eingang des Wolkenkratzers, betrat die Eingangshalle durch eine Sicherheitsschleuse, musste sich ausweisen und wurde vom Wachmann nach einem Blick auf seine Dienstmarke glücklicherweise nicht danach gefragt, wem er seine Aufwartung machen wollte. Bombendrohungen, Entführungsfälle oder Terrorismus standen bei Fluggesellschaften heutzutage an der Tagesordnung, der unangemeldete Besuch eines Polizisten versetzte hier schon lange niemanden mehr in Aufruhr.

Er durchquerte die riesige Eingangshalle, Marmor, Glas und Stahl dominierten einen Baustil, der mit moderner Architektur Erfolg und Reichtum vermitteln sollte. Marcel ließ seine Blicke aufmerksam umherschweifen, auf der Suche nach Hinweistafeln, anhand derer er herausfinden konnte, in welchem Stockwerk er Alette finden würde. Doch wer dieses Gebäude betrat, wusste, wohin er wollte, oder erkundigte sich bei der jungen Dame am Empfangspult; Schilder oder Tafeln würden das vollkommene Bild gediegenen Prunks empfindlich stören. Marcel wollte keine Aufmerksamkeit erregen und nicht offiziell nach Alette fragen. Er würde Stockwerk für Stockwerk abklappern und hoffte, dass wenigstens die Büros mit den Namen ihrer Benutzer beschildert waren. Auf der neunten Etage gab er auf, klopfte an die nächste Tür, erklärte der erstbesten Sekretärin, dass er wegen einer schlechten Telefonverbindung wahrscheinlich ein falsches Stockwerk verstanden habe, und bat um die Nummer von Alettes Büro.

In der gläsernen Aufzugskabine, die lautlos in die höhere Führungsebene schwebte, musste er über seinen einfältigen Versuch, sich selbst an Schlauheit zu übertreffen, grinsen. Er bezweifelte, dass er zu Fuß Alettes Büro im vierzigsten Stockwerk noch vor Einbruch der Nacht erreicht hätte. Mit einem dezenten Summton öffneten sich die Türen des Aufzugs, und Marcel stand direkt im Vorzimmer von Alettes Reich. Hinter einem nachtblau glänzenden Schreibtisch saß ein höflich lächelnder junger Kerl, den sich Alette aus einem Katalog der zehn bestaussehenden Bodybuilder unter dreißig bestellt haben musste. Als er Marcels forschen Schritt wahrnahm, erhob er sich von seinem Platz, baute sich breitbeinig vor Marcel auf und fragte sanft: »Womit kann ich Ihnen behilflich sein?«

Marcel ließ kurz seine Dienstmarke aufblitzen, murmelte einen unverständlichen Satz, in dem nur die Worte »Alette« und

»Termin« erkennbar waren, und bevor der Sekretär reagieren konnte, hatte Marcel Alettes Bürotür mit einem lauten »Guten Morgen, Madame Alette! Wie erfreulich, dass Sie so kurzfristig für mich Zeit haben« geöffnet.

Alette drehte sich erschrocken von der Bar, an der sie sich gerade ein Glas Wasser holen wollte, um, fasste sich aber schnell und trat auf Marcel zu.

»Monsieur l'Inspecteur, bitte treten Sie näher.«

Marcel hatte es nicht nur bei dem unglaublichen Ausblick auf Paris durch die Glasfront die Sprache verschlagen, auch Alette war kaum wiederzuerkennen. Sie hatte ihr kurzes schwarzes Haar streng nach hinten gekämmt, trug eine schwarz umrandete, eckige Brille und ein hautenges rotes Sommerkleid, das wie angegossen an ihrer perfekten Figur anlag. Nur die schwarzen Stilettos erkannte Marcel wieder.

Ihr Händedruck war kurz und kräftig. Sie deutete auf den Besuchersessel, setzte sich ihm gegenüber und musterte ihn.

»Was wollen Sie?«, fragte sie kurz, nicht unfreundlich, doch sie ließ deutlich erkennen, dass sie über seinen Besuch alles andere als begeistert war.

Marcel wusste, dass er ihr nichts vormachen konnte und dass er mit Ausreden bei ihr nicht weiterkommen würde.

»Ich denke, dass Sie über einen Zugang zum Zentralcomputer verfügen und für mich Louises Flugzeiten der letzten Monate überprüfen könnten«, kam er direkt zur Sache.

»Natürlich habe ich das und natürlich kann ich das. Aber warum sollte ich das tun?«, fragte sie erstaunt und drehte ihr Wasserglas zwischen den Händen.

Marcel beugte sich vor.

»Weil Sie damit die Ermittlungen der Polizei erheblich unterstützen könnten.«

»Und warum sollte ich das wollen?«

»Weil Sie damit möglicherweise dazu beitragen, Louise zu entlasten.«

»Louise entlasten?«

»Sollte sich herausstellen, dass Louise sich zu den Zeiten, als die Männer verschwanden, in Frankfurt aufgehalten hat, scheidet sie als Verdächtige aus. Sie könnten ihr also zu einem verlässlichen Alibi verhelfen.«

»Warum legen Sie mir keinen entsprechenden richterlichen Bescheid vor?«

»Weil mir diese Idee erst vor knapp einer Stunde gekommen ist und ich keine Zeit mehr hatte, mich darum zu kümmern.«

»Bin ich dazu überhaupt befugt?«, fragte Alette mehr sich selbst als ihn.

»Sollten Sie Louise damit entlasten können, komme ich morgen auf offiziellem Wege wieder.«

»Und wenn nicht?«

Marcel schwieg.

Alette überlegte fieberhaft. Er hatte recht. Wenn es eine Möglichkeit gab, Louise zu entlasten, musste sie ihr unbedingt helfen. Wenn sie jedoch damit die Lage noch verschlimmerte? Sie wusste nicht, wann die Männer verschwunden waren. Doch gleichgültig, wie die Sache ausging, er würde auf jeden Fall in offizieller Mission mit allen nötigen Papieren in der Hand, die ihm Zugriff auf das gesamte Datensystem erlaubten, wiederkommen. Sie zog sich nur unnötigen Ärger zu, wenn sie sich jetzt stur stellte. Sie hatte keine große Wahl.

Ohne Marcel auch nur eine Sekunde lang anzusehen, wandte sie sich ihrem Computer zu.

Er sprang auf.

»Einen Moment bitte, Madame, ich möchte nur sichergehen, dass alles seine Richtigkeit hat«, rief er und stellte sich hinter sie, um die Vorgänge auf dem Bildschirm zu beobachten.

Alette zuckte gleichgültig mit den Schultern.

Sie loggte sich ein, tippte Louises Namen in ein Suchfeld und bestimmte als genauen Zeitrahmen das letzte Jahr. In Sekundenschnelle ermittelte der Computer, dass Louise innerhalb des letzten Jahres vier Mal nach Frankfurt geflogen war und von dort nach zwei Wochen wieder zurück nach Paris. Alle Flüge hatte sie bei immer demselben Reisebüro in Paris gekauft.

»Würden Sie mir bitte einen Ausdruck davon machen?«, bat Marcel. Alette schüttelte den Kopf.

»Nein, das würde ich ohne richterliche Verfügung lieber nicht.

Unsere Büros und Computer werden alle strengstens überprüft, alle Vorgänge regelmäßig gespeichert und protokolliert. Aber Sie könnten die Daten schnell abschreiben.«

Marcel nickte zustimmend, er war beruhigt. Alette war von seinem Besuch überrascht worden und hatte keine Gelegenheit gehabt, an Louises Flügen zu manipulieren, davon hatte er sich eben selbst überzeugen können.

Sie reichte ihm wortlos einen Stift und ein Blatt Papier.

Als er fertig war, streckte er ihr zur Verabschiedung seine Hand entgegen, dankte ihr und fühlte sich beinahe verwegen, als er wie nebenbei anfügte: »Ich hätte Sie am Sonntagabend gerne besucht, habe Sie aber leider nicht angetroffen.«

Alette entzog ihm ihre Hand und ihre Stimme klirrte, als sie ihn zurechtwies: »Ich hätte Sie auch nicht empfangen, Monsieur l'Inspecteur. Sie gehören nicht zum engeren Kreis meiner persönlichen Freunde. Ich wünsche Ihnen einen guten Tag.«

Er war entlassen.

Marcel ärgerte sich während der ganzen Fahrt zurück bis zur Préfecture über seinen peinlichen Ausrutscher. Wie konnte er nur Privates mit Beruflichem vermischen und noch dazu, wo es um ein so heikles Thema wie käufliche Liebe ging?

In seinem Büro verglich er Louises Urlaubszeiten mit den Daten der verschwundenen Männer.

Sechzehn Männer waren verschwunden, während Louise in Paris weilte, zwei Männer hingegen, während sie in Frankfurt war.

***

Louise war weder religiös noch abergläubisch, und sie hielt auch nicht viel von spirituellen Eingebungen oder seelenbeflügelten Energiefeldern. Ihr Leben hatte sie gelehrt, sich ausschließlich auf ihren gesunden Menschenverstand und sich selbst zu verlassen. Und auf Hendrik.

Allerdings gestattete sie sich eine klitzekleine Marotte.

Sie fühlte sich von der Zahl zwanzig besonders angezogen, und das aus gutem Grund. Begonnen hatte alles an ihrem zwanzigsten Geburtstag, als Hendrik ihr durch seinen Chauffeur einen üppigen Strauß, gebunden aus zwanzig verschiedenfarbigen Blumen, in ihr damals noch tristes Zimmer in der Rue Loubert zukommen ließ. Es war das erste Mal in ihrem jungen Leben gewesen, dass ihr jemand ein solches Geschenk gemacht hatte, ohne dafür eine entsprechende Gegenleistung zu verlangen. Louise hatte jede einzelne Blüte getrocknet und in ihren dicken, historischen Liebeswälzern so lange gepresst, bis sie hauchdünn in ihrer ursprünglichen Form erstarrt waren. Das kleine Büchlein, in das sie die Blüten sorgsam geklebt hatte, besaß sie noch heute, auch wenn die Seiten vergilbt und brüchig geworden waren. Sie führte es stets in ihrer Handtasche bei sich. Es war für sie ein wertvolles Kleinod, durch das sie vor vierzig Jahren erfahren durfte, dass sie fähig war, reine Freude zu empfinden.

Von ihren ersten selbst verdienten zwanzig Francs hatte sie sich Seife, Haarnadeln und ein fragiles Fläschchen blutroten Nagellacks gekauft. Sie besaß mittlerweile zwanzig Kristallgläser aus ein- und demselben Schliff. Finger und Zehen zusammengezählt, ergaben zwanzig zerbrechliche, winzige Gliedmaßen, die sie sorgsam hegte und pflegte, um ihre Vollkommenheit zu erhalten. Ihr Brennofen hatte ein Fassungsvermögen von zwanzig mittelgroßen Schalen oder zwanzig kleineren Krügen. Zwanzig war ihre persönliche Höchstgrenze an Stammkunden, mit denen sie in einer Woche zu festen Zeiten arbeiten konnte, ohne dass sich einer von ihnen vernachlässigt fühlte. Dass zwanzig eines Tages auch die Zahl der Männer sein würde, die sie vom Leben befreite, hatte sie nie geplant; eher hatte sich diese Fügung zufällig ergeben.

Louise war mit ihren Reisevorbereitungen fertig, der Koffer lag gepackt und verschlossen auf ihrem Doppelbett im Schlafzimmer. Sie hatte lange geschlafen und den Tag mit einem ausgiebigen Frühstück – zusammengestellt aus den reichhaltigen Vorräten von Martas Kühlschrank – begonnen. Der Bordeaux für Hendrik war zum Atmen geöffnet, die Schokobonbons lagen in ihrem eigenen, leer geräumten Kühlschrank parat.

Sie bereitete sich ein duftendes Schaumbad, nahm sich ein

Glas von dem Rotwein, stellte eine kleine Schale mit Bonbons auf den Wannenrand und glitt in die seidigen Schaumberge. Das Telefon in der Diele schrillte. Sie würde heute keine Gespräche mehr annehmen oder Besucher empfangen und sich nicht stören lassen. Es war alles geregelt.

Eine wohltuende Ruhe erfasste sie, die sie selbst überraschte, und ihre Gedanken schweiften müßig zu Marcel. Er lag mit seinen kühnen Mutmaßungen völlig richtig, nur mit den handfesten Beweisen gegen sie hatte er seine liebe Not.

Allerdings stimmte sie mit Marcel weder in der Art des Verschwindens noch in der Anzahl der Männer überein. Marcel ging davon aus, dass sie die achtzehn Männer aus seinem Fotoalbum getötet hatte, aber das stimmte nicht.

Es waren nur fünfzehn.

Von Jean, Nummer 11, wusste sie, dass er von langer Hand seinen Abgang nach Paraguay geplant hatte, weil er Anleger um ihre Treuhandfonds betrogen und deshalb erste Morddrohungen erhalten hatte. Offensichtlich war jemand erfolgreich gewesen, entweder er selbst – was sie sich für ihn wünschte, denn ihre Fonds waren bei ihm stets in wahrhaft treuen Händen gewesen – oder sein Mörder.

Ein anderer Mann, Nummer 5 in Marcels Kartei, hatte neben Louise noch eine andere Gespielin am Montmartre, mit deren Zuhälter er in einen Streit geraten war, aus dem er erst als endgültiger Verlierer hervorging und danach dezent in der Seine versenkt worden war. Zumindest hatte Louises Kollegin ihr dies so anvertraut, als sie sich zufällig in einer der modernen Galerien am Montmartre trafen.

In Louises Gegenwart waren insgesamt zwanzig Männer verstorben, rechnete man Hendrik und Luc bereits mit ein.

Doch nicht bei allen war sie aktiv an ihrem Tod beteiligt. Schließlich war sie keine psychisch kranke Serienmörderin oder mordete wahllos aus Eifersucht oder Geld- und Habgier. Auch hatte sie immer darauf geachtet, dass ihre Männer mit Hilfe der präparierten Schokoladenbonbons sanft und schmerzlos in die andere Welt gleiten konnten. Dass sie über eine hausinterne Feuerbestattung verfügte, hatte ihr das Leben dabei enorm erleichtert, und sie legte auch besonderen Wert darauf, dass jeder Mann in seinem eigens für ihn angefertigten Urnenkrug nach Anchieu gebracht wurde, wo er unter prachtvoll blühenden Blumen seine letzte Ruhe fand.

Bis auf den brutalen Zuhälter seinerzeit, den sie mutterseelenallein zur Mülltonne im Hinterhof geschleppt hatte, und Alettes wahnsinnigen Kunden. In diesen unglücklichen Fällen hatte sich ein wenig Blut leider nicht vermeiden lassen. Diese beiden hatten die Mühen auch nicht verdient und tauchten ohnehin nicht in Marcels Protokollen auf, es war viel zu viel Zeit vergangen.

Drei ihrer betagten und treuesten Kunden mit den Nummern 3, 8 und 15 waren während der Sprechstunden bei ihr einem schwachen Herzen erlegen. Die aufregenden Momente unter der Guillotine hatten ihnen mehr geschadet als Freude bereitet. Doch gab es einen wunderbareren Augenblick zum Sterben?

Zwei ihrer liebsten Freunde, die Nummern 2 und 16, waren von Krankheiten so schwer gezeichnet gewesen, dass sie Erbarmen mit ihnen gehabt und sie von ihrem Leiden erlöst hatte.

Bei zehn, alle restlichen Nummern in Marcels Katalog, ihrer Kunden jedoch musste sie sexuelle Neigungen feststellen, die Louise mit fassungslosem Entsetzen und maßloser Abscheu erfüllten. Diese Männer fühlten sich zu jungen Kindern beiden Geschlechts nicht nur hingezogen, sondern schändeten ihre Töchter, Nichten, Enkelsöhne, Patenkinder oder Kinder von Nachbarn und Verwandten. Auch scheuten sie sich nicht davor, auf einschlägigen Internetplattformen nach geeigneten Objekten ihrer pädophilen Gelüste zu suchen. Sie waren bereit dazu, astronomische Summen für Fotos, Filme und kleine Menschen selbst zu bezahlen, wenn ihnen dafür jeder noch so perverse Wunsch erfüllt wurde. Louise hatte die Männer lange Zeit beobachtet, Nachforschungen angestellt, um sicherzugehen. Einige hatten sich ihr sogar anvertraut, und erst wenn sie von deren Schuld restlos überzeugt war, war sie zur Tat geschritten.

Louise verfolgte jahrelang über ihren kleinen Laptop jeden Fall in Frankreich, der zu diesem Thema bekannt wurde. Mit noch größerem Interesse dokumentierte sie später den Werdegang der

Männer nach ihren Verurteilungen. Nur wenige wurden bis an ihr Lebensende von der Öffentlichkeit ferngehalten oder richteten sich selbst. Für die meisten endete ihre Strafe nach einigen Jährchen in Haft oder einer speziellen Anstalt – wenn sie schlau genug waren, Therapeuten nach dem Mund zu reden oder sich dem Gefängnisleben demütig anzupassen.

Ihre Opfer hingegen litten ihr Leben lang unter Alpträumen, Ängsten und Krankheiten. Als Erwachsene gaben sie Gewalt und Missbrauch an ihre Kinder weiter oder waren nicht in der Lage, soziale Beziehungen einzugehen. Meist verschwiegen sie aus Scham oder Angst ihre Leiden. Nur einer verschwindend kleinen Anzahl an Betroffenen, zu denen Louise auch sich selbst zählte, gelang es, die brennenden Seelenqualen abzuschütteln und ein einigermaßen normales Leben zu führen.

Louise war durchaus bewusst, dass sie nicht alle Kinder dieser Welt beschützen oder retten konnte, doch wenn es dank ihrer Hand gelungen war, auch nur ein einziges Kind vor Marter und Schmerz zu bewahren, war für sie der Tod des Peinigers mehr als gerecht.

Natürlich gab es ein staatliches System, das für Gerechtigkeit und Ordnung verantwortlich war, und natürlich war Louises Lösung keinesfalls zur Nachahmung geeignet, das war ihr klar, doch sie handelte aus tiefster Überzeugung und weil sie das Elend der hilflosen Kinder am eigenen Leib noch immer fühlen konnte.

Sie selbst hatte Kinder und ein Leben in einer Familie nie vermisst, dazu hatte sie ihre Jugend mit den zahlreichen Geschwistern zu sehr geprägt. Die Notzucht durch den Vater war als kleines Mädchen für sie selbstverständlich gewesen, als ungewollt schwangere Jugendliche hatte sie sich dagegen aufgelehnt, als erwachsene Frau nutzte sie so gut es möglich war ihre Chancen, einzelne Täter zu eliminieren und damit eventuell weitere Schäden zu verhindern. Louise plagte deswegen kein schlechtes Gewissen, im Gegenteil, sie empfand nur ehrliche Befriedigung.

Das Badewasser war merklich abgekühlt, es war Zeit, sich für ihre letzte Begegnung mit Hendrik und Luc fertig zu machen.

Sie würde sich heute besondere Mühe mit ihrem Äußeren geben; das letzte Bild, das die beiden vor Augen haben sollten, war eine perfekte, zärtlich lächelnde Louise.

***

Nach dem Besuch des Pariser Ermittlungsleiters war es Mathis nicht möglich gewesen, in der Kneipe mit der Alten zu sprechen. Illegale Flüchtlinge waren von Dienstagnachmittag bis Mittwoch mit einem Frachtschiff eingetroffen, und es wurde im Revier jeder Mann gebraucht, sodass er keine Gelegenheit gehabt hatte, sich für eine Stunde abzusetzen. Das Gleiche galt für gestern. Und nach Mitternacht war er einerseits zu müde gewesen, andererseits musste er sich eingestehen, dass er sich davor fürchtete, sich allein zu nächtlicher Stunde in das kriminelle Hafenviertel zu wagen.

Der Polizeikommandant hatte angekündigt, dass Mathis seine Mittagspause auf zwei Stunden ausdehnen könne, und die würde er dazu nutzen, das Mittagessen bei seinen Eltern ausfallen zu lassen und in Uniform in der Hafenkneipe nach der Alten zu suchen.

Er überprüfte, ob er genügend Kleingeld und Geldscheine eingesteckt hatte, obwohl er seit Dienstag darauf geachtet hatte, dass in seinen Hosentaschen ausreichend Geld war, das die Frau für ihre Gesprächsbereitschaft gefordert hatte.

Mit mulmigem Gefühl und weichen Knien stieß er um die Mittagszeit die verzogene Eingangstür der verrauchten Bar auf. Die alte Frau saß an ihrem Tisch und nuckelte durch einen Strohhalm ihr Bier, als hätte sie sich seit drei Tagen in ihrem Rollstuhl nicht von der Stelle wegbewegt. Er setzte sich grußlos ihr gegenüber, unterdrückte die aufsteigende Übelkeit, die ihn bei ihrem Geruch überfiel, und legte einige Münzen auf die verschmutzte Tischplatte.

Sie sah kurz auf.

»Na, Jüngelchen, dachte, du hättest zu viel Schiss«, krächzte sie.

Mathis nickte, antwortete aber nicht.

Sie griff mit zitternden Fingern nach den Münzen und ließ sie rasch unter ihren Lumpen verschwinden.

»Sie war ein verdammt hübsches Ding, damals, eure Louise. Aber ich glaube nicht, dass das ihr richtiger Name ist«, begann sie mit undeutlicher Stimme.

»Nein? Wie hieß sie denn?«

»Weiß nicht, ist nur so ein Gefühl von mir.«

»Wo haben Sie sie gesehen? Was hat sie gemacht?«, fragte Mathis unbeholfen. Es war seine erste Vernehmung, die er im Alleingang durchführte, und er war verunsichert und wusste nicht genau, welche Fragen sinnvoll waren oder was er überhaupt in Erfahrung bringen sollte.

Die Alte schwieg.

Er legte einen kleinen Geldschein auf den Tisch.

»Sie kam manchmal mit einem Karren zum Kai und verkaufte dort ihre Sachen. Die ganze Sippe war immer dabei.«

»Das ist nicht neu, das wissen wir.« Mathis ärgerte sich, dass sie versuchte, ihn über den Tisch zu ziehen. Er griff nach dem Geldschein, sie war schneller und riss ihn an sich.

»Schon gut, schon gut, Kleiner. Sie hatte ein Kind.«

»Ein Kind? Wie alt? Hatte sie es am Kai dabei? Wo ist es jetzt?« Freudige Erregung überkam Mathis, er hatte mit seiner Befragung einen ersten Erfolg erzielt.

»Ich hab's nie gesehen, aber ich weiß, dass sie eins geboren hat.« Die Alte hielt ihm unverhohlen ihre Hand hin. Mathis zog zwei weitere Geldscheine aus seiner Tasche und legte sie ihr in die offene Hand.

»Unsere Chefin hat sie gefunden, damals. Blutend am Hafen. Hat sie mit hierher genommen und aufgepäppelt. Die Milch ist ihr nur so aus der Brust geschossen. Nach ein paar Tagen hat ein Laster sie nach Paris mitgenommen. Die Chefin wollte nicht, dass sie hier blieb und uns das Geschäft versaute. Sie war zu schön. Muss an die vierzig Jahre her sein. Sind alle schon gestorben, die Chefin und so.«

»Und das Kind?«

»Wir haben's gesucht, in der Nacht noch, aber nix gefunden. Vielleicht hat sie's ja ins Meer geworfen. War uns auch egal. Hätte nur Probleme gemacht. Haben nie was darüber gehört.«

»Wer hat Louise nach Paris gebracht?«

»Einer von den Lasterfahrern, weiß nicht, wer.«

»Wissen Sie sonst noch etwas über sie?«

»Nein, war froh, dass sie weg war. Spendierst du mir noch ein Bier?« Gierig beugte sie sich über den Tisch.

Mathis ahnte, dass die Alte nicht mehr wusste, und was er mit den Informationen anfangen sollte, war ihm noch nicht klar.

Er stand auf, ging zum Tresen, holte ein Bier und stellte es vor sie hin. Dabei versuchte er zu vermeiden, ihr allzu nahe zu kommen.

»Wenn du noch was brauchst, komm ruhig vorbei, mein Süßer. Bin immer da.« Sie kicherte und Mathis fühlte beim Anblick ihrer verfaulten Zähne einen unangenehmen Kloß im Hals.

Dennoch nickte er ihr freundlich zu; wer weiß, vielleicht musste er ja irgendwann wiederkommen und sie um Hilfe bitten.

Zurück auf der Straße, überlegte er, was zu tun war. Recht ergiebig schien ihm die ganze Geschichte nicht zu sein. Louise hatte am Kai ein Kind geboren, das niemand gesehen hatte, und war kurz darauf nach Paris verfrachtet worden. Die Alte hatte wahrscheinlich recht, das Kind war bestimmt im Meer verschwunden. Er musste dringend präzise Notizen anfertigen und sich dabei noch einmal alles in Ruhe durch den Kopf gehen lassen. Keinesfalls wollte er sich mit einem verfrühten Anruf bei Marcel blamieren, er musste sich gut auf das Gespräch mit dem Ermittlungsleiter vorbereiten, um ernst genommen zu werden.

Es war halb fünf am Nachmittag, als er endlich aufgewühlt Marcels Nummer wählte, weil ihn seine Überlegungen zu der brisanten Schlussfolgerung geführt hatten, dass Louise die Mörderin ihres Kindes war.

***

Alette war äußerst besorgt und nervös. Seit Stunden versuchte sie, Louise zu erreichen, aber diese ging nicht ans Telefon. Nach langem Hin und Her und eingehenden Beratungen mit sich selbst war Alette zu der Überzeugung gekommen, dass sie Louise wegen Marcels gefährlicher Spekulationen unverzüglich warnen musste. Das bedingte, dass sie Louise gegenüber auch zugab, was sie über ihre Reisen wusste, und dass sie diese aus dem System gelöscht hatte, und sie musste ihr auch erklären, wie es dazu gekommen war. Ihre Idee, Louise mit einem Geschenk in Form von Erste-Klasse-Flügen zu überraschen, war somit hinfällig, doch das spielte angesichts der besorgniserregenden Entwicklung keine Rolle mehr.

Alette selbst hatte in der Zwischenzeit den Verdacht, dass es sich bei Louises Reisen keineswegs um einen Irrtum handelte. Alle Anzeichen deuteten darauf hin, dass Louise ein neues Leben, unerkannt von allen, beginnen wollte. Dass sie ihr das Haus überschrieben hatte, war ein weiteres Indiz für Alettes Vermutungen. Louise wollte die Rue Loubert Nummer 41 in guten Händen wissen, wenn sie nicht mehr da war. Das Haus war der Lohn ihrer harten Arbeit, seit sie an ihrem ersten Tag in Paris angekommen war, und sie wollte bestimmt verhindern, dass sich ein Fremder in das gemachte Nest setzte, oder Alette und Marta auf der Straße standen und sich einen neuen Zufluchtsort für ihre private Liebhaberei suchen mussten.

Alette konnte Louise gut verstehen, und sie beneidete sie um ihren Mut und ihr Durchhaltevermögen. Dass sie alle hinters Licht geführt hatte und glauben ließ, sie wäre eine unbedarfte ältere Dame, die sich rührend um ihre schwer kranken Verwandten kümmerte, rang Alette ein bewunderndes Lächeln ab. Sie hatte immer gewusst, dass Louise sehr intelligent und keinesfalls unbedarft oder seltsam war, und dass es Louise gelungen war, auch sie als ihre einzige Vertraute zu täuschen, war nahezu genial.

Alette würde alles in ihrer Macht Stehende unternehmen, um Louise zu helfen, ihre Pläne zu verwirklichen. Denn dass Louise die Männer umgebracht haben sollte, glaubte sie keine Sekunde lang. Nach wie vor sah Alette kein Motiv, keinen Grund, warum sich Louise zu solchen Taten hätte hinreißen lassen sollen. Marcel war auf dem Holzweg, ganz sicher, doch er war eine ernsthafte Bedrohung für Louises Zukunft.

Alette blieb nichts anderes übrig, als darauf zu warten, dass sie nach der Arbeit Louise einen Besuch abstatten könnte, um ihr ausführlich alles zu erzählen. Um fünf hatte Luc seinen Termin, um halb sechs übergab ihn Louise wieder an Hendrik, und Alette würde im Treppenhaus auf sie warten. Hoffentlich war es noch nicht zu spät, und sie kam Marcel zuvor.

***

Luc hatte in der Nacht fleißig geübt.

Er hatte nicht einschlafen können, aber seine Augen fest geschlossen, während Hendrik ihm aus einem muffigen Buch eine langweilige Geschichte über die Entdeckungsreisen eines furchtlosen Christoph Kolumbus vorlas. Hendrik musste glauben, dass er tief und fest schlief, damit er unbehelligt sein Fingertraining durchführen konnte. Hendrik war immer sehr besorgt, und wenn er bemerkte, dass Luc unruhig war, kam er in der Nacht des Öfteren ins Zimmer, um nach dem Rechten zu sehen.

Das sollte heute nicht passieren, und darum bemühte er sich ganz besonders, schläfrig und müde auszusehen. Er quengelte nicht beim Zubettgehen, er verlangte nicht nach heißer Milch mit Honig, er spielte nicht mit Hendrik Verstecken hinter dem Vorhang, und er stand auch nicht fünf Mal wieder auf, um die Toilette zu benutzen, wie er es gewöhnlich an jedem Abend tat, um die Schlafenszeit mit allen möglichen Mitteln hinauszuzögern. Aber genau das erregte wiederum Hendriks Aufmerksamkeit, der seine trockene Hand auf Lucs Stirn legte, um zu prüfen, ob er Fieber hätte, und ihn hundert Mal fragte, ob es ihm gut gehe, ob er Schmerzen habe, ob er nicht vielleicht eine kleine Tasse süßer Milch wolle. Luc hüpfte halbherzig ein wenig im Bett herum, um Hendriks Bedenken zu zerstreuen, und es funktionierte. Während der Geschichte gähnte er noch ein paarmal auffällig, bis Hendrik endlich das Buch schloss, das Licht löschte und sich in sein eigenes Zimmer begab.

Luc tastete nach dem Druckschalter seiner Nachttischlampe, die einem kleinen Globus nachgebildet war und bläuliches, gedämpftes Licht im Zimmer verbreitete.

Er betrachtete seine Hände mit den verbogenen Fingern und begann mit seinen Übungen.

Mit den Augen fixierte er den kleinsten Finger seiner linken Hand und grub dabei vor Anstrengung seine Zähne tief in die

Unterlippe. Es war so schwierig, die Hand ruhig zu stellen, sodass der kleine Finger einfach nicht still halten wollte. Als seine linke Hand einige Sekunden lang regungslos auf seinem Oberschenkel ruhte, zog er die Finger seiner rechten Hand vorsichtig zusammen, bis sie aussahen wie die gebogene Schaufel von seinem Plastikbagger, den er draußen im Sandkasten dazu verwendete, Löcher auszuheben und Mäusekot aus dem Keller darin zu versenken.

Mit einer schnellen Bewegung führte er seine gekrümmten Finger zur linken Hand, zog die Finger fester zusammen und hielt so seinen kleinen Finger fest gepackt. Auf diese Weise versuchte er, jeden einzelnen Finger abwechselnd mit der rechten und mit der linken Hand zu ergreifen. Danach machte er sich daran, dieselbe Prozedur bei seinen Zehen zu wiederholen. Dies war ungleich schwieriger, da ihm beide großen Zehen fehlten und die Knochen der Fußschaufel unregelmäßig und starr verwachsen waren. Außerdem zuckten seine Beine mehr als seine Arme und Anstrengung und Aufregung ließen seine Muskeln zittern. Aber er gab nicht auf.

Für den krönenden Abschluss seiner Generalprobe hatte Luc den braunen Teddybären ausgewählt, den Hendrik für ihn vor vielen Jahren an einer Schießbude eines Jahrmarktes gewonnen hatte. Der kuschelige Bär hatte die Größe eines Kleinkindes und mit seinem dicken Kunstfell war er zwar behäbig, aber dennoch beweglich und nicht besonders schwer. Luc setzte den Bären neben sich auf das Bett und ließ die Beine aus dem Bett baumeln. So saß Louise manchmal neben ihm auf dem Sofa. Er starrte dem Bären konzentriert auf dessen abgegriffene schwarze Gummischnauze, knickte seine Finger, stieß die Hand in das Gesicht des Bären und schnappte sich die weiche, nachgiebige Fellnase. Die Finger fest darum gekrallt, stieß er ein siegessicheres Jauchzen hervor und hielt erschrocken inne. Hatte Hendrik ihn gehört und würde gleich im Zimmer stehen? Luc warf den Bären unsanft vom Bett, drückte schnell den Schalter am Globus, legte sich hin, drehte das Gesicht zur Wand und lauschte. Alles blieb ruhig.

Er gluckste leise vor sich hin, überglücklich, dass er sein Ziel erreicht hatte. Er würde ein wenig seine verkrampften Hände ausruhen, und wenn es draußen hell wurde, noch einen Trainingsdurchgang starten.

Nach einem leckeren Frühstück spielte er mit Hendrik im Garten, hielt ein geruhsames Mittagsschläfchen und war bestens darauf vorbereitet, Louise zu besuchen.

Lucs ausgeprägter Instinkt sagte ihm, dass er auf jeden Fall heute seine Chance nutzen musste. Er musste sich Louises vertrautes Gefühl holen – und wenn es das Letzte war, was er in seinem Leben tat.

***

Alles war noch gut geworden, dank Louise. Hendrik sorgte sich zwar ein wenig um sie und um die Anschuldigungen, die gegen sie von Marcel in die Welt gesetzt wurden, doch sie hatte am Telefon unbesorgt und heiter geklungen und sogar Verständnis für Marcels Vorgehensweise bekundet. Irritierend hatte Hendrik indes die entschiedene Sicherheit gefunden, mit der der Ermittlungsleiter auftrat, offensichtlich felsenfest von Louises Schuld überzeugt. Hendrik würde jedenfalls heute noch seine Anwälte aktivieren, damit sie im schlimmsten Fall Louise vor weiteren Angriffen schützen konnten. Nicht nur er selbst, auch Luc wäre untröstlich, würde Louise von ihnen mehr als ihre zwei üblichen Urlaubswochen getrennt werden. Sollte er noch ein letztes Mal einen Vorstoß wagen und bei Louise um ihre Hand anhalten? Würde er eine neuerliche Enttäuschung verkraften, oder würde sie ihm mit der Weisheit des Alters und mehr noch in Anbetracht des reichen Erbes ihr Jawort geben? Würde sie Luc jeden Tag ertragen können?

Wenn Hendrik an Luc dachte, überzog ein liebevolles Lächeln sein runzeliges Gesicht. Der Junge entwickelte sich in letzter Zeit prächtig, er wurde selbstständiger und sprach seine gängigen Silben mit mehr Selbstbewusstsein. Hendrik hatte seinen Sohn in den letzten Tagen heimlich dabei beobachtet, wie er fasziniert auf seine Hände gestarrt und die Finger langsam bewegt hatte, als ob er gezielt nach etwas greifen wollte. Auch hatte er seine Freigänge über das Fenster weidlich ausgenutzt, und Hendrik hatte während des Gesprächs mit Marcel Mühe gehabt, nicht schmunzelnd zu dem Fliederstrauch hinüberzusehen, unter dem sich Luc unentdeckt wähnte.

Schon nach kurzer Zeit, als Hendrik aus Sorge den Sicherheitsriegel an Lucs Fenster hatte anbringen lassen, war ihm klar geworden, dass er sein einziges Kind nicht wie ein Tier in einem Käfig gefangen halten wollte. Was konnte im Garten schon Schlimmes geschehen? Das Grundstück war sicher eingezäunt und überschaubar, die Verletzungsgefahr für Luc gering, und es war immer Personal in der Nähe, das er im Ernstfall zu Hilfe rufen konnte. Er beobachtete mit Freude, wie Luc sich Mühe gab, seine Abenteuer zu verheimlichen und dabei verschmutzte Pyjamas, Fußabdrücke im Blumenbeet oder Blätter in den Haaren übersah. Mit dem Gärtner hatte Hendrik vereinbart, dass er ein Auge auf Luc haben und ihm helfen sollte, ohne ihn an seinen Entdeckungsreisen zu hindern. Selbst als er im Garten unter dem Sternenhimmel eingeschlafen war, hatte Hendrik ihn gewähren lassen, auch wenn er befürchtete, dass Luc am nächsten Tag mit einer Lungenentzündung erwachen würde. Luc aber trotzte der kühlen Nacht und war am Tag darauf weder unleidlich noch krank.

Die Begegnung mit Marta hatte Luc ausgeglichener werden lassen, Louise hatte wie immer recht behalten. Manchmal ahnte Hendrik, dass sie Luc besser kannte als er selbst. Hendriks Einstellung zu Marta war etwas diffus. Er wollte eigentlich keine schlichte Frau für Luc, sie sollte gebildet sein und kultivierten Umgang pflegen. Das war bei Marta eindeutig nicht der Fall. Dennoch war sie ein guter und ehrlicher Mensch und bemühte sich, wenn auch etwas einfältig, um Lucs Wohlergehen.

Alette war Hendrik sympathischer, obwohl er glaubte, dass es ihr an mütterlicher Intuition fehlen würde, was Lucs Bedürfnisse betraf. Vielleicht täuschte er sich aber auch und Alette wäre genau die Richtige für ihn, schließlich waren sie ja beinahe gleich alt.

Hendrik grub mit Schaufel und Bagger gemeinsam mit Luc den Mäusekot wieder aus den Tiefen des Sandkastens aus und sammelte ihn in einem Müllsack. Er musste Luc in die Wanne verfrachten, in zwei Stunden würden sie bei Louise erwartet.

Jede Nacht, wenn es still war im Haus, und er sein altes Herz pochen hören konnte – manchmal zu schnell, manchmal zu langsam –, betete er darum, dass es noch lange schlagen möge, damit er weiterhin das Leben mit Luc und Louise genießen konnte.

Das eine wäre ohne das andere undenkbar.

***

Marcel schlug die Zeit damit tot, ein neues, aktuelles Diagramm zu erstellen, in dem die vermuteten Zeitpunkte des Verschwindens der Männer mit den tatsächlichen Zeitpunkten von Louises Urlauben in Frankfurt penibel genau verzeichnet waren. Ihm waren die Hände gebunden, er war von Pricard in die Warteschleife gelegt worden. Bis morgen war er seiner ermittlerischen Befugnisse so gut wie beraubt, und er würde sich auch an den Befehl halten, bis zum Übergriff auf Louises Haus sie selbst in Ruhe zu lassen.

Pricard war über seinen Schatten gesprungen, und das hatte ihn eine Menge Kraft und Energie gekostet. Marcel hatte ihn seit gestern nicht mehr gesehen. Widerwillig empfand er für den Alten so etwas wie Respekt. Dass seine enge Bekanntschaft mit Louise offiziell bestätigt werden würde, ließ sich nicht vermeiden und Marcel nahm an, dass Pricard die Zeit bis Freitag nicht nur dazu nutzen wollte, alle Formalitäten vorschriftsmäßig zu erledigen, sondern auch, um die verbliebenen Altvorderen von Louises Getreuen zu warnen oder sich mit ihnen zu besprechen, um den Schaden, den ihr aller Ruf unausweichlich nehmen würde, so gering wie möglich zu halten.

Marcel konnte es egal sein. Letzten Endes hatte sich Pricard den zahlreichen Zeugenaussagen, die allesamt auf Louise als Täterin hinwiesen, nicht entziehen können und klein beigeben müssen. Sobald die ersten Spuren technisch ausgewertet waren, würde er den Fahndungsbefehl für Louise herausgeben und sie von der Frankfurter Polizei festnehmen lassen. Vielleicht würde er sogar selbst nach Frankfurt fliegen, um ihr dabei in die Augen zu sehen.

Er legte die Füße auf den Tisch, lehnte sich in seinem Sessel bequem zurück, verschränkte die Hände hinter dem Kopf und versuchte, sich die Szene von Louises Ergreifung lebhaft vorzustellen. Sie wäre betroffen, aber keineswegs verzweifelt. Sie würde mit einer Heerschar an Anwälten auffahren, doch es würde ihr nichts nützen. Sie würde als gefühllose Serienmörderin in die Geschichte der erstaunlichsten Kriminalfälle eingehen.

Marcel fand, dass er durchaus das Recht hatte, ein wenig nach Louises leidender Verwandtschaft zu schnüffeln. Erst als das Datenbanksystem seines Computers ungeduldig piepste, fiel ihm auf, dass er gar nicht wusste, wonach genau er suchen sollte. Louises Name ergab keine Treffer, das hatte er im Zuge der Ermittlungen bereits mehrmals feststellen müssen. Auch ihr Nachname war mit keinen Suchergebnissen verknüpft. Er forschte in seinem Gedächtnis nach Gesprächsfetzen, die ihm Hinweise auf Louises Verwandte geben konnten, aber er wurde nicht fündig. Er durchforstete bis zur letzten Zeile sämtliche Vernehmungsprotokolle und Akten, auch hier gab es keinerlei Andeutungen zu Adressen, Namen oder Aufenthaltsorten von Louises Pfleglingen.

Dafür fand er aber in seinem privaten Notizbuch eine Passage, in der Louise bei seinem Besuch in Anchieu darauf hinwies, dass sie »weder von den Eltern noch von den Geschwistern« jemals etwas mehr gehört hatte. Auf sein Angebot, in Marseille nach ihnen zu suchen, hatte sie ablehnend mit den Worten »Verschonen Sie mich, vielen Dank! Ich bin dankbar, dass mich nie jemand von ihnen aufgesucht hat. Mein jetziges Leben habe ich mir hart genug erarbeiten müssen. Da kann ich auf geldgierige Geschwister und Erbschleicher gut verzichten« reagiert.

Warum war ihm dieser wichtige Punkt noch nie ins Auge gesprungen? Wie hatte er dies übersehen können? Wenn es keine Verwandten gab, was machte Louise dann in Frankfurt? Was machte sie alle drei Monate vierzehn Tage lang in Frankfurt? Wo musste er sie suchen?

Alette konnte er heute kein zweites Mal befragen, er würde nicht noch einmal an ihrem hübschen Wachhund im Vorzimmer vorbeikommen.

Marta würde wie gewöhnlich von nichts wissen, ihre himmelblauen Augen erstaunt aufreißen und an ihrem Daumen kauen.

Louise selbst stand noch unter der Fuchtel von Pricard und war somit unangreifbar.

Blieb nur noch Hendrik. Marcel tat es zwar aufrichtig leid, den alten Mann mit neuen Fragen belasten zu müssen, aber ihm fiel keine andere Möglichkeit ein, so unauffällig wie möglich an Informationen zu kommen.

Er ordnete seine Papiere sorgfältig, versperrte sie im Aktenschrank und war gerade dabei, das Büro zu verlassen, als das Telefon auf seinem Schreibtisch schnarrte.

In der Leitung rauschte und knarzte es, und er vernahm am anderen Ende die zaghafte Stimme eines schüchternen Jungen.

»Spreche ich mit dem Ermittlungsleiter des Falles Prousseau?«

»Wer will das wissen?« Marcel war nicht nach Scherzen halbwüchsiger Jugendlicher zumute.

»Monsieur, ich bin es, Mathis.« Die Stimme erstarb.

»Mathis? Ich kenne keinen Mathis!«, schnauzte Marcel ins Telefon.

»Mathis aus Marseille. Ich bin der Polizeischüler, mit dem Sie im Hafenviertel waren.«

»Ah, ja, natürlich, Mathis! Mein Junge, was gibt es Neues?« Marcel freute sich, von dem Jungen zu hören. Er war ihm irgendwie ans Herz gewachsen.

»Erinnern Sie sich an die stinkende Alte in der Hafenkneipe?«

»Ja, dunkel. Was ist mit ihr?«

»Ich war noch einmal dort. Heute. Hab mit ihr gesprochen.«

»Allein?«

Marcel konnte den Jungen schlucken hören. »Ja. Allein.«

»Bist du verrückt, mein Sohn? Weißt du überhaupt, in welche Gefahr du dich damit begeben hast?«

»Aber ich habe was herausgefunden«, unterbrach ihn der Polizeischüler tapfer, »nur weiß ich nicht, ob es für Ihre Untersuchung wichtig ist. Ich möchte Sie auch nicht belästigen, aber …«

»Tust du nicht, mein Junge, tust du nicht. Schieß los!«

Und aus dem Jungen sprudelten die Worte hastig hervor, seine Stimme wurde von Satz zu Satz fester und sicherer.

Marcel ließ ihn reden und sondierte die Informationen, die

zwar durchaus interessant, für den aktuellen Fall aber nicht relevant waren. Louise als Kindesmörderin anzuprangern, wäre zwar das berühmte Sahnehäubchen in diesem spektakulären Fall, doch wäre es äußerst kompliziert, ihr dieses Schwerverbrechen nach über vierzig Jahren nachzuweisen. Marcel lobte den jungen Polizeischüler für seine Courage und die vorbildliche Befragung, legte den Hörer auf, nahm ihn sogleich wieder ab und wählte Hendriks Nummer. Niemand meldete sich, obwohl Marcel lange auf Antwort wartete, weil er Hendrik im Garten wähnte.

Er würde zu Hendrik fahren, die Rue Loubert lag auf dem Weg dorthin. Er würde einen kurzen Stopp beim Bistro einlegen und Marta ein wenig genauer unter die Lupe nehmen.

Wenn jemand über intime Einzelheiten aus Louises früherem Leben Bescheid wusste, dann der alte Hendrik.

Marcel sah auf die Uhr. Es war genau fünf.

***

Die runden Tischchen in der Sonne am Trottoir vor dem Bistro waren nur spärlich besetzt. Die schwüle Hitze trieb die Gäste eher ins Innere der Bars, in denen Klimaanlagen und surrende Ventilatoren für angenehme Kühle sorgten.

Hendrik wählte dennoch einen Tisch unter der schattigen Balustrade, denn er genoss die wärmenden Sonnenstrahlen in vollen Zügen. Er hatte sich heute entschieden, seine Wartezeit im Bistro statt in der Bar zu verbringen, um sich ein wenig mit Marta zu unterhalten und sich ein besseres Bild von ihr machen zu können. Vielleicht war er in seinem Urteil ja etwas zu hart mit ihr und eine nähere Bekanntschaft konnte auch Luc in Zukunft nicht schaden.

Marta musste all ihren Mut zusammennehmen, um hinter dem Tresen hervorzukommen und Hendrik nach seinen Wünschen zu fragen. Normalerweise saß er, während Luc von Louise betreut wurde, in der Bar gegenüber auf der anderen Straßenseite und blickte wie ein todtrauriger Dackel zu Louises Fenster hinauf. Jetzt war er bestimmt gekommen, um ihr Vorwürfe wegen des Desasters mit Luc zu machen. Sie wischte sich ihre Hände an der

Schürze ab, fuhr sich kurz durch ihre Haare, straffte ihre Schultern und wappnete sich gegen Hendriks Anschuldigungen. Sie hatte sich nichts vorzuwerfen. Lucs Reaktion war für sie schockierend gewesen, und dass es ihr nicht gelungen war, ihn zu beruhigen, war wirklich nicht ihre Schuld. Hendrik würde ihr erklären, dass ihre Dienste nicht länger erwünscht wären. Das tat ihr sehr leid. Ihre Hoffnungen, mit Hendrik und Luc endlich eine Stufe in die bessere Gesellschaft aufzusteigen, waren dahin. Auch das fürstliche Sümmchen, das Hendrik für die Arbeit an seinem Sohn berappte, konnte sie vergessen.

Doch was Marta noch viel mehr beschäftigte, war das nagende Gefühl, Louise enttäuscht zu haben. Louise hatte großes Vertrauen zu ihr bewiesen, als sie ihr Luc vermittelte, und sie hatte es vermasselt. Dass Louise wie immer ihren Kühlschrank geplündert, sie dafür großzügig entschädigt, einige Gläschen Wein mit ihr getrunken und sie am Ende sogar fest umarmt hatte, sprach indes dagegen, dass Louise in ihr eine Versagerin sah. Sie hatte auch den unglückseligen Zwischenfall mit Luc mit keinem Wort erwähnt oder Marta Vorhaltungen gemacht. Dafür war ihr Marta nicht nur dankbar, sondern es bestärkte sie in ihrer bedingungslosen Liebe zu Louise. Seit Louise Marta angeboten hatte, in einem Appartement im Haus Nummer 41 ihren mickrigen Lohn vom Bistro ein wenig aufzubessern, verehrte Marta sie hingebungsvoll. Louise war ihr Vorbild, ihr Idol. Mit Louises Hilfe hatte Marta sich ein Sparkonto zugelegt, und sie hortete eisern ihr Geld, verwendete nichts davon für sich selbst. Sie wollte ihr Erspartes dazu benutzen, um sich mit ihrem Mann im Alter ein wenig Luxus leisten zu können. Ihr Mann war Fließbandarbeiter in einer Konservenfabrik außerhalb von Paris, schuftete für einen Hungerlohn und würde sie umbringen, wenn er erfuhr, was sie tat. Aber die Aussicht auf ein beschauliches Leben im Ruhestand ließ Marta ihre Ängste vergessen und bisher war auch alles gut gegangen.

Sie trat an Hendriks Tisch, bereit für die Abfuhr, doch Hendrik lächelte ihr freundlich zu, und es hatte nicht den Anschein, als wäre er böse oder auch nur ungehalten. Unsicher lächelte auch Marta.

»Guten Tag, Monsieur van de Poort, was darf ich Ihnen bringen?«

»Guten Tag, Marta. Was können Sie mir empfehlen? Ich bin mit Ihrer Karte noch nicht so vertraut, doch das wird sich in Zukunft ändern.«

Marta fiel ein Stein vom Herzen, und sie errötete vor Aufregung.

»Monsieur, für diesen heißen Sommertag würde ich einen erfrischenden Chardonnay empfehlen und dazu vielleicht eine Kostprobe meiner köstlichen Canapés?«

»Das klingt hervorragend, meine Liebe.«

Marta atmete erleichtert auf und eilte in die Küche, um für Hendrik einige besonders schmackhafte Leckerbissen zusammenzustellen.

Er musste rasch bedient werden, denn er hatte nicht viel Zeit, bis Louise seinen Sohn wieder zum Tor brachte.

Sie servierte ihm den einladenden Imbiss und eine Karaffe kühlen Weins und entdeckte dabei Marcel, der seinen Dienstwagen vor dem Bistro direkt auf der Straße parkte.

Sie hatte keine Gelegenheit mehr, ein paar Worte mit Hendrik zu wechseln. Marcel sprang aus dem Wagen, eilte auf Hendrik zu und rief erfreut: »Monsieur van de Poort, ich bin auf der Suche nach Ihnen. Darf ich mich zu Ihnen gesellen?«

Hendrik deutete einladend auf einen Stuhl neben sich, was blieb ihm anderes übrig?

»Marta, würden Sie mir bitte einen Kaffee und ein Glas Wasser bringen?«, fragte Marcel liebenswürdig.

Marta nickte nur.

Was wollte Marcel von Hendrik? Ihn über Louise befragen? Dieser Inspecteur entwickelte sich langsam zu einer Landplage.

Hoffentlich würde er nicht auch mit ihr sprechen wollen. Sie wusste zwar nichts, doch sein stechender Blick verleitete sie dazu, verlegen sinnloses Zeugs zu plappern.

Es machte keinen Sinn, Louise zu alarmieren, während der Arbeit ging sie nie ans Telefon. Aber sie konnte versuchen, Hendrik und Marcel zu belauschen.

Sie brachte Marcel seine Bestellung an den Tisch und sah

dabei aus dem Augenwinkel, wie Alette an das Tor trat, den Code eingab und im dunklen Inneren des Hauses verschwand.

Marta entspannte sich. Alette hatte mit Sicherheit Marcels Wagen und Hendrik gesehen.

Sie würde wissen, was zu tun war.

***

Die beiden Schokoladenbonbons lagen am rechten unteren Rand der Keramikschale, ein wenig abseits von den anderen glitzernden Bonbons, Hendriks poliertes Weinglas stand auf dem spiegelnden Couchtisch, daneben die entkorkte Rotweinflasche.

Louise ging zum Bildschirm im Flur und beobachtete, wie Hendrik und Luc sich dem Tor näherten. Der eine alt und gebrechlich, der andere jung und verkrüppelt. Sie drückte auf den Summer und ging nach unten, um Luc von Hendrik zu übernehmen.

Sofort spürte sie die eigenartige Veränderung, die von Luc ausging. Zwar strahlte er voll Vorfreude, doch er zappelte nicht ungeduldig, seine Zuckungen wirkten verhalten, und als er sich die Treppe hinauf abmühte, wehrte er ihre stützende Hand ungeduldig ab und erklomm, beide Hände fest um den Handlauf geklammert, Stufe um Stufe ohne ihre Hilfe. Sie war beeindruckt, welche Fortschritte er in einer kurzen Woche gemacht hatte, und ermunterte ihn mit lobenden Worten.

In ihrem Gästezimmer setzte sie ihn auf das Sofa und holte einen kalten Lappen, um ihm über die schweißnasse Stirn zu wischen. Er legte den Kopf in den Nacken, schloss die Augen, wiegte seinen Körper leicht vor und zurück und summte leise vor sich hin. Louise betrachtete ihn aufmerksam.

Er kam ihr plötzlich so erwachsen vor, als ob er über Nacht seine kindliche Unschuld verloren und dafür Reife und Erfahrung empfangen hätte. Sie brachte ihm ein Glas Wasser, das er hastig trank. Seine Hände zitterten kaum, und er verschüttete keinen Tropfen. Louise nahm ihm das Glas wieder ab und stellte es in die Spüle.

Jetzt zitterten *ihre* Hände und *ihr* Herz schlug schneller als sonst. Dunkle Flecken bildeten sich unter den Armen auf ihrem Kleid, die Handflächen wurden unangenehm feucht. Ihr Mund war ausgetrocknet, und die Zunge klebte ihr am Gaumen. In den Ohren hörte sie das Blut pumpend rauschen, und als sie zur Couch zurückkehrte, bemerkte sie ein stechendes Vibrieren in den Fingerspitzen. Sie fühlte sich maßlos erschöpft und ließ sich schwer neben Luc sinken. Er saß kerzengerade und lächelte sie arglos an. Speichel tropfte aus einem Mundwinkel auf seine Finger, die ineinander verschränkt auf seinen Oberschenkeln lagen. Sie zuckten nicht, auch seine Beine hielt er ganz still.

Louise entfuhr ein klagender Seufzer. Sie griff in die rechte untere Ecke der Schale nach dem Bonbon.

»Hier, mein Kleiner. Ich hab dir beim letzten Mal Schokolade versprochen, nicht wahr?« Sie schälte das Bonbon vorsichtig aus der goldenen Hülle und drehte sich leicht zu Luc, um es ihm in den Mund zu stecken.

Dies war die Sekunde, die Luc so begierig herbeigesehnt hatte.

Mit erwartungsvoll geöffnetem Mund löste er seine Finger voneinander, hob beide Hände ein Stück an, drückte sie sacht an Louises Busen, neigte seinen Kopf und legte die Stirn behutsam in die Falte von Louises Dekolleté. Dabei schmatzte er leise und schluckte genüsslich den weichen Schokoladenbrei.

Louise ließ ihn gewähren, tätschelte mit einer Hand sanft seinen Rücken und streichelte mit der anderen zärtlich über seinen Kopf.

Er gurrte behaglich, sein Gesicht zutraulich an Louises Brust gepresst.

Tränen der Trauer und Wehmut, aber auch der Erleichterung strömten über Louises Wangen und sickerten in Lucs Haar.

Langsam erschlaffte er und wurde schwer in ihren Armen. Sie richtete sich auf, schob ihn von sich und bettete ihn sorgfältig auf die Zierkissen des Sofas.

Dabei verhedderte sich sein linker Fuß an einem Bein des Couchtisches und seine Sommersandale rutschte mitsamt der blau geringelten Socke von der Ferse.

Hendrik zwang Luc, auch bei hochsommerlichen Temperaturen Socken zu tragen, weil er Lucs hässlich verwachsene Knochen nicht zusätzlichem Spott oder angewiderten Blicken aussetzen wollte. Louise bückte sich, um sein Bein auf die Couch zu heben und ihm Socke und Sandale wieder an den Fuß zu ziehen.

Sie griff nach seinem Knöchel, blickte auf den missgestalteten Fuß und erstarrte.

Die Augen in namenlosem Entsetzen aufgerissen, schlug sie beide Hände vor den Mund, um ihren erschütterten Schrei zu dämpfen.

Sie erbrach sich.

Die Türklingel kreischte.

***

Marta stand noch immer bei Hendrik und Marcel am Tisch und versuchte, Zeit zu gewinnen, um wenigstens Bruchteile des Gesprächs der beiden Männer aufzufangen. Sie polierte die Tischplatte, rückte die Gläser zurecht, stellte die freien Stühle akkurat unter den Tisch und faltete Hendriks Serviette neu. Als es beim besten Willen nichts mehr zu tun gab, sagte Hendrik ernsthaft: »Vielen Dank, Marta.« Er wusste, er hatte in Marta eine Verbündete gefunden, wenn es darum ging, sich schützend vor Louise zu stellen.

Marcel wippte mit dem Knie und klopfte einen undefinierbaren Rhythmus mit den Fingerknöcheln auf das Bistrotischchen.

Martha zuckte unmerklich mit den Schultern und machte sich an den Tischen in der Nähe von Marcel und Hendrik zu schaffen.

Marcel zog seinen Stuhl näher an Hendrik.

»Ich möchte Ihnen nicht zu nahe treten und Sie auch nicht belasten, aber ich hätte noch einige offene Fragen, die ich mit Ihnen vertraulich klären möchte. Vielleicht können Sie mir helfen, Louise zu helfen.«

Er wollte Hendrik mit ins Boot holen und nicht gegen sich aufbringen.

Hendrik neigte misstrauisch den Kopf.

»Mein junger Freund, ich traue Ihnen nicht über den Weg, aber ich versuche, Sie zu unterstützen, solange es zu Louises Gunsten ist.«

Mehr konnte Marcel nicht erwarten.

»Louise besucht doch regelmäßig ihre Verwandten in Frankfurt. Haben Sie jemanden davon jemals zu Gesicht bekommen oder kennen Sie einen Namen? Ich muss jemanden finden, der Louises Besuche bestätigen kann.«

Hendrik wiegte nachdenklich den Kopf und runzelte angestrengt die Stirn.

»Es tut mir aufrichtig leid, aber nein, mir fällt kein Name ein, und ich habe auch nie jemanden aus Louises Verwandtschaft kennengelernt. Aber warum fragen Sie sie nicht selbst danach?«

»Das wollte ich gerade tun, aber dann sah ich Sie hier sitzen, und dachte, dass wahrscheinlich Luc gerade bei Louise in Therapie ist. Darum habe ich Sie angesprochen«, improvisierte Marcel.

»Das ist richtig, aber es dauert ja nur mehr ein paar Minuten, dann kommt Louise ans Tor, um Luc zurückzubringen.«

»Fein, dann werde ich die Gelegenheit beim Schopf packen und mit ihr sprechen.«

Hendrik steckte sich ein Häppchen in den Mund, spülte mit Wein nach und zeigte mit einer einladenden Geste auf den Teller.

»Bedienen Sie sich. Für mich ist das viel zu reichlich, und sie sind köstlich! Marta versteht ihr Handwerk.« Hendrik sprach laut genug, sodass Marta ihn hören konnte, sich umdrehte und ihm erfreut zulächelte.

Marcel ließ sich nicht lange bitten und aß mit gesundem Appetit.

Das Gespräch geriet ins Stocken, Marcel lief die Zeit davon, und er wusste nicht, wie er die nächste Frage schonend und wohlformuliert stellen konnte, ohne Hendrik zu brüskieren.

Der direkte Weg war zwar nicht diplomatisch, aber immerhin ehrlich.

»Wussten Sie, dass Louise ein Kind geboren hat?«

Hendrik schüttelte ungläubig den Kopf.

»Das kann ich mir nicht vorstellen. Seit ich sie kenne, habe ich jedenfalls nie eine Schwangerschaft an ihr bemerkt.«

»Das Kind kam vor Louises Zeit in Paris auf die Welt. In Marseille.«

»Tatsächlich?« Hendrik zeigte unverhohlen sein Interesse. »Und wo ist dieses Kind?«

»Wir haben Zeugenaussagen, wonach sie es im Meer ertränkt haben soll.« Selbst in Marcels Ohren hörte sich dieser Satz furchtbar an, und Hendrik fuhr erschrocken zurück.

»Nie und nimmer! Dazu wäre Louise niemals fähig gewesen! Auch nicht aus schierer Verzweiflung oder jugendlichem Wahnsinn.«

Louises Bild erschien vor Marcels Augen, wie sie in Jeans und Hemd ihre Blumen in Anchieu gepflegt, wie sie seinen Handrücken gestreichelt und wie sie schelmisch gelächelt hatte. Zugegeben, die Vorstellung, wie sie ihr neugeborenes Kind ins Meer schleuderte, passte nicht zu der Frau, die er kannte. Aber er hatte schon abscheulichere Dinge gesehen und wusste, dass auf dieser Welt nichts unmöglich war.

Er nickte bestätigend.

»Ich kann es auch kaum glauben, aber wie gesagt, wir haben eine Zeugin von damals.«

»Aus welchem Milieu kommt diese Zeugin? Ist sie glaubwürdig? Sie muss ja mindestens so alt wie Louise sein oder noch älter. Ist ihrem Gedächtnis zu trauen? Was hat sie wann genau gesehen? Wo soll denn dieser grässliche Kindesmord stattgefunden haben?«

Hendrik schoss seine Fragen zischend und mit zusammengezogenen Augenbrauen wie ein engagierter Verteidiger bei seinem Kreuzverhör ab.

Marcel war überrascht über die Kraft in Hendriks Stimme, seine plötzliche Energie und seinen bemerkenswerten Scharfsinn.

Kein seniler Tattergreis, dachte er anerkennend, und das gab den Ausschlag dafür, dass er Hendrik nicht mehr vor der Wahrheit abschirmen wollte.

»Sie soll ihr Kind im Hafen am Kai geboren und dann ins Meer geworfen haben. Sie wurde blutend von der alten Rädelsführerin der Prostituierten des Hafenviertels gefunden, halbwegs gesund gepflegt und mit einem Lastwagen nach Paris geschickt. Den Damen war sie mit ihrer Schönheit ein Dorn im Auge, und sie fürchteten um ihr Geschäft.«

Hendrik hatte seine Ellbogen auf den Tisch gestützt, seine Wangen in die Hände gelegt und aufmerksam zugehört.

»Wann soll das alles gewesen sein?«, fragte er rau.

»Nun, sie kam mit ungefähr sechzehn Jahren nach Paris, also muss es kurz davor passiert sein. Vor vierundvierzig Jahren, um genau zu sein.«

Hendriks Hände fielen kraftlos auf den Tisch, aus seinem Gesicht war alle Farbe gewichen, die bleichen Lippen bebten, seine Finger kratzten unaufhörlich über das Aluminiumblech der Tischplatte. Seine Schultern waren herabgefallen, und der ganze Körper schien sich in sich selbst zurückzuziehen.

»Sie wusste es nicht, niemals. Sie weiß es immer noch nicht. Tun Sie ihr nichts! Ich wusste es auch nicht. Ich flehe Sie an. Helfen Sie ihr! Helfen Sie mir!«

Hendrik rang verkrampft nach Atem, seine Worte waren ein tonloser Hauch.

»Was wusste Louise nicht? Was wussten Sie nicht?« Marcel geriet in Panik. Hendrik sah aus, als würde er jede Sekunde tot zusammenbrechen, vielleicht ein Hitzeschlag, und er delirierte bereits.

»Wir haben Luc adoptiert. Er wurde im Hafen neben einem Fischcontainer gefunden. In Lumpen gewickelt. Einer meiner Arbeiter hat ihn nachts gefunden und mir gebracht, um zu helfen. Meine Frau konnte keine Kinder empfangen, sie hat das Lumpenbündel in den Armen gehalten und nicht mehr losgelassen. Sie hat ihn Luc genannt, nach dem altgriechischen *leucos*, das Helle, das Weiße. Wir haben ihn behalten. Seine Mutter haben wir nie gefunden. Er ist mein Sohn. Luc ist mein Sohn!«

Hendrik weinte keine Tränen, er ließ seinen Kopf wie ein Betrunkener schlaff auf die Arme sacken.

Marcel sprang auf, packte den Alten unter den Schultern, riss ihn hoch und schrie: »Machen Sie mir jetzt nicht schlapp! Luc braucht Sie. Kommen Sie, wir holen ihn! Hören Sie? Ich helfe Ihnen. Luc braucht Sie jetzt!«

Marcel weinte.

***

Jemand war in ihrer Küche gewesen, das merkte sie an den Wasserrändern in der Spüle.

Wahrscheinlich Louise, die wieder auf der Suche nach Essbarem oder einem Drink gewesen war, dachte Alette.

Sie bereitete mit mechanischen Handgriffen alles für ihren abendlichen Besucher vor, war in Gedanken jedoch bei dem unausweichlichen Gespräch mit Louise, das ihr noch bevorstand. Es war ihr unangenehm, das gehütete Geheimnis ihrer Freundin lüften zu müssen, aber es war nicht zu vermeiden, und sie wollte es so schnell wie möglich hinter sich haben. An ein Leben ohne Louise zu denken, verbot sie sich im Moment noch strikt.

Lautes Klopfen am Tor und das unaufhörliche, penetrante Schrillen von Louises Türklingel ließen sie in ihren Tätigkeiten innehalten. Sie drückte auf den Videoknopf ihrer Sprechanlage, um zu sehen, wer sich am Tor so lautstark bemerkbar machte und so unbedingt zu Louise wollte.

Als Ersten erkannte sie Marcel, der mit verzerrtem Gesicht in die Videokamera glotzte und aus seinem geifernden Mund zweifellos unschickliche Worte in sein Mobiltelefon brüllte.

Daneben stand Hendrik, mit wie zum Gebet erhobenen, bettelnden Händen, Halt suchend an Marcel gelehnt, grau bis in die Lippen, mit Schweißperlen um Mund und Nase. Mit seinen tränenden Augen bot er ein Bild niedergeschmetterter Verzweiflung.

Alette erschauerte.

Egal, was da draußen vor sich ging, wenn Louise nicht öffnete, tat sie dies nicht grundlos.

Alette würde sofort versuchen, in Louises Wohnung zu kommen, aber sie würde ihr zweifellos nicht in den Rücken fallen, indem sie den Türöffner betätigte.

***

Sie kauerte in ihrem Erbrochenen in dem engen Spalt zwischen Sofa und Couchtisch, umschlang krampfhaft Lucs Bein, ihr Gesicht an seine Wade geschmiegt, wiegte sacht ihren Oberkörper vor und zurück und summte leise einen der simplen Kinderreime, die sie seit mehr als zwanzig Jahren für Luc zur Beruhigung auswendig gelernt hatte.

Sie nahm die unablässig gellende Türglocke sowie das unerträgliche Ringen des Telefons im Flur nur dumpf wahr.

Dunkelgraue Erinnerungsfetzen stoben durch den erdrückenden Nebel in ihrem Gehirn. Der Fischcontainer. Das verrostete Messer. Die winzigen Füßchen im fahlen Schein der Straßenlaterne. Deformiert, krumm, missgebildet.

Sie hatte ihren Sohn verlassen, ihn in Lumpen gehüllt einer ungewissen Zukunft ausgesetzt. Er hatte unbeschreibliches Glück gehabt, von Hendrik und seiner Frau aufgenommen worden zu werden. Sie hatte all die Jahre neben ihm gelebt, war ihm mit Abneigung und Ekel begegnet und hatte dennoch eine zwar nicht erklärliche, aber deshalb umso unwillkommenere Verbundenheit zu ihm gefühlt.

Ein unbeschwertes Leben auf St. Martin, grausame Freier, perverse Kinderschänder – alles löste sich in bedeutungsloses Nichts auf.

Nun war er tot, weil sie keinen natürlichen Mutterinstinkt besaß, weil Liebe für sie ein einträgliches Geschäft und das Leben ihrer Mitmenschen eine hinderliche Notwendigkeit auf ihrem vermessenen Weg in die allumfassende Zufriedenheit waren.

Hendrik hingegen hatte nichts unversucht gelassen, um Luc ein Leben in bedingungsloser Liebe und einträchtiger Harmonie zu bieten.

Nun war es an ihr, Luc zur Seite zu stehen. Noch war es nicht zu spät, sie konnte ihn einholen, wenn sie sich beeilte.

Louise rappelte sich auf, langte in die Keramikschale, griff sich eine Hand voll silberner Schokoladebonbons, riss kopflos an der Folie und stopfte sich alle zugleich in den Mund. Sie hatte irgendwo gelesen, Zucker würde alle Stoffe auf direktem Weg ins Blut befördern. Für Alkohol galt diese Weisheit ebenso, daher trank sie ein Glas des für Hendrik bestimmten Rotweins in gierigen Schlucken in einem Zug aus.

Das Gellen der Türglocke und Schrillen des Telefons vereinten sich mit dem donnernden Hämmern an das alte Eichentor zu einer entsetzlichen Kakophonie.

Sie griff nach dem übrig gebliebenen goldenen Schokobonbon in der rechten unteren Ecke der Schale, wickelte es mit klammen Fingern aus seinem knisternden Zellophan und schob es zwischen ihre von Schokomasse, Rotwein und Erbrochenem verschmierten Lippen.

Sie legte sich auf ihren Sohn, bedeckte ihn vollkommen mit ihrem Körper, umfing seinen Kopf mit beiden Händen, vergrub ihr Gesicht in seiner Halsbeuge und atmete sich tief in Lucs Welt, trat ihre letzte Reise an, ruhig und gelassen, so wie es ihrem Wesen immer entsprochen hatte.

Lucs zusammengepresste Magennerven wehrten sich gegen ihr totes Gewicht mit zuckenden Krämpfen.

Er würgte röchelnd.

Das Tor

In den letzten vierzig Jahren erschien es manch einem als himmlische Pforte zur vollkommenen Glückseligkeit. Manch einem aber erschien dahinter der Tod.

Dank

All jene, die mich bei meinem Versuch als Autorin mit ihrem Vertrauen und Einsatz unterstützt und ermutigt haben, werden hier nicht namentlich genannt.

Ihr wisst, wie sehr ich euch für eure Hilfe, Begeisterung und Kritik, vor allem aber eure unschätzbare Freundschaft dankbar bin, nicht wahr?

Mara Ferr
AUX CHAMPS-ÉLYSÉES
Broschur, 240 Seiten
ISBN 978-3-95451-139-6

»Ein dramatischer Thriller aus den gehobenen Pariser Kreisen – mal was anderes und so spannend, dass man das Buch von Mara Ferr gar nicht mehr aus der Hand legen mag.« Das neue Blatt